Yearn for Slade

Band 2 - Slade

Allie Kinsley

Lektorat: www.doctor-lektor.de

Cover Design: nawillart-coverdesign.de
Motiv © Depositphotos.com - len_pri

1 Hochzeit

LILLY

Sie hasste ihn. Sie hasste ihn wirklich. Slade war der Inbegriff eines furchtbaren Menschen. Während der gesamten Hochzeitszeremonie von Faith und Adam hatte er sie angestarrt. Viel hatte nicht gefehlt und er hätte zu sabbern begonnen.

Beim anschließenden Essen hatte er sie laufend *rein zufällig* mit der Schulter und dem Oberschenkel angestubst. Und seine Hände hatten beim Hochzeitstanz ihren Hintern natürlich auch *nicht* mit Absicht berührt.

"Mein Gott, bin ich froh, dass das hier endlich vorbei ist", stöhnte Faith, als sie am Ende der Feier auf ihrem Hotelzimmer ankamen.

Lilly hatte als Trauzeugin die Aufgabe, Faith dabei zu helfen, sich für den Flug in die Flitterwochen fertig zu machen.

"Du hast keinen Grund zu jammern", zischte Lilly. Ihre Nerven lagen blank. Ihr Arbeitgeber und ihr Exfreund machten ihr seit Wochen schwer zu schaffen. Dass Slade ihr den ganzen Tag über schon so zusetzte, brachte das Fass nur zum Überlaufen.

"Oha, welche Laus ist dir denn über die Leber gelaufen?"

Unwirsch drehte Lilly sie an den Schultern um, um die Schnürung ihres Kleides zu öffnen. Eigentlich sollte sie Faith so kurz vor den Flitterwochen nicht mit ihren Problemen belasten. Faith hatte es verdient, endlich glücklich zu werden. Sie sollte die Zeit genießen und sich keine Sorgen um Lilly machen.

Da Lilly aber manchmal einfach unfähig war, ihre Gefühle zu verbergen, hatte Faith die Fährte bereits aufgenommen.

Verdammt!

Sie musste Faith zumindest einen Teil der Wahrheit sagen, damit diese sich nicht in ihrem Urlaub Gedanken um sie machte. Da kam Slade ihr gerade recht.

"Keine Laus, eine Kakerlake!", zischte Lilly und erinnerte sich daran, wie Slade ihr beim Hinausgehen auf den Hintern gehauen hatte.

Slade war furchtbar! Er war genau die Sorte Mann, die für Lilly ein rotes Tuch war. Slade war wie ihr Ex. Überheblich und arrogant, gutaussehend und erfolgreich.

Am meisten hasste sie Slade aber dafür, dass er es irgendwie geschafft hatte, dennoch in ihren Kopf zu gelangen.

"Hat die Kakerlake auch einen Namen?", fragte Faith und schwankte bedenklich, während Lilly die Schnürung ihres Kleides öffnete. Sie musste sich unbedingt ein bisschen beruhigen.

Ein Blick auf ihre Hände bestätigte, dass diese zitterten. Ein deutliches Zeichen dafür, wie wütend Lilly war. Sie war wütend auf sich selbst, weil sie sich zu einem Mann wie Slade hingezogen fühlte, obwohl ihre ganzen Probleme doch überhaupt erst mit ihm angefangen hatten.

"Nein, hat sie nicht. Ich will dir deine Hochzeit nicht verderben", wiegelte Lilly ab im Versuch, sich selbst wieder zu beruhigen.

Das hier war Faiths Tag. Ihre beste Freundin Faith. Die Frau, die es mehr als jeder andere Mensch auf der Welt verdient hatte, endlich mit ihrem Traummann glücklich zu werden.

"Das haben schon ganz andere geschafft. Ich musste mir heute gefühlte drei Millionen Mal den Vorwurf anhören, dass ich meinem Vater versagt habe, seine eigene Tochter zum Altar zu führen", sagte Faith und zuckte dabei mit den Schultern.

Aber Lilly wusste genau, dass Faith es nicht so leicht nahm, deshalb sagte sie: "Pah! Er sollte lieber froh sein, dass du ihn überhaupt hast kommen lassen, nach den ganzen Dingen, die er sich geleistet hat!"

Endlich war das Kleid offen und fiel langsam zu Boden.

"Sehe ich genauso. Und Aiden war der perfekte Ersatz. Ich bin ihm unendlich dankbar für alles, was er für mich getan hat."

"Mhm … ein guter Mann", gab Lilly zurück. Auch Aiden hatte heute versucht, mit ihr zu flirten. An ihm hatte Lillys Libido leider so überhaupt kein Interesse. Ihr Körper wollte Slade und das war eine einzige Katastrophe.

"Anfangs dachte ich das nicht, aber das ist er. Das sind sie alle. Adam umgibt sich eindeutig nur mit den richtigen Menschen", riss Faith Lilly aus ihren Gedanken.

"Naja …", antwortete Lilly und dachte an Slade. Zum mindestens eintausendsten Mal an diesem verdammten Tag!

"Die Kakerlake?" Faith kicherte.

Lilly schnaubte und half Faith in ihr Kleid. "Genau. Ich glaube, hier hat Adam einen ziemlich großen Fehler begangen."

"Slade ist nicht perfekt, aber definitiv ein sehr guter Mensch."

"Wir wollten nicht über ihn reden."

"Du wolltest nicht", sagte Faith lächelnd. "Ärger dich nicht, ich glaube, er will dich nur provozieren."

Lilly verdrehte die Augen. "Ich habe keine Zeit für so einen Kindergarten. Und du auch nicht. Hopp, hopp, rein in die Schuhe, damit ich dich endlich zum Auto bringen kann."

Sobald Faith im Auto saß, würde sich die Gesellschaft auflösen und auch Lilly würde endlich nach Hause gehen können. Es war nicht gerade so, dass sie sich darauf freute, ihrem Ex zu begegnen, aber sie hoffte immer noch, dass sie eine Einigung mit Christopher fand.

"Ja, Mama." Lachend zog Faith die Turnschuhe über die Füße und folgte Lilly dann in den Gang zu den Aufzügen.

"Adam wartet bestimmt schon ungeduldig", sagte Lilly und sah auf die Uhr. Wenn sie in zwei Stunden beim Flughafen war, würde sie ihren eigenen Flug nach Hause noch erwischen.

"Das tut er meistens. Er ist nicht gerade der geduldigste Mensch."

Lilly lächelte. Faith wusste nicht, wie viel Glück sie mit Adam hatte. Oder wahrscheinlich doch. Niemand konnte übersehen, wie perfekt Adam war. "Oh doch, wenn er es mit dir aushält!", neckte Lilly sie und drückte Faith an sich.

"Ich liebe ihn wirklich, weißt du?", sagte Faith sanft und Tränen traten in Lillys Augen. Sie gönnte es Faith von ganzem Herzen.

Noch ehe sie etwas sagen konnte, erklang Adams Stimme: "Das ist schön zu hören, mir wäre es dennoch lieber, wenn du *mich* im Arm hältst und mir deine Liebe gestehst."

Faith löste sich von Lilly und schmiegte sich an seine Brust. Seine Arme schlossen sich sofort um sie. Das war Lillys Definition von perfektem Glück. Niemandem gönnte sie es mehr als Faith.

SLADE

Frustriert warf er die dämliche Fliege, die zu seinem Anzug gehörte, auf den Tisch.

"Du hast aber beste Laune", sagte Deacon, einer von Slades besten Freunden, und schnipste die Fliege an.

"Ich habe seit gefühlt acht Stunden einen Ständer und die Frau, die mein Schwanz begehrt, findet mich zum Kotzen", antwortete Slade.

Deacon, Liam und Nick lachten. Nur Aiden runzelte die Stirn.

Slade war durchaus schon aufgefallen, dass Adams Bruder ein Auge auf Lilly geworfen hatte. Aber das kam überhaupt nicht infrage. Dieses Vorzeige-Arzt-Söhnchen würde ihm Lilly nicht wegnehmen.

Seit er sie vor über einem halben Jahr das erste Mal in Adams Club gesehen hatte, ging ihm Lilly nicht mehr aus dem Kopf. Sie war so verdammt heiß und hatte ihn einfach abblitzen lassen.

Mit erhobenen Augenbrauen hatte sie ihren Blick aus den grünen Augen nur einmal kurz über ihn gleiten lassen und verächtlich geschnaubt.

Das wars, einfach so. Abgestempelt und fertig. Dabei war er nun wirklich kein Typ, dem Mann … beziehungsweise Frau, keinen zweiten Blick schenkte. Er war Slade Carven, stolzer Besitzer eines Boxclubs und das passende Aussehen dazu. 1,85 Meter groß, breit gebaut und gut trainiert. Dazu ein paar Tattoos und eine Narbe an seiner rechten Augenbraue.

Dass diese nicht vom Kämpfen, sondern von einem Zusammenstoß mit seinem Kleiderschrank in leicht ... okay, stark alkoholisiertem Zustand kam, brauchte ja niemand zu wissen.

Er war genau der Typ Mann, auf den die Frauen flogen. Alle, außer dieser einen verflixten Hexe, die nicht mehr aus seinem Kopf wollte.

Diese eine Frau mit den blonden Locken, in die er seine Hände verkrallen wollte, während er in ihren Mund stieß.

Verdammte Scheiße!

Wütend hieb er auf den Tisch ein, was seine Freunde nur noch mehr zum Lachen brachte. Wäre in den vergangenen Monaten nicht so verdammt viel schief gelaufen, könnte er jetzt in Adams Bar gehen, sich ein oder zwei Bier gönnen und irgendeine x-beliebige Frau abschleppen. Aber nein, Adams Club war abgebrannt, der neue noch nicht eröffnet, sein bester Freund fuhr gerade in die Flitterwochen und sein Schwanz bildete sich ein, dass er unbedingt und ausschließlich die Trauzeugin haben wollte.

Aus dem Augenwinkel bemerkte er, wie das lachsfarbene - nein, es war kein Rosa, das hatte Lilly ihm mehr als nur deutlich gemacht - Kleid zurück in den Ballsaal kam.

Warum zum Teufel musste ihr Arsch so verdammt anbetungswürdig in diesem Kleid aussehen? Warum gab es nicht einmal etwas, in dem sie einfach beschissen aussah? Zumindest nicht ganz vollkommen? Das würde es ihm ein klein wenig leichter machen, sie sich aus dem Kopf zu schlagen.

Er hörte seine Jungs weiter lachen und Witze über ihn reißen, während er Lilly dabei beobachtete, wie sie mit den Gästen sprach.

Sie war so verdammt heiß. Könnte er sie nur ein einziges Mal haben, hätte sich diese Vernarrtheit bestimmt erledigt.

Das einzige Problem war, dass sie ihn so rundheraus ablehnte. Das verkraftete sein Ego eben nicht, mehr steckte da nicht dahinter.

Ruckartig setzte er sich kerzengerade hin, als er sah, wie Aiden zu Lilly ging. Er hasste diesen Typen. Nicht nur, weil er Adam so viele Jahre hatte hängen lassen, sondern vor allem, weil er Lilly bei jeder sich bietenden Gelegenheit anbaggerte.

Just in diesem Moment führte er sie auf die Tanzfläche und legte ihr eine Hand auf den unteren Rücken.

Genau an die Stelle, an der Slade sie nach unten drücken würde, wenn sie auf allen vieren vor ihm wäre und versuchen würde, seinen tiefen Stößen auszuweichen.

Allein der Gedanke daran, mit Lilly ins Bett zu steigen, pumpte Unmengen an Blut in seinen Schwanz. Seit Monaten passierte das immer wieder. Je öfter er sie sah, desto schlimmer wurde es. Jedes Mal, wenn er sie dabei beobachtete, wie sie mit ihrer kleinen spitzen Zunge über diese vollen rosa Lippen fuhr, wollte er sie küssen, bis sie endlich nachgab und ihn genauso sehr wollte wie er sie.

Verdammt! Erneut schlug er mit der Faust auf den Tisch.

Was zum Teufel hatte diese Frau nur an sich? Es musste ihr Mundwerk sein. Die Art, wie sie ihn bei jeder Gelegenheit in Grund und Boden redete. Oder es war die Art, wie sie ihr Kinn reckte und mit schwingenden Hüften davon spazierte, wenn sie einmal nicht das letzte Wort hatte.

Vielleicht war es aber auch nur dieses arrogante Zucken ihrer Augenbrauen, das in ihm den Wunsch auslöste, ihr den Arsch zu versohlen.

Er biss die Zähne aufeinander, als sein Schwanz anfing, schmerzhaft gegen seinen Reißverschluss zu drücken.

In diesem Moment warf Lilly den Kopf in den Nacken und lachte lauthals über etwas, das Aiden gesagt hatte.

Völlig automatisch sprang Slade auf. Die Hände hatte er an seinen Seiten zu Fäusten geballt, bereit, diesem Arsch die Fresse zu polieren.

Eine schwere Hand auf seiner Schulter hinderte ihn daran.

"Wenn du das tust, werden sowohl Faith als auch Adam und vor allem Lilly unglaublich wütend auf dich sein."

Slade biss die Zähne zusammen. Liam hatte recht. Faith und Adam waren ihm in diesem Moment egal, aber bei Lilly durfte er sich bei Gott keinen Fehler erlauben.

Er ließ die Schultern kreisen im Versuch, sie ein klein wenig zu lockern. Alles kein Problem, er würde Aiden nicht den Kopf abreißen. Zumindest würde er versuchen, es nicht zu tun.

Krampfhaft lächelte er seine Freunde an, die ihn alle nur mit einem besorgten Stirnrunzeln bedachten.

"Ich werde Aiden nur ablösen", sagte Slade dann und ging einen Schritt zurück, um Liams Griff zu entgehen.

"Slade ..."

"Alles okay, Liam. Ich hab das im Griff." Schließlich war er nicht mehr der Testosteron-gebeutelte Jugendliche, der seine Aggressionen nicht im Griff hatte.

Er war Slade Carven, Boxclubbetreiber und Geschäftsmann. Er war durchaus in der Lage, sich zivilisiert zu verhalten.

Betont entspannt steckte er die Hände in die Taschen seiner Anzughose und schlenderte zu den beiden hinüber.

Er würde schon dafür sorgen, dass Aiden freiwillig das Feld räumte. Niemand. Wirklich niemand stellte sich ihm in dem Weg, wenn er erst einmal wusste, was er wollte.

Sei es nun ein einfacher Meistertitel oder diese Frau, die ihm seit Monaten den Verstand raubte.

LILLY

Aiden konnte unglaublich gut tanzen. Seine Hände übten genau den richtigen Druck aus und seine Hüften fanden den Rhythmus perfekt.

Aiden war perfekt und dennoch wanderte ihr Blick immer wieder über Aidens Schulter zu dem Tisch, an dem sie Slade hatte sitzen sehen.

Als sie ihren Blick erneut zu dem Tisch wandern ließ, bemerkte sie, dass Slade zielstrebig auf sie zuging. Sein Blick war mörderisch, als würde er Aiden jeden Moment umbringen, sie über die Schulter werfen und diese Feier verlassen.

Ihr Kopf geriet bei diesem Gedanken in Panik, ihre Libido feuerte den Idioten noch an. Das Problem war, dass der überdimensionale Kerl in dem Anzug einfach atemberaubend aussah. Bis auf die überbreiten Schultern und die Spitzen seines Tribaltattoos, das aus dem Kragen seines Hemdes an seinem Nacken hervor blitzte, sah er aus wie ein ganz normaler Mann.

Zumindest im Vergleich zu sonst, wenn er oben ohne war und dieses sexy Piercing an seiner Lippe trug. Es gab Männer wie Aiden, mit breitem Brustkorb und schmaler Taille, die in Anzügen einfach zum Anbeißen aussahen. Typ sexy Arzt oder trainierter Anwalt. Männer, die aussahen, als wären sie für Anzüge gemacht worden.

Und dann gab es Männer wie Slade und Adam. Viel zu wild für einen Anzug, aber durch die lässige Selbstverständlichkeit, mit denen sie jedes Kleidungsstück trugen, machten sie definitiv jedes Höschen feucht.

Lilly ertappte sich selbst dabei, wie sie sich über die Unterlippe leckte bei dem Gedanken, ihren Mund am Rand seines Hemdkragens entlanggleiten zu lassen.

Slade war einfach unerhört sexy. Von diesem markanten Kiefer, über die dunklen Augen bis hin zu dem Undercut, der sein Aussehen nur noch verwegener machte.

Slade schlug Aiden mit solcher Wucht auf die Schulter, dass Lilly spürte, wie dieser zusammen zuckte und sich anschließend verspannte.

"Darf ich abklatschen?", fragte Slade daraufhin so unschuldig, als hätte er Aiden gerade nicht absichtlich geschlagen.

"Das Lied ist noch nicht vorbei", sagte Aiden, ohne in seinen Tanzschritten innezuhalten.

Lilly sah, wie sich Slades Augen verengten. Dann drehte er sich abrupt zur Band und pfiff ohrenbetäubend laut durch die Zähne.

Sie wusste, warum der Drummer bei Slades wütendem Blick sofort aus dem Takt geriet und der Sänger verstummte.

Sie alle trainierten in Slades Club. Er war ihr Mentor, ihr Trainer und bei diesem Auftritt ihr Vorgesetzter.

Dann setzte ein neues Stück ein und Slade lächelte Aiden grimmig an.

"Oh, hör nur, das Lied ist vorbei", sagte Slade und klang mehr als zufrieden.

Aiden sah ihr lange in die Augen, als würde er auf eine Reaktion von ihr warten, aber sie wusste ja selber nicht, was sie von all dem halten sollte. Sie wusste nicht, ob sie beeindruckt von Slades Hartnäckigkeit sein sollte, oder genervt davon, dass er sie einfach nicht in Ruhe ließ.

Für Aiden dachte sie wohl zu lange nach, denn er entließ sie mit einem Seufzen.

Noch ehe sie protestieren konnte, hatte Slade sie an sich gezogen. Mehr als das. Er riss sie an sich, als würde er sie damit in Besitz nehmen. Seine Hand, die viel zu tief auf ihrem Rücken lag, brannte sich beinahe durch den hauchdünnen Stoff ihres Kleides. Sein maskuliner Duft, nach Zedernholz, rau und männlich, hüllte sie ein und vernebelte ihr die Sinne.

Die Musik wechselte ein weiteres Mal. Ein sehr langsames Stück wurde gespielt, eines der langsamsten an diesem Abend.

Lilly war sich sicher, dass das ebenfalls Slades Werk war.

Es dauerte einen Moment, dann hatte sie sich von dem Gefühl, seinen Körper so nah bei sich zu haben, erholt.

"Was sollte das?", fragte sie. Es hätte ein Zischen werden sollen, aber selbst in ihren Ohren klang es eher resignierend.

"Er ist nichts für dich", sagte Slade so endgültig, als hätte er das Recht, darüber zu bestimmen, was gut für sie war und was nicht.

Wut keimte in ihr auf und pochte zornig durch ihre Adern. Ihre Wangen wurden heiß und ihre Augenbrauen zogen sich gegen ihren Willen zusammen.

"Das ist nicht deine Entscheidung", zischte sie und diesmal gelang es ihr auch.

Überraschenderweise lächelte er nur und sie hätte schwören können, dass er seine Hand noch ein klein wenig tiefer zu ihrem Hintern schob.

"Doch, Baby."

Der Song nahm ein wenig an Fahrt auf und Slade schob sie energischer über die Tanzfläche. Sie war sich ziemlich sicher, dass es pure Absicht war, dass sein Oberschenkel dabei immer wieder gegen ihre Mitte stieß.

Ihr Unterleib krampfte sich zusammen, ihr Körper summte vor Lust und ihre Hormone spielten verrückt.

Aber wenn ein Mann für sie nicht infrage kam, dann war es Slade.

Sie versuchte, sich von ihm wegzudrücken, aber er hielt sie nur noch fester, noch entschlossener.

"Slade!", zischte sie, doch er blieb unbeeindruckt, schob sie über die Tanzfläche, als wöge sie nichts.

Um ihn von seinem Egotrip herunter zu holen, ohne alle Anwesenden auf sie aufmerksam zu machen, trat sie ihm mit voller Absicht auf den Fuß.

Sein "Hmpf" verschaffte ihr ein Stück weit sehr angenehme Befriedung, aber nur solange, bis sie bemerkte, dass er sie zielstrebig aus dem Raum schob.

Hinter dem Ausgang des Saales angekommen, drückte er sie hart gegen die Wand. Der Aufprall presste ihr die Luft aus den Lungen. Das Feuer in seinen Augen zuckte wie Stromschläge durch ihre Klit.

"Hör verdammt nochmal auf damit", sagte er ruhig und presste seine Hüften an ihre.

Sie spürte seine Erregung, spürte seinen langen Schaft an ihrer Hüfte. Am liebsten hätte sie die Augen geschlossen und gestöhnt, so atemberaubend fühlte sich sein harter Körper an ihrem an.

Mit letzter Kraft riss sie sich zusammen. Slade war nicht der Richtige für sie und würde es auch niemals sein. Sie kannte arrogante Typen wie ihn und würde nie wieder auf sie hereinfallen.

Sie hob eine Augenbraue und ließ ihren Blick über ihn gleiten. Zumindest so gut es ging, so nah, wie er sich an sie presste.

Diese Geste sorgte für gewöhnlich dafür, dass ihr Gegenüber Abstand von jeglichem Flirtversuch nahm. Ihr Gesichtsausdruck sagte: "Was meinst du kleiner Wurm, einer Frau wie mir geben zu können?"

Lilly hatte diesen Ausdruck perfektioniert. Am Anfang hatte er auch bei Slade gewirkt, aber in diesem Moment schien er eher zornig zu werden, anstatt sich herabgesetzt zu fühlen.

Plötzlich lagen seine Hände an ihren Wangen, hielten ihren Kopf fest und ließen ihr keinen Millimeter Spielraum.

"Hör verdammt nochmal auf damit", knurrte er, dann presste er seine Lippen auf ihre.

Die Berührung war herrisch und besitzergreifend, genauso wie Lilly es liebte. Er küsste sie hart und fordernd, als hätte er alles Recht der Welt dazu.

Und bei Gott, in diesem Moment hätte sie ihre beste Freundin für diesen Kuss verkauft. Es war Monate her, dass sie so erregt gewesen war. Der Widerstreit ihrer Gefühle, das Wissen, dass sie Slade nicht küssen sollte, ihm aber gleichzeitig nicht ausweichen konnte, all das machte sie so unglaublich heiß, dass sie ihm alles gab, wonach es ihm in diesem Moment verlangte.

Sie küsste ihn mit der gleichen Gier, mit der gleichen Intensität zurück. Sie nahm sich alles, was er anbot, seinen Körper, seinen Mund, seine Zunge und dieses Grollen, das aus tiefster Seele zu kommen schien und direkt in ihrer Klit widerhallte.

Völlig automatisch schob sich ihr Becken nach vorn, seinem Schwanz entgegen, der sich fordernd gegen ihre Hüfte drückte.

Slades Hand glitt in ihren Nacken, hielt sie fest und er küsste sie noch tiefer.

Sie spürte seine zweite Hand an ihrem Schenkel, spürte, wie sie sich an der Innenseite nach oben schob, um sich dann besitzergreifend auf ihre Mitte zu legen.

Sein Griff war fest, übte genau den richtigen Druck aus, um sie in den Wahnsinn zu treiben, während seine Fingerspitzen unter den Rand ihres Strings fuhren und ihre nasse Öffnung streichelten.

Er machte sie verrückt und sie konnte ein Stöhnen nicht mehr verhindern.

Der Griff in ihrem Nacken löste sich und seine Finger krallten sich in ihr Haar. Plötzlich riss er sie an den Strähnen zurück, beendete ihren Kuss und zog ihren Kopf ganz in den Nacken.

Sein Blick war so trüb, wie ihr eigener es sein musste. Lustverhangen und voller Begehren. Seine Finger spielten weiter an ihren nassen Schamlippen, während er sie schwer atmend musterte.

"Du bist so nass … so heiß auf mich", flüsterte er, mit der ihm eigenen Arroganz. "Warum wehrst du dich so und kommst nicht einfach zu mir? Ich könnte dir helfen, Babe."

Seine Stimme war voller Versprechungen. Versprechungen, die sie nur zu gut kannte. Sein Ton sprach von Gefallen und einer Schuld, in der sie schließlich stehen würde.

Sie versuchte, seine Nähe zu ignorieren, versuchte, seine Hände zu ignorieren, die ihr so viel Lust versprachen.

"Nein", flüsterte sie rau.

Es dauerte einen Moment, dann schien das Wort bei ihm angekommen zu sein. Unglaube huschte über sein Gesicht, dann Überraschung und schließlich Zorn, als sie erneut und mit festerer Stimme "Nein!" sagte.

"Was soll das?", knurrte er. Sein Griff wurde fester, mit beiden Händen, und sein Blick fixierte sie.

Auch diesen Blick kannte sie nur allzu gut. Verletzter Stolz. Sie kannte den Blick, und das Gefühl noch viel besser.

Aber Slade hatte kein Recht, sie so anzusehen. Er nicht. Niemand niemals wieder!

Dieser Gedanke riss sie endgültig aus der Trance, aus der Lust und der Leidenschaft, in die Slade sie versetzt hatte. Sie atmete tief durch und sammelte sich, erinnerte sich daran, dass sie es wert war.

Dann schoss ihre Hand nach oben und versetzte ihm eine schallende Ohrfeige. Sie nutzte seine Überraschung, um seine Hände beiseite zu schlagen und zwischen ihm und der Wand hervor zu schlüpfen.

"Nein heißt nein, Slade", sagte sie bemüht ruhig, drehte sich dann auf dem Absatz um und ging in Richtung Hotelausgang.

Sollten er und seine Freunde sich um den Rest der Party kümmern, Lilly wollte nur noch nach Hause, oder ganz weg … für immer.

SLADE

Völlig vor den Kopf gestoßen stand er da und starrte seiner Traumfrau hinterher. Woher war das denn plötzlich gekommen? Im einen Moment lag sie noch weich und begierig in seinen Armen, im nächsten kassierte er eine saftige Ohrfeige.

Frustriert lehnte er sich gegen die Wand und versuchte, auf andere Gedanken zu kommen. Er musste seinen Ständer dringend unter Kontrolle bringen, ehe er zurück zu seinen Freunden gehen konnte.

Lilly in diesem Moment nachzulaufen, kam nicht infrage. Er würde sie packen und so lang küssen, bis ihr sturer Kopf endlich Sendepause hatte und sie der Anziehung zwischen ihnen nachgab. Dass diese nicht nur einseitig war, hatte sie eben deutlich gezeigt.

Er konnte ihren vor Begierde zitternden Körper noch ein seinem spüren, ebenso wie die Nässe an seinen Fingern.

Stöhnend legte er den Kopf in den Nacken, so würde er seine Erregung niemals in den Griff bekommen.

Was machte diese Frau nur mit ihm? Sie raubte ihm voll und ganz den Verstand.

"Ach, hier bist du." Deacons Stimme riss ihn aus seinen Gedanken. "Autsch, mit wem hast du dich geprügelt?", fragte er dann.

Slade hob eine Hand an seine noch immer brennende Wange. Sie musste ganz schön rot sein, wenn es Deacon sofort auffiel. Ja, Lillys Ohrfeige hatte wirklich gesessen.

"Lilly", sagte er und zuckte die Schultern, als Deacon grinste. "Was ist los?"

"Die Gäste brechen so langsam auf, wir sollten die Geschenke nach draußen schaffen und die Details mit der Hotelleitung klären."

Slade nickte, dankbar dafür, dass sein Freund wie immer alles im Blick behielt. "Kümmert ihr euch um die Geschenke und ich gehe zum Manager?", fragte er Deacon.

Dieser nickte. "Okay, vielleicht kühlst du vorher noch kurz deine Wange … und anderes", sagte er grinsend mit Blick auf Slades Hose.

Genervt winkte Slade ab und machte sich auf den Weg zu den Toiletten. Eines Tages würde Lilly für alles bezahlen, was er in den letzten Monaten wegen ihr erdulden musste.

LILLY

Sie war froh, als das Flugzeug endlich vom New Yorker Flughafen abhob. Den Kopf hatte sie ans Fenster gelehnt, beobachtete die Lichter am Rand des Startfelds. Immer schneller flogen sie vorbei, bis sie zu einem einzigen Lichtstreifen verschwammen.

Der Druck auf ihren Margen wurde stärker, als die Maschine abhob. Zur gleichen Zeit rollte die erste Träne über ihre Wange.

Sie wollte hier weg, weg von Slade, der ihr Herz in Stücke reißen würde, sobald sie es zuließ. Und gleichzeitig wollte sie nicht zurück. Sie wollte nicht in die Firma, in der sie Christopher zwangsläufig wiedersehen würde. Wollte nicht an all das erinnert werden, was er ihr angetan hatte.

Die beiden Männer waren sich so unglaublich ähnlich. Selbstverliebt und arrogant. Beide würden ohne Rücksicht auf Verluste über ihr Gegenüber hinweg trampeln.

Christophers verächtliche Blicke waren ihr noch allzu deutlich im Gedächtnis.

Sie hasste sich selbst dafür, dass sie Slade geküsst hatte. Sie hasste sich dafür, dass sie im Begriff war, schon wieder denselben Fehler zu begehen. Slade war nicht gut für sie, genauso wie Christopher nicht gut für sie gewesen war.

Vor allem hasste sie sich aber selbst für ihre Schwäche, dafür, dass sie es immer wieder zuließ, dass ihre Gedanken und Gefühle sie blockierten und so einengten, dass sie kaum noch Luft zum Atmen hatte.

Lilly schloss die Augen, als der Druck auf ihrer Brust übermächtig zu werden schien. Manchmal wünschte sie sich die Stärke eines Delphins, der einfach aufhören konnte zu atmen, wenn das Leben nicht mehr die richtige Wahl war.

2 Neuer Job

SLADE

Noch Wochen später konnte Slade sich haargenau an diesen atemberaubenden Kuss erinnern. Lilly hatte sich in seinem Kopf festgekrallt wie die kleine Brünette am Vorabend in seinen Schultern.

Leider hatte ihm das so gar nichts gebracht. Alles, an das er hatte denken können, war, dass Lilly besser küsste, dass Lilly sich besser in seinen Armen anfühlte, dass Lilly heißer gewesen war …

Frustriert aufschreiend schlug er gegen den Sandsack.

"Ich wollte dich gerade fragen, ob du Lust auf ein Sparring hast, aber ich glaube, ich verkneife es mir", sagte Adam und rieb sich mit einem Handtuch übers Gesicht.

Kopfschüttelnd schnappte sich Slade sein eigenes und tat es ihm gleich.

"Ja, keine gute Idee. Nimm lieber jemand, der bessere Laune hat", gab Slade zu und trank einen Schluck von dem isotonischen Getränk, das er im Club immer griffbereit hatte.

Adam runzelte die Stirn. Er hatte nicht verstanden, was er mit seiner am Abend zuvor so beiläufig dahin geworfenen Information angerichtete hatte. "Lilly wohnt ab morgen bei uns." Einfach so, aus dem Nichts. Es reichte ja nicht, dass Lilly Slade Tag und Nacht in seinem Kopf verfolgte, dass sie dafür sorgte, dass er rund um die Uhr heiß auf sie war. Nein, jetzt musste sie auch noch im Real-Life auftauchen und dafür sorgen, dass die Erinnerungen an ihren Wahnsinnskörper immer aktuell blieben.

Verdammt Scheiße!

Wenn er sie doch nur ein einziges Mal vögeln könnte, dann hätte sich diese Vernarrtheit ein für allemal erledigt.

Wers glaubt, wird selig, Kumpel.

Über seine eigene gehässige innere Stimme die Zähne knirschend, wandte er sich von Adam ab.

Sein Freund sollte nicht sehen, wie sehr diese eine Frau ihm an die Nieren ging. Er hatte einfach keine Erklärung dafür. Er hatte hunderte von Frauen in seinem Umfeld, er hatte so viele gevögelt, dass er sich noch nicht einmal an alle erinnern konnte.

Und doch gab es da diese Eine, die mit einem riesigen Neonleuchtschild durch seinen Kopf spazierte und garantiert immer dann auftauchte, wenn er sich einmal für dreißig Sekunden entspannen konnte.

"Komm doch heute Abend auf ein Bier vorbei", schlug Adam vor.

Slade wollte nicht, aber er wusste ganz genau, dass er kommen würde, weil Lilly da sein würde. Wie ein verdammter streunender Welpe würde er ihr nachlaufen, wie er es immer tat.

Verdammte Scheiße!!

LILLY

Faiths Angebot anzunehmen und nach New York zu kommen, war genau die richtige Entscheidung gewesen.

Die Kündigung ihres Bosses war nicht aus heiterem Himmel gekommen, und dennoch hatte sie Lilly ins Mark getroffen. Fünf Jahre lang hatte sie sich für diese Firma den Arsch aufgerissen und beinahe siebzig Stunden die Woche gearbeitet.

"Es tut mir leid, Lilly, aber die Spannungen im Team sind nicht vertretbar und Christopher ist unser bester Mann." Das stimmte nicht. Christopher hatte es nur perfektioniert, die Ideen anderer als seine eigenen zu verkaufen. Leider war sie bei Charles Bloming mit ihren Argumenten auf taube Ohren gestoßen.

Für die nächste Zeit würde sie in Adams und Faiths Gästezimmer übernachten. Solange, bis sie einen neuen Job und eine eigene Wohnung hatte.

Zumindest das schien in New York nicht allzu schwer zu werden. Für die kommende Woche hatte sie bereits zwei interessante Vorstellungsgespräche bei renommierten Marketingagenturen.

Faiths Wohnung war schlicht. Die große Wohnküche war hell und einladend. Neben den beiden Schlafzimmern gab es noch ein kleines Badezimmer. Das zweite Dachgeschoss war nicht ausgebaut, dorthin sollten einmal die Kinderzimmer kommen, damit diese weiter vom Lärm der Bar entfernt waren.

Faith war rot geworden, als sie Lilly von ihren Plänen erzählt hatte. Es war, als würde Faith sich noch immer nicht trauen, offen von einer Zukunft zu träumen, was Lilly sehr berührte.

In ihrem Zimmer hatte Lilly alles, was sie benötigte. Gegenüber der Zimmertür war ein großes Fenster, das den Raum erhellte.

Darunter stand ein kleiner Schreibtisch, den Lilly eher als Ablage für Kosmetik nutzte, als dass sie jemals darauf schreiben würde.

Neben dem Schreibtisch stand auf der linken Seite ein Doppelbett und auf der anderen Seite ein großer Kleiderschrank mit Spiegeltüren. Es gab also alles, was sie benötigte.

Ein Klopfen riss Lilly aus ihren Gedanken.

"Wir gehen runter und bereiten alles für den Abend vor, Lilly. Du kommst einfach, wenn du Lust hast", rief Faith ihr durch die geschlossene Tür zu.

Lilly lächelte dankbar, auch wenn ihre Freundin es nicht sehen konnte, und lehnte sich entspannt auf dem weichen Bett zurück.

Es war genau das Richtige, die Stadt zu wechseln und wegzukommen von Christopher, der ihr Tag für Tag weiter zugesetzt hatte.

Allein der Gedanke an ihn reichte, um ihre Kehle eng werden zu lassen. Die psychischen Verletzungen waren so tief, dass sie noch eine ganze Weile schmerzen würden, darüber machte Lilly sich keine Illusionen. Er hatte dieses Spiel mit ihr perfektioniert und sie hatte es zu spät erkannt.

Um die Erinnerungen abzuschütteln, stand sie auf und ging zu ihrem Kleiderschrank.

Die Bar glich Adams altem Club sehr. Es war immer noch nicht zu schick, sondern eher eine entspannte Atmosphäre.

Also musste sie sich nicht zu sehr auftakeln, was ihr an diesem Abend nur allzu gut passte.

Schnell schüttelte sie die langen Haare aus und frischte ihr Makeup auf, ehe sie ein schwarzes Strickkleid überzog, das überflüssige Pölsterchen gut kaschierte. Dazu wählte sie ebenfalls schwarze Stiefeletten.

Ein Wohlfühloutfit, genau das richtige für den Abend nach ihrer Anreise.

Von der Wohnung aus kam sie direkt in den hinteren Teil der Bar. Von dort aus gingen auch der Flur zu den Toiletten ab und die Treppe, die zu den Lagerräumen führte. Durch einen schmalen Gang kam sie in den vorderen Bereich, in dem Lilly und Adam schon die ersten Gäste bedienten.

Zufrieden setzte sie sich an den Tresen. Das war vorerst ihr neues Zuhause und besser hätte sie es nicht treffen können.

SLADE

Er hatte sich mit den Jungs zum Essen verabredet, um sich selbst davon abzuhalten, schon um acht Uhr abends in Adams Club zu sitzen.

Jetzt, da die Jungs einfach kein Ende finden wollten, verfluchte er sich selbst für diesen vermeintlich genialen Plan.

Er wollte sich davor bewahren, sich lächerlich zu machen, und genau das würde er jeden Moment tun, wenn einer von diesen Idioten auf die Idee kam, noch etwas zu trinken zu bestellen. Aber wenigstens würde er sich dann nur vor ihnen und nicht vor Lilly zum Affen machen.

"Also, dann gehen wir mal zu Adam", versuchte er zum gefühlt einhundertsten Mal die Gruppe zu animieren.

"Warum hast du es denn so eilig?", brummte Nick, der schon den ganzen Abend mit der Bedienung flirtete.

Zu einer anderen Zeit hätte sie Slade vielleicht auch gefallen, aber im Moment war einfach nur Platz für Lilly in seinem Kopf.

"Weil Lilly da ist", sagte Liam und grinste dabei dreckig.

Auch Deacon schien sich ein Lachen nur schwer verkneifen zu können.

Dann begannen die drei über Lilly zu diskutieren. Was genau Slade wohl so an ihr gefallen könnte, warum er sie so unbedingt haben wollte …

Als sie anfingen, Lillys körperliche Vorzüge aufzuzählen, reichte es ihm endgültig. Ruckartig stand er auf und verließ das Lokal, ehe er noch in die Versuchung käme, einem seiner Freunde die Fresse zu polieren.

Zur Strafe dafür, dass sie auch nur über Lilly nachdachten, mussten diese Idioten jetzt seine Rechnung mit bezahlen, während er zu Adams Club lief.

Seine Beine trugen ihn verdammt schnell die wenigen Straßen bis zum Central. Slade rechnete es Adam noch immer hoch an, dass er die Bar Noel zuliebe nach dem Boxclub benannt hatte.

Slades Vater Noel hatte Adam mit sechzehn Jahren bei sich aufgenommen, seitdem war Adam für Slade wie ein Bruder.

Mit der Schulter öffnete Slade die Tür, damit er die Hände nicht aus den Jackentaschen nehmen musste. Adam würde sofort sehen, wie angespannt seine Fäuste waren, also ließ er sie lieber an Ort und Stelle.

Für den frühen Abend waren schon recht viele Kunden in der Bar und die Hocker rund um den Tresen waren bereits voll besetzt.

Dennoch stach ihm Lilly sofort ins Auge. Sie saß am anderen Ende der Bar.

Ihre langen blonden Strähnen fielen ihr über die Schulter, während sie sich nach vorn beugte, um sich mit Faith unterhalten zu können.

Sie sah müde aus, irgendwie abgekämpft. Nicht ganz so selbstsicher und resolut, wie er sie in Erinnerung hatte. Leider Gottes sah sie deswegen nicht weniger anbetungswürdig aus.

Slade setzte sein bestes Flirtlächeln auf und machte sich auf den Weg zu ihr.

Die meisten Leute waren kleiner als Adam und er, weshalb er seinen Freund über die Köpfe der anderen hinweg problemlos begrüßen konnte. Unterhalten konnten sie sich so wegen der lauten Musik natürlich nicht, aber Adam und er verstanden sich auch ohne Worte blendend.

Slade bedeutete ihm, dass er zu Lilly ginge, woraufhin Adam nur die Augen verdrehte und ihm ein Bier versprach.

Sein Freund stellte die Flasche genau in dem Moment vor Lilly ab, in dem Slade sich neben sie drängte.

"Danke Mann", sagte er zu Adam, dann beugte er sich über den Tresen und gab Faith einen Kuss auf die Wange. Gleiches tat er bei Lilly, ehe diese sich wehren konnte, und ignorierte ihren bösen Blick.

"Schön, dich zu sehen, Lilly. Wie geht's dir?", fragte er so locker wie möglich, was gar nicht so leicht war. Jetzt, wo ihr Pfirsichduft ihn einnebelte, war es schwer, überhaupt noch an etwas anderes zu denken, als seine Lippen einfach wieder auf die ihren zu pressen.

Sie lächelte, aber es wirkte gezwungen. "Wie es einem eben so geht, wenn man seinen Job verliert."

"Ja, habe ich gehört, tut mir leid für dich", sagte er. Dann nahm er einen Schluck aus seinem Bier. "Ich würde dir einen Job bei mir im Büro anbieten, aber ich glaube, das würde dich schnell unterfordern", sagte er betont lässig.

Lilly starrte ihn einen Augenblick fast schon verdutzt an und er überlegte sofort, was er jetzt schon wieder falsch gemacht hatte. Es war doch nur die Wahrheit gewesen. Lilly war viel zu klug für die wenig anspruchsvollen Aufgaben in seinem Büro.

Dann lächelte sie. Ein echtes Lilly-Lächeln. Eines, das normalerweise jeder, nur niemals er, von ihr bekam.

Dieses Lächeln zog ihm den Boden unter den Füßen weg und er musste sich am Tresen abstützen, um nicht wie ein Trottel zu ihr hin zu taumeln.

"Danke. Das ist wirklich nett von dir, Slade", sagte sie und wandte noch immer lächelnd den Blick ab.

Wenn sie lächelte, sahen ihre Lippen so viel weicher aus. Er wollte sie küssen, an ihnen saugen, sie liebkosen.

Schnell schüttelte er den Gedanken ab. Er wollte dieses kleine Fünkchen Sympathie, das gerade in ihren Augen gewesen war, nicht sofort wieder zerstören.

Er wandte sich an den Typen, der hinter ihm auf dem Barhocker saß und schon die ganze Zeit sein Revier vor Slade zu verteidigen wollte.

Slade versuchte, ihn mit Blicken dazu zu überreden, den Sitzplatz zu räumen. Als der Typ nicht sofort reagierte, zog Slade sich seine Lederjacke aus und verdeutlichte damit seine körperliche Überlegenheit.

Nach weiteren schier endlosen Sekunden trollte sich der Wicht endlich. Slade legte seine Jacke auf den Stuhl und setzte sich dann darauf. Die Unterarme auf dem Tresen abgestützt, drehte er die Bierflasche in seinen Händen und suchte krampfhaft nach einem Thema, das Lilly wieder so lächeln ließ. Nur noch ein einziges Mal.

LILLY

Ihre Klit pochte mit jedem einzelnen Herzschlag. Seit Slade seine Jacke ausgezogen hatte und ihr seinen breiten Rücken und die trainierten Arme in dem engen Tanktop präsentiert hatte, konnte sie an nichts anderes mehr denken.

Dieser Mann war einfach nur unverschämt sexy. Sie wollte mit ihren Händen über die breiten

Schultern streichen und jedes dieser Tattoos, das sich über seine Arme ausbreitete, einzeln betrachten.

Sie wollte ihre Hände über die kurzgeschorenen Seiten seines Kopfes gleiten lassen und in diese volle Unterlippe beißen, ehe sie über das Piercing leckte, das an diesem Abend wieder an seinem angestammten Platz rechts an seiner Unterlippe war.

Frustriert sah sie zu Faith, die sie mit gerunzelter Stirn musterte. Sie verstand Lilly nicht. Wie auch, sie wusste ja nur einen Bruchteil von dem, was in den letzten zwei Jahren in Lillys Leben passiert war.

Am Anfang hatte Lilly noch gedacht, sie würde allein mit allem fertig werden. Später, als sie wirklich eine Freundin gebraucht hätte, war es Faith selbst so schlecht gegangen, dass Lilly sie um keinen Preis der Welt noch zusätzlich hatte belasten wollen.

Und nun war sowieso schon alles vorbei. Lilly hatte ihr neues Leben gestartet. Ein Leben, in dem kein Platz für überdimensionale, arrogante Sexgötter war.

Auch nicht, wenn eben diese auf einmal eine ganz andere Seite von sich zeigten, die Lilly restlos verwirrte.

Nein, nein, nein!

Warum zum Teufel musste Slade solche Dinge sagen? Und warum konnte er ihr den Job nicht so flirtend anbieten, wie er alles andere in seinem Leben zu handeln schien?

Mit der entwaffnenden Ehrlichkeit, mit der er ihr dieses Kompliment gemacht hatte, hatte Lilly einfach nicht gerechnet.

Es war Balsam für ihre geschundene Seele und sie hätte ihn dafür gern in den Arm genommen, schaffte aber lediglich ein Lächeln.

Auch dass er jetzt so ruhig neben ihr saß und gedankenverloren seine Flasche in den Händen drehte, passte so überhaupt nicht zu ihm.

Dann kamen seine Freunde ebenfalls in die Bar. Lilly mochte Deacon, er war eher wie Adam, ein ruhiger und zuvorkommender Typ. Liam und Nick waren wie Slade, wenn auch nicht ganz so … sexy.

Von sich selbst genervt verdrehte sie die Augen und signalisierte Faith, dass sie einen weiteren Drink wollte. Anders würde sie diesen Abend wohl nicht überstehen.

Die drei Männer begrüßten sie und unterhielten sich dann mit Slade und Adam, wenn die Arbeit es für ihn zuließ.

"Habt ihr schon von der neuen Lounge gehört, die Drake Ecke Williamsstreet aufgemacht hat?", fragte Liam und nickte Slade zu.

Dieser tat, als hätte er Liam überhört, und unterhielt sich lieber übertrieben angeregt mit Nick.

"Seid ihr mir fremdgegangen?", fragte Adam lachend, während er einem anderen Kunden einen Drink reichte.

"Diese Dinge stehen hier leider nicht auf der Liste", antwortete Liam und zwinkerte Adam zu.

Verwundert sah Lilly zu Slade und musterte ihn. Sie würde nur allzu gern wissen, was genau sie dort getan hatten.

Plötzlich stand Slade auf und trat ganz nah vor sie. Er schob eine Hand in ihren Nacken und drückte leicht zu, während er seinen Mund ganz nah an ihr Ohr brachte.

"Wenn du mich noch länger so ansiehst, wird mich nichts davon abhalten, dich noch einmal zu küssen", raunte er und sie spürte seinen heißen Atem auf ihrem Ohr.

Schwer schluckend schüttelte sie den Kopf. Das war nicht das, was sie wollte. Oder besser gesagt, das war nichts, was sie wollen sollte.

Denn in diesem Moment hätte sie nichts lieber getan, als ihre Hände in sein Shirt zu krallen, ihn zu sich zu ziehen und seine weichen Lippen zu küssen.

Allein bei dem Gedanken an ihren letzten Kuss zog sich in ihr alles zusammen. Sie begehrte Slade mehr als gut für sie war.

Er hatte gewusst, dass sie wieder ihren verdammten Kopf einschalten würde. Er hatte es gewusst und trotzdem hatte er sich nicht beherrschen können.

Er musste ihr einfach nahe sein.

Ihre Haut fühlte sich so verdammt perfekt unter seinen Fingern an, so weich, so zart. Er wollte seine Zunge über genau diese Stellen gleiten lassen, wollte sie verwöhnen und liebkosen.

Das einzige Problem war, dass sie es nicht wollte. Zumindest ihr Kopf nicht, denn ihr Körper sprach ganz anders zu ihm.

Er könnte es sich nehmen, könnte sie einfach küssen, sie verführen und ihr selbst beweisen, wie sehr sie ihn begehrte.

Lillys Lächeln erschien vor seinem inneren Auge. Dieses eine echte Lächeln, das er sonst nie von ihr zu sehen bekam.

Sein Herz krampfte sich zusammen und er presste für einen Moment seine Kiefer aufeinander. Dann schloss er gequält die Augen und atmete ihren verführerischen Duft ein.

Sanft presste er seine Lippen unter ihr Ohr und sagte: "Dann gehe ich jetzt wohl lieber." Wenn es um Lilly ging, traute er sich selbst nicht.

Seine Vorsätze konnten noch so gut sein, schlussendlich würde er sie doch wieder irgendwie verärgern.

Das leichte Zittern, das ihren Körper durchlief, ging ihm durch Mark und Bein. Er brauchte seine ganze Selbstdisziplin, um sich von ihr zu lösen und sich von seinen Freunden zu verabschieden.

Er spürte ihre besorgten Blicke, als er die Bar verließ, aber er hatte keine Kraft, sich jetzt mit ihnen auseinanderzusetzen.

Morgen würden sie ohne Zweifel früh genug auf seiner Matte stehen und ihn mit Fragen löchern.

Bis dahin konnte er seine Zeit damit verbringen, sich nach einer Frau zu verzehren, die sich mit Händen und Füßen gegen ihn wehrte.

Er freute sich auf eine weitere wunderbare Nacht mit blauen Eiern.

LILLY

Ihr Puls raste und ihr Atem ging viel zu schnell. Dieser verflixte Kerl schaffte es wie kein Zweiter, sie innerhalb von Minuten unglaublich heiß zu machen.

Nur dass er ging, bevor sie wütend wurde, das war neu. Für gewöhnlich trieb er dieses Spielchen, solange er wollte, nur um ihr dann auf die Nase zu binden, wie sehr sie ihn wollte.

An diesem Abend nicht, er war einfach gegangen und hatte sie damit ein weiteres Mal innerhalb weniger Stunden überrascht.

"Was war das denn?", fragte Faith.

"Wenn ich das wüsste", gab Lilly zurück, die auch darin einen von seinen Versuchen, sie in den Wahnsinn zu treiben, vermutete.

Faith zuckte die Schultern und bediente einen weiteren Kunden, während Lilly versuchte, das Kribbeln unter ihrem Ohr zu ignorieren.

Seine Lippen auf ihrer Haut hatten sich verdammt gut angefühlt. Seine Stimme war so rau, dass sie ihr kalte Schauer über den Rücken gejagt hatte.

Frustriert schüttelte sie den Kopf. Ihre Gedanken sollten nicht für eine Sekunde bei Mr. Arrogant sein!

3 Raus!

SLADE

Am nächsten Morgen war Slade noch immer auf 180. Er hatte sich die halbe Nacht von rechts nach links gewälzt, war dann unter die kalte Dusche gesprungen, nur um danach wieder mit einem Steifen an Lilly zu denken.

Warum zum Teufel konnte er sie nicht einfach von seiner Speisekarte streichen?

Sonst fiel es ihm doch auch nie so schwer, sich Gegebenheiten anzupassen und das Beste aus jeder Situation zu machen.

Noel hatte ihm einen aggressiven, arroganten Pisser als neuen Bruder vorgestellt, Slade hatte Adam zu seinem besten Freund gemacht.

Noel hatte ihm den Boxclub vererbt, Slade hatte seine eigenen Zukunftspläne vom College sausen lassen und diesen Club für seinen Vater gerockt.

Deacon schleppte diese Problemkids bei ihm an, Slade machte ein gefördertes Programm daraus.

Nur für Lilly gab es verdammt nochmal keine Lösung.

Seine Arme brannten bereits, so lange schlug er schon auf den Punshingball ein, doch seine Wut und Frustration schienen nicht weniger zu werden. Selbst das Training, bei dem er es normalerweise immer schaffte, völlig abzuschalten, hatte diese Hexe ihm versaut.

Mit einem lauten Schrei schlug er ein letztes Mal und mit voller Wucht gegen den Ball. Die absolute Ruhe, die danach um ihn herum herrschte, machte ihm bewusst, dass er sich zusammenreißen musste. Das hier war nicht nur sein Hobby, sondern auch sein Job. Er konnte es sich schlicht nicht leisten, so auszurasten.

Nachdem er mehrere Male tief durchgeatmet hatte, schnappte er sich sein Handtuch und den Iso-Drink, dann verzog er sich in sein Büro. Er brauchte Ruhe, musste allein sein.

LILLY

Irgendwie musste sie diesen verdammten Kerl doch aus ihrem Kopf bekommen können! Warum zum Teufel konnte sie sich nicht in einen netten, lieben Mann vergucken?

Nein, es musste ja wieder ein Mann mit einem überdimensionalen Ego sein, der ihr durchweg das Gefühl gab, dass sie glücklich sein könnte, dass er sich mit ihr abgab.

Verdammte Scheißkerle!

Wütend zupfte sie an dem viel zu kurzen Kleid, das sie sich für diesen Abend ausgesucht hatte. Sie hatte es angezogen, um einen Mann aufzureißen, der Slade endgültig aus ihrem Kopf vertreiben würde.

Sie sah gut aus, das wusste sie, auch wenn es ihr noch immer schwerfiel, das objektiv zu sehen und nicht nur auf die Fehler zu achten.

Niemand würde da sein, der auf ihren Fehlern herum ritt. Niemand würde sie auf kleine Pölsterchen oder Dellen aufmerksam machen. Niemand würde ihr sagen, dass sie so nicht vor die Tür gehen konnte.

Sie reckte die nicht gerade kleine Brust hervor und lächelte sich selbst im Spiegel an. Sie war schön. Nicht perfekt, aber schön und sie würde an diesem Abend verdammt nochmal Spaß haben.

Zwei Stunden später hatten sich ihre guten Vorsätze bewahrheitet. Sie hatte Spaß. Aiden war gekommen und sie unterhielten sich seit beinahe einer Stunde angeregt.

Nur leider hatte ihr verdammter Bauch so überhaupt keine Ambitionen zu kribbeln.

Dafür machten sich diese kleinen beschissenen Verräterschmetterlinge in ihrem Bauch seit ungefähr zwanzig Minuten munter ans Werk, nämlich genau seit dem Moment, in dem sich Slade ihr gegenüber an die Bar gesetzt hatte.

Sie spürte seinen Blick auf sich. Heiß und brennend. Und sie hasste ihn dafür.

Sie entschuldigte sich bei Aiden und ging den schmalen, dunklen Gang zu den Toiletten. Plötzlich spürte sie eine nur allzu vertraute Hand um ihren Oberarm.

"Verdammt, Mädchen, was hast du da an!"

Die Schmetterlinge, die eben noch ihren Magen bevölkert hatten, starben augenblicklich. "Ein Kleid", sagte sie und musste sich noch nicht einmal anstrengen, ihre Stimme frostig klingen zu lassen. Nie wieder würde sie sich von einem Mann für ihr Aussehen maßregeln lassen.

Er lachte auf. "So könnte man es auch nennen. Was denkst du nur …"

Sie wollte es nicht hören, keinen einzigen seiner herablassenden Gedanken.

"Lass es!", fauchte sie und schlug ihn auf die harte Brust. "Aiden hatte nichts daran auszusetzen!"

Er zog die Augenbrauen zusammen, was die kleine sexy Narbe nur noch mehr betonte. Dann schlang er einen Arm um ihre Mitte. Mit einem Ruck hatte er sie an sich gezogen und beugte sich nah zu ihrem Ohr.

"Aiden wird genauso eine Latte wie ich haben, vom Anblick deines göttlichen Hinterns in diesem bisschen Kleid." Er presste sie noch fester an sich und ließ sie spüren, wie erregt er war. "Jesus, Kleines ... du musst raus aus meinem Kopf oder rein in mein Bett. So geht das nicht weiter." Seine Lippen streiften ihr Ohr, während er redete, schickten heiße Schauer durch ihren Körper.

Seine Hände wanderten auf ihren Hintern, kneteten ihn und schoben sich langsam unter ihr Kleid. Es fühlte sich so verdammt gut an. Er begehrte sie, sie wollte ihn.

Warum nicht? Warum verdammt nochmal sollte sie ständig dagegen ankämpfen?

"Du machst mich verrückt, Babe. Ich will dich, seit ich dich das erste Mal gesehen habe", raunte er ihr zu und seine Zunge fuhr über ihren Hals. So warm und weich, die Liebkosung machte ihre Knie zittrig.

Lilly erinnerte sich an diese erste Begegnung, erinnerte sich daran, wie Adam Slade darum gebeten hatte, sie abzulenken.

Einer musste die nervige Freundin zur Seite schaffen, damit Adam an Faith herankam. Ein Freundschaftsdienst, mehr nicht.

Dieser Gedanke war wie ein Schlag in den Magen, der einen Großteil der verbliebenen Schmetterlinge auf einen Schlag tötete.

"Komm schon, Lilly", raunte er ihr zu, doch ihr Kopf begann, endlich wieder zu funktionieren. Das hier war Slade. Sein Ego hatte es nur nicht verkraftet, dass sie ihn hatte abblitzen lassen, das war alles.

Wenn er sie erst einmal gehabt hatte, würde er sämtliches Interesse an ihr verlieren. Das wäre in Ordnung, wenn sie nur ihr verdammtes Herz unter Kontrolle hätte.

Sie war sich ziemlich sicher, dass eine Nacht mit ihm genügen würde, um sich endgültig in ihn zu verlieben. Sie war jetzt schon zu weit gegangen, hatte es zugelassen, dass die Schmetterlinge, die sie immer empfand, wenn sie Slade sah, Nahrung bekamen. Sie hatte ihn näher an sich herangelassen und hatte dadurch bessere Seiten von ihm kennengelernt.

Ihre Kehle wurde eng. Warum zum Teufel hatte sie das zugelassen?

"Komm schon, Kleines, sag ja", flüsterte er und knabberte an ihrem Ohrläppchen.

Ihre Augen brannten, während ihr Körper immer weiter abkühlte.

"Bitte lass mich einfach in Ruhe, Slade", flüsterte sie und blinzelte heftig, um die Tränen, die in ihren Augen waren, wieder zu vertreiben.

Sie wollte ihn den Schmerz nicht sehen lassen. Wollte ihm nicht zeigen, wie zerbrechlich ihr Innerstes war.

SLADE

Es dauerte einen ganzen Moment lang, bis ihre Worte bei ihm ankamen. Er hatte mit vielem gerechnet, aber nicht mit so einem Korb.

Nichts war von der Lilly übrig, die er kannte. Ihre zerbrechliche Stimme hatte ihn augenblicklich erstarren lassen.

Ganz langsam schob er seine Hände von ihrem Hintern zu ihren Hüften, zog sich ein wenig zurück, um sie anzusehen.

Sie wich seinem Blick aus, hatte die Lippen fest aufeinander gepresst. Kein ärgerliches Anfunkeln, keine wütenden Worte. Das alles passte so überhaupt nicht zu ihr.

"Lilly?", fragte er vorsichtig und drückte ihre Hüften.

"Lass mich bitte los, Slade." Wieder war ihre Stimme untypisch leise, beinahe sanft ausgesprochene die Worte.

Er nahm die Hände von ihr, konnte aber nicht anders, als nach ihrem Kinn zu greifen. Doch bevor er sie dazu zwingen konnte ihn anzusehen, hatte sie sich aus seinem Griff befreit. In einer Bewegung drehte sie sich um und ging schnellen Schrittes den Weg zu dem Privatbereich.

"Lilly!", rief er ihr hinterher, doch sie reagierte nicht, schlug nur ziemlich deutlich die Tür hinter sich zu.

Mehr als nur verwirrt starrte er auf die Tür, durch die sie verschwunden war.

Was zum Teufel war da gerade schiefgelaufen? Er hatte absolut keine Erklärung dafür. Aber eines war sicher, so würde er das hier nicht stehen lassen.

Mit großen Schritten ging er zu der via Pincode gesicherten Tür. In Adams alten Club hätte er sich jetzt erst einen Schlüssel besorgen müssen. Er war froh, dass ihm das nun erspart blieb und er sofort mit Lilly reden konnte.

Schnell tippte er die Zahlenkombination ein und das Schloss öffnete sich. Die Stufen, die in den ersten Stock führten, hatte er schnell überwunden. In der

Wohnung angekommen bog er sofort nach rechts in den Flur ab, an dessen Ende das Gästezimmer lag.

Die Tür war geschlossen, aber bestimmt nicht abgesperrt, da Lilly nicht damit rechnen würde, dass er ihr folgte.

Nach zweimaligem Klopfen öffnete er ohne Ankündigung die Tür, um ihr gar nicht erst die Chance zu lassen, die Tür zu verriegeln.

Lilly hatte am Fenster gestanden. In dem Moment, in dem er die Tür öffnete, drehte sie sich zu ihm um. Die Arme hatte sie um sich selbst geschlungen und auf ihren Wangen glitzerten Tränen im Mondlicht.

"Geh weg!" Ihre Stimme war rau, ihr Klang hart, aber Slade würde sie nicht so aufgelöst zurücklassen. Nicht wenn *er* es war, der sie dazu gebracht hatte.

Ohne ein Wort zu sagen, überbrückte er die Distanz zwischen ihnen und zog sie in seine Arme. Sie war steif und versuchte, sich von ihm fortzudrücken, aber Slade ließ es nicht zu.

Körperlich war er ihr mehr als nur überlegen, er würde einfach ausharren, bis sie endlich nachgab und sich trösten ließ.

"Sch ... hör auf, Lilly. Lass das", flüsterte er und streichelte über ihren Rücken.

"Du sollst aufhören, du sollst weggehen", fluchte sie und zerrte weiter an ihm.

Er legte eine Hand auf ihren Hinterkopf und drückte sie gegen seine Brust.

"Es tut mir leid, Lilly. Ich wollte dir nicht wehtun. Niemals, verstehst du?" Er sprach leise und eindringlich, wollte, dass sie verstand, wie wichtig ihm das hier war.

Sie hörte auf, sich zu wehren, war aber noch immer steif in seinen Armen.

"Es tut mir leid", flüsterte er und legte seine Wange an ihren Scheitel.

Er hielt sie einfach nur fest. Sie würde nicht mit ihm reden, sie vertraute ihm nicht, das war okay. Aber er würde für sie da sein, solange wie sie ihn brauchte.

Nach einer Weile wurde sie weicher, lehnte sich an ihn. Sie gab keinen Ton von sich, aber er spürte, wie ihre Tränen nach und nach sein Shirt durchnässten.

Irgendwann zog er sie zum Bett. Nicht, um mit ihr zu schlafen, einfach nur, um sie zu halten, bis sie sich beruhigte und einschlief.

Wieder wehrte sie sich gegen ihn, gab aber schnell nach, als sie bemerkte, dass er sie nicht weiter bedrängen würde.

Sie lagen quer auf dem Bett, Lillys Oberkörper halb auf seinem gebettet. Er hatte die Arme um sie geschlungen, hielt sie fest und versuchte, nicht allzu sehr darüber nachzudenken, was schief gelaufen war.

Er würde keine Lösung finden, bevor Lilly nicht mit ihm gesprochen hatte.

Sanft drückte er seine Lippen auf ihre Stirn und schloss die Augen. Irgendwann würde sie sich beruhigen und einschlafen.

Doch noch spürte er das leichte Zittern, das ständig durch ihren Körper lief.

Nur ganz langsam wurde es weniger und ihre Atmung ruhiger. Er fühlte ihren gleichmäßigen, immer langsamer werdenden Herzschlag an seinem Brustkorb. Das Gefühl beruhigte ihn, ebenso wie der immer tiefer werdende Atem.

Er entspannte sich im selben Maße, wie Lilly sich entspannte, ließ sich von ihrer Nähe und ihrem Duft einhüllen.

Nur noch einen Moment würde er sich das noch erlauben, dann würde er gehen. Bestimmt.

4 Freunde

LILLY

Als sie am nächsten Morgen erwachte, spürte sie als erstes die harte Brust unter ihrer Wange. Sie roch einen ihr schon so bekannten Duft nach Zedernholz und Meer.

Slade war da, er war bei ihr geblieben. Sie war sich nur absolut nicht sicher, ob sie sich darüber freuen sollte oder nicht.

Im Endeffekt machte ihr das alles nur noch schwerer. Wie sollte sie ihr Herz beschützen, wenn Slade sich immer mehr davon erkämpfte?

Sie hatte stark sein wollen und war kläglich gescheitert, wieder einmal.

Als sie sich von ihm wegrollen wollte, verspannte er sich. Er zog sie enger an sich und drehte sich mit ihr auf die Seite. Ein Bein schlang er um ihre Hüfte. Von seinem massigen Leib fühlte sie sich beinahe erdrückt.

Gleichzeitig fühlte es sich unglaublich gut an, doch dieses Gefühl unterdrückte sie sofort. Es sollte sich nicht gut anfühlen. All das hier war falsch.

"Slade?" Lilly wand sich in seinen Armen und versuchte ihn aufzuwecken. Die einzige Reaktion war ein unwilliges Brummen.

SLADE

"Slade!" Die Stimme, die so verdächtig nach Lilly klang, rief ihn immer wieder.

Aber Lilly würde ihn nicht rufen. Lilly würde ihn wenn überhaupt verfluchen.

Er rückte die Frau in seinen Armen nochmal zurecht, um wieder gemütlich einzuschlafen. Dann erstarrte er.

Die Frau in meinen Armen? Es gibt keine Frau in meinem Bett!

Unwillig versuchte er, die letzten Reste seiner Schläfrigkeit loszuwerden.

Als er seine Augen einen Spaltbreit aufzwingen konnte, erkannte er, dass er überhaupt nicht zuhause war. Er war in Adams Gästezimmer. Daraufhin fiel ihm auch der Abend zuvor wieder ein. Lilly in diesem atemberaubenden Kleid, Lilly in seinen Armen und schließlich Lilly, die still weinend in seinen Armen lag.

Verdammt!

Und er hatte noch immer keine Idee, was schief gelaufen war.

Er beschloss, ihre Nähe und ihren Duft noch für einen Moment zu genießen. Sie fühlte sich verdammt gut in seinen Armen an und dabei hatte das alles noch nicht einmal etwas mit Sex zu tun.

Die Nase an ihren Nacken gedrückt atmete er tief ein. Süß wie Pfirsich und genauso weich.

"Slade?" Lillys Stimme klang vorsichtig.

"Mhm?", brummte er und drückte sie ein letztes Mal fest an sich. Dann ließ er sie widerwillig los und rollte sich auf den Rücken.

Er spürte ihren Blick auf sich ruhen, hatte aber bei Gott keine Kraft, im Halbschlaf irgendwelche Diskussionen zu führen, für die er weder den Grund kannte noch eine Lösung wusste.

"Das hier …", begann sie stotternd, doch Slade unterbrach sie. "Nenn es einen Freundschaftsdienst", sagte er.

Dann stand er auf und rieb sich über das Gesicht. "Ich muss los, den Club aufsperren. Bis heute Abend, Kleines", sagte er, küsste sie auf die Wange und ging so langsam wie möglich aus dem Raum. Es sollte schließlich nach einem geregelten Rückzug, nicht nach einer eiligen Flucht aussehen.

"Willst du eine Trainingshose? Dann können wir zusammen joggen", rief Adam ihm zu, als er sich an der Küche vorbeischleichen wollte.

Verdammt! Er hatte gehofft, dass Adam nicht mitbekommen hatte, dass er bei Lilly übernachtet hatte.

"Morgen! Ja, wäre nett. Muss nur gleich los", sagte er locker, als hätte er sowieso geplant, in die Küche zu schlendern.

Adam verdrehte die Augen. "Klar!"

Durchschaut, verdammt!

Dann deutete Adam auf die Anrichte, auf der ein Vitaminshake stand, den Adam ihm immer verpasste, wenn er verkatert war.

"Ich war gestern nicht betrunken!", brummte er Adam zu.

"Dann bin ich umso gespannter auf die Geschichte!", sagte Adam feixend und warf ihm eine Hose zu.

Vor sich hin grummelnd tauschte Slade Jeans gegen Shorts.

Dann stopfte er Hose und Jacke in eine Tasche, die Adam ihm reichte.

"Du hast mich verarscht", beschwerte sich Slade beim Hinausgehen.

"Du hast mich um zwei Stunden Schlaf gebracht, in denen Faith lieber erörtern wollte, was ihr zwei da so treibt."

Slade zuckte die Schultern. "Es ging ihr nicht gut, ich hab sie getröstet."

"Es ging ihr noch fantastisch, als sie von Aiden weggegangen ist", warf Adam ein.

Im Gleichschritt joggten sie die Straße entlang. Slade verfluchte sich, dass er nicht schlechter in Form war, dann hätte er dieses Gespräch mit theatralischem Keuchen abwürgen können. Leider würde Adam ihm das niemals abnehmen, nach den wenigen Schritten.

Schließlich entschied er sich für die Wahrheit. "Wir haben ein bisschen rumgemacht und plötzlich ist sie in Tränen ausgebrochen. Mehr war nicht."

Slade spürte Adams Blick auf sich, starrte aber stur weiter auf die Straße und betete, dass der Club bald in Sicht kam.

"Und warum hat sie geheult?"

Slade blieb stehen und warf die Hände in einer "Echt jetzt?" Geste zum Himmel.

"Was?", fragte Adam. Als wäre nicht sonnenklar, was Slade damit sagen wollte.

"Woher zum Teufel soll ich wissen, warum Lilly heult?" Dass es ihn wahnsinnig gemacht hatte, sie so fertig zu sehen, erwähnte er lieber nicht. Auch nicht, dass er wirklich gern gewusst hätte, was genau schief gelaufen war.

"Hast du sie nicht gefragt?" Adam schien ernsthaft erstaunt.

"Ich bin doch keine Frau verdammt!" Faith hatte seinem besten Freund eindeutig den Kopf verdreht. Er drehte sich um und joggte weiter. Er war sich ziemlich sicher, dass er für dieses ganze Durcheinander lieber keine Erklärung haben wollte.

LILLY

Eine lange heiße Dusche half ihr, ihre Gedanken neu zu sortieren. Es war alles halb so wild. Die Reise in ihre Vergangenheit hatte alte Wunden aufgerissen, aber nicht tief genug, um wirklich Schaden anzurichten.

Und Slade? Er war einfach nur ein verdammt netter Kerl, der für sie da gewesen war, als es ihr schlecht ging. Wenn sie ihrem Herzen beibringen konnte, dass er wirklich nicht mehr werden würde, konnte er sogar ein sehr guter Freund werden.

In einen Jogginganzug gehüllt, ging sie in die Küche.

Faith wartete bereits auf sie.

"Guten Morgen", sagte Lilly und lächelte ihre Freundin beruhigend an.

"Guten Morgen … alles okay?"

Lilly nickte und nahm sich eine Tasse Kaffee. "Ja, nur eine kurze Ich bin so einsam und werde einsam sterben-Phase." Das war die halbe Wahrheit und würde Faith zufriedenstellen.

Wie erwartet lachte Faith auf. "Naja, dass du allein bist, liegt wohl nicht an mangelnden Bewerbern."

Seufzend setzte Lilly sich zu Faith an den Esstisch. "Ich weiß, aber es ist einfach nicht der Richtige dabei."

"Slade?", fragte Faith mit hochgezogenen Augenbrauen.

"Ist einfach nur ein guter Freund." Krampfhaft suchte sie nach einem Thema, das leichter für sie war, und fand es schließlich. "Ich brauch noch was zum Anziehen für mein Bewerbungsgespräch morgen. Kommst du mit?"

Faith sah ein klein wenig skeptisch aus, nickte aber schließlich.

"Okay, ich muss sowieso in die Stadt. Meine Haare brauchen dringend einen Schnitt."

Lilly sah sich das Durcheinander auf Faiths Kopf an. Sie hatte recht. Faiths braune Haare waren mittlerweile ziemlich ungleichmäßig kinnlang. Von einem Schnitt war nicht zu reden.

"Okay, ich bin in fünfzehn Minuten fertig", sagte Lilly und trank den viel zu heißen Kaffee schneller als gut für sie war.

Faiths Augen funkelten, dann nickte sie, stand auf und verließ eilig die Küche. Lächelnd sah Lilly ihr nach. Sie war mehr als nur glücklich darüber, dass Faith Adam gefunden hatte und die beiden zusammen für ihre Liebe gekämpft hatten.

SLADE

Verwundert sah Slade auf, als Adam auf einmal aufhörte zu kämpfen. Das Lächeln, das gleich darauf auf Adams Gesicht erschien, sagte Slade sofort, wer da die Boxhalle betreten hatte.

Nur eine einzige Frau, nein, eigentlich sogar nur ein einziger Mensch konnte Adam so strahlen lassen.

Gleich darauf packte Adam die Seile des Trainingsrings und schwang sich darüber.

"Hey! Was machst du denn hier?", rief Adam und lief seiner Frau entgegen. Der Blick und der Kuss, die die beiden teilten, waren so innig, dass Slade sich abwandte.

Da entdeckte er Lilly, die sich neugierig im Club umsah. Was sie wohl dachte? Slade sah sich ebenfalls um. Das Boxstudio war sehr modern eingerichtet. Viel Stahl, Spiegel und Glas.

Sämtliche Trainingsgeräte standen im Kreis um den Boxring in der Mitte des Clubs. Daher hatte das Studio auch seinen Namen.

Noel, Slades Vater, hatte immer gesagt: "Ab ins Center", wenn einer von ihnen aus der Reihe getanzt war und eine Abreibung von ihm erhalten sollte.

Slade hatte den Club nach Noels überraschendem Herztod in Central umbenannt, genauso wie Adam es mit seiner Bar getan hatte. Aus Respekt ihrem gemeinsamen Vater gegenüber, ob nun leiblich oder nicht.

Slade streifte die Handschuhe ab und sprang ebenfalls aus dem Ring. Während er auf Lilly zuging, trank er einen großen Schluck eines Iso-Getränks.

"Was macht ihr denn hier?", fragte er lächelnd und warf Adam die Flasche zu.

"Faith musste Adam den Schlüssel bringen, weil wir in die Stadt fahren wollen", erklärte Lilly und ihre grünen Augen funkelten.

Slade hätte schwören wollen, dass Lilly seinen Bizeps beobachtete, während er sich Gesicht und Kopf mit dem Handtuch abtrocknete, weshalb er es sehr gründlich tat.

Seine Finger kribbelten vor lauter Verlangen, sie zu berühren, noch einmal ihre weiche Haut zu spüren.

Allein über diesen Gedanken ärgerte er sich, konnte es aber auch nicht leugnen.

Also lächelte er Lilly frech an, hob die Fäuste und boxte sie leicht in den Bauch und auf die Schulter. Als er sie in die Seite knuffte, fing sie zu kichern an.

"Gibs zu, du bist gekommen, um kämpfen zu lernen", sagte er grinsend.

Sie lachte lauthals. "Wenn, dann werde ich das Nummerngirl!"

Schnell beugte er sich nach unten, umschlang ihre Oberschenkel mit den Armen und hob sie hoch. Lilly kreischte auf und schlang ihre Arme um ihn.

Es fühlte sich gut an, sie so nah bei sich zu haben, sie berühren zu können und ihren süßen Pfirsichduft einzuatmen.

"Was machst du da?", fragte sie lachend und hielt sich an seinem Hals fest. Auch das fühlte sich verdammt gut an.

"Ich will sehen, wie du im Ring aussiehst, bevor ich dich einstelle", sagte er und trug sie bis zur Plattform.

Ein paar von den jungen Männern, die zum Trainieren da waren, pfiffen und johlten. Auch die Jungs von der Hochzeitsband waren dabei und skandierten ihren Namen.

Es schien Lilly nicht zu stören, also störte es ihn auch nicht. Er wollte nur, dass sie weiterhin lachte und entspannt war.

"Lass mich runter!" Lächelnd wand sie sich in seinem Griff.

"Nur wenn du mir heute Abend ein Bier ausgibst", sagte er, ließ sie aber bereits dicht an seinem Körper entlang hinabgleiten.

"Das ist Erpressung, aber gut, heute Abend." In dem Moment berührten ihre Füße den Boden. Sein Arm lag um ihre Mitte und ihr Hände auf seiner Brust. Es wäre genau perfekt, um sich einfach zu ihr zu beugen und diese weichen Lippen zu küssen.

"Deal", sagte er mit etwas zu rauer Stimme und trat einen Schritt zurück.

Lilly schüttelte ganz leicht den Kopf, dann wandte sie sich Faith zu. "Bist du soweit? Du brauchst einen neuen Haarschnitt!"

Adam küsst Faith auf den Mund. "Wenn du ohne Haare wiederkommst, bekommen wir Probleme miteinander", drohte er Faith spielerisch.

Sie lachte. "Du wirst dir noch wünschen, dass es nur das ist!"

LILLY

Lilly bewunderte Faith für ihren Mut. Sie hatte sich die linke Seite bis auf wenige Millimeter abrasieren lassen, der Rest war einheitlich ungefähr kinnlang.

Dazu hatte sie sich die Haare in allen Farben des Regenbogens färben lassen.

Es sah fantastisch aus, aber Lilly hätte es sich niemals getraut.

Ihre Haare waren das einzige, an dem Christopher fast nie etwas auszusetzen gehabt hatte, ergo das einzige, das wirklich perfekt war. Anderenfalls hätte er etwas gefunden.

Genervt sah Lilly auf die kleinen Dellen in ihrem Oberschenkel. Es würde verdammt warm im Club werden und sie hatte keine Lust, sich eine Stumpfhose unter das Kleid anzuziehen, um diesen Makel zu kaschieren.

Da es sowieso recht dunkel sein würde, beschloss sie, dass es auch so gehen würde. Sie schnappte sich ihre Handtasche und ging die wenigen Stufen nach unten.

Slade saß mit dem breiten, anbetungswürdigen Rücken zu ihr an der Bar und unterhielt sich angeregt mit Adam.

Wobei dieser eher aufgeregt schien, nicht im positiven Sinne. Adam gestikulierte wild und Lilly hatte so eine Ahnung, was sein Problem war.

"Hey." Lilly ließ sich auf dem Platz neben Slade nieder und lächelte ihn an.

"Hey. Ich hab mein Bier schon auf dich schreiben lassen, für den Fall, dass du nicht auftauchst", sagte er und lächelte wieder dieses Spitzbubenlächeln, das ihren Bauch schon am Vormittag hatte kribbeln lassen.

"Ich halte, was ich verspreche", sagte sie und nahm den Wein entgegen, den Faith ihr wortlos reichte.

"Dann kannst du mir nach diesem gleich nochmal eins dafür spendieren, was ich gerade bei der Erwähnung deines Namens ertragen musste."

Lilly lachte. "Faiths Haare?"

Daraufhin verdrehte er nur die Augen. "Was hat er für ein Problem? Ich fand die Glatze schlimmer."

Lächelnd lauschte sie Slades Adam-Imitation, bis der Rest der Clique kam und sie eine Live-Vorführung von Adam bekam.

Er beendete sein Gejammer erst, als Faith androhte, sich die Haare ganz abzurasieren, wenn Adam nicht endlich mit seiner Nörgelei aufhöre.

Es fühlte sich gut an, einfach nur einen Abend mit Menschen zu verbringen, die Spaß hatten, miteinander lachten und herumalberten. Und es fühlte sich gut an, wie zwanglos Slade mit ihr umging, sie neckte und immer wieder in die Runde mit einbezog.

Dank ihm war es, als wäre sie schon über ein halbes Jahr Teil dieser Gruppe, so wie Faith es war.

Gegen Mitternacht verabschiedete sie sich von den anderen. Slade drückte sie kurz an sich.

"Danke", sagte sie leise und war froh, dass er sie einfach nur einen Moment lang festhielt.

"Immer gern", gab er ebenso leise zurück.

Wenn sie nicht alles täuschte, seufzte er sogar, als sie sich wieder von ihm löste.

Faith hatte recht. Slade war kein schlechter Kerl. Wenn er für einen Moment mal nicht den Macho raushängen ließ, war er ein toller Mann.

Lächelnd ging sie den Flur entlang und die Stufen nach oben in die Wohnung. Sie würde hier Anschluss finden. Ein neues Leben mit guten Freunden. Was wollte sie mehr?

5 Auftrag

LILLY

"Ich habe ihn, ich habe ihn, ich habe ihn!", schrie Lilly und fiel in Faiths Arme.

Eigentlich hatte sie schon fast nicht mehr damit gerechnet, aber nach über eine Woche Bangen, hatte sie endlich die Zusage für ihren neuen Job. Smith and Millers war eine renommierte Marketingagentur, die gerade im Begriff war, zu expandieren.

Lilly würde direkt in ein neues Projekt einsteigen, in dem S&M versuchten, die Ausschreibung für eine Marketingkampagne zu gewinnen.

"Herzlichen Glückwunsch!", sagte Faith und strahlte sie begeistert an. "Das müssen wir feiern!"

Nur allzu gern stimmte Lilly zu. Damit hatte sie ihre größte Sorge hinter sich gelassen. Sie hatte einen neuen Job. Bald würde sie sich eine eigene Wohnung suchen können und damit endgültig Abstand von ihrem alten Leben gewinnen.

Während Faith sich bereits an die Planung machte, ihre Freunde benachrichtigte und sich um eine Vertretung für die Bar bemühte, zog Lilly sich in ihr Zimmer zurück.

Sie hatte es geschafft. Ein Meilenstein zurück in ein selbstständiges Leben. Tränen stiegen ihr in die Augen, die sie so schnell wie möglich wegblinzelte. Alles würde gut werden, sie konnte es schaffen. Sie war von niemandem abhängig.

SLADE

Den ganzen Abend lang beobachtete er Lilly mehr oder weniger unauffällig. Es war unglaublich schön zu sehen, wie ausgelassen Lilly an diesem Abend war. Sie war wunderschön, wenn sie lachte, wenn ihre Augen funkelten und die kleinen Grübchen an ihren Wangen zum Vorschein kamen. Ihr Arsch, der nur knapp von ihrem Kleid verdeckt wurde, machte es noch schwieriger, sie nur anzusehen.

Er konnte seine Finger einfach nicht mehr länger bei sich behalten. Er schlang einen Arm um ihre Mitte und zog sie an sich.

"Tanz mit mir", bat er laut über die Musik hinweg.

Lilly lächelte, schlang ihre Arme um seinen Hals und bewegte sich mit ihm zum Takt der Musik.

"Gratuliere zum Job", sagte er, nachdem sie ihn fragend angesehen hatte. Wahrscheinlich hatte er sie einfach wieder einmal zu lange angestarrt.

Es fiel ihm nur leider unbeschreiblich schwer, sie nicht ständig anzusehen. Sie war unglaublich schön und ihr Lächeln so anziehend, dass er seinen Blick kaum von ihr abwenden konnte.

"Danke. Jetzt muss ich nur noch die Probezeit überstehen und eine Wohnung finden, dann ist alles geschafft."

Ihre weichen Lippen bewegten sich beim Sprechen, forderten ihn dazu auf, sie endlich zu küssen.

"Ich wüsste eine", murmelte er und beugte sich noch näher zu ihr.

Ihr Duft nebelte ihn ein. Er wollte seine Nase an die Kuhle an ihrem Hals drücken, mehr davon einatmen und ihre Haut schmecken.

"Ich komm darauf zurück, wenn ich soweit bin", sagte sie und auch ihre Stimme klang rauer, wenn ihn nicht alles täuschte.

Er gab nach, beugte sich das letzte Stückchen zu ihr und fuhr mit seiner Nase über ihren Hals. Die Haut war unglaublich weich und sie roch verführerischer als alles, was er bisher kannte.

Als sie sich näher an ihn schmiegte, leckte er vorsichtig über die empfindliche Stelle unter ihrem Ohr. Süß und ein klein wenig salzig. Eine Kombination, der er nicht widerstehen konnte.

Er fuhr mit seinen Lippen über ihren Hals, genoss die Art, wie sie sich an ihn schmiegte. Sein Mund wanderte höher und entlang ihres Kiefers, schmeckte und erkundete jeden Millimeter dieser verführerischen Linie.

Knapp über ihrem Mund hielt er schließlich inne. Er wollte sie küssen, nichts mehr als das. Er wollte sie fühlen, sie schmecken, sich in ihr verlieren. Aber er erinnerte sich noch zu genau an die Ohrfeige und ihre Tränen. Keines von beiden wollte er je wieder bei ihr sehen.

Lilly war die erste Frau, bei der es ihm wirklich wichtig war, was für Gefühle er bei ihr auslöste. Sie sollte sich genauso gut in seiner Gegenwart fühlen, wie er es sich in ihrer fühlte. Sie sollte im gleichen Rausch der Sehnsüchte sein wie er, sollte sich in diesem Strudel der Gefühle verlieren.

Ihre Atmung ging schwer, er spürte jedes einzelne Ausatmen auf seinen Lippen.

Alles um sie herum schien so leise, so fern, während jede ihrer Bewegungen unglaublich deutlich zu sein schien. Es war, als wären sie in einer kleinen Blase, nur Lilly und er.

Ihre Zunge schnellte hervor, fuhr über ihre volle Unterlippe. Die Stelle schimmerte feucht und Slade konnte nicht anders, als ebenfalls über diese Stelle zu lecken.

Ihre Hände verkrallten sich in seinem Nacken, dann presste sie ihren Mund auf seinen. Ihr Kuss war energisch, voller Leidenschaft, so intensiv, dass Slade unwillkürlich aufstöhnte.

Sofort schob sie ihre Zunge in seinen Mund, streichelte seine und umkreiste sie auf eine Art, die Slades Schwanz heftig zum Pulsieren brachte.

Slade griff fest in ihren Hintern, presste sie an sich und ließ sie fühlen, wie verdammt scharf er auf sie war. Aber anders als erwartet machte sie keinen Rückzieher, wenn ihn nicht alles täuschte, tanzte Lilly sie gerade durch die Menge in Richtung Privattür.

Als sie den Kuss beendete, waren ihre Augen genauso lustverhangen wie seine es sein mussten.

"Sag mir, dass du mich jetzt nicht hängen lässt", sagte er mit rauer Stimme und schob sie noch weiter zurück.

Lilly lächelt ihn lasziv an. "Nein, ich glaube, wir haben was zu feiern."

Damit drehte sie sich in seinen Armen und gab den Code zum Öffnen der Tür in das Bedienfeld ein.

Es fiel ihm schwer zu warten, bis das grüne Lämpchen endlich das Entriegeln anzeigte.

Bevor irgendjemand ihnen einen Strich durch die Rechnung machen konnte, drängte Slade sie hinein und warf die Tür hinter ihnen ins Schloss.

Er wirbelte Lilly zu sich herum und presste sie gegen die Innenseite der Tür. Beinahe augenblicklich schlang sie ihre Beine um seine Mitte und presste sich gegen seinen fast schon schmerzhaft steifen Schwanz.

Stöhnend presste er seine Lippen auf ihre. Er wollte sie, hier, jetzt, wollte keinen Moment länger verschwenden. Ohne noch länger zu warten, wollte er sich sofort tief in ihr versenken, sie gegen diese verdammte Tür gepresst vögeln.

Aber das hier war Adams Wohnung, nicht seine. Jeden Moment konnte einer ihrer Freunde hereinkommen.

Lilly biss ihn in die Unterlippe und rieb sich lasziv an ihm. Es machte ihn verrückt, vor allem, da er gerade versuchte, die Willenskraft aufzubringen, es noch bis in ihr Zimmer zu schaffen.

Warnend schlug er ihr auf den Arsch, als sie ihn erneut in die Lippe zwickte.

Ihr Stöhnen ließ seinen Schwanz heftig pulsieren. Keuchend legte er seinen Kopf an ihren Hals, sammelte seine Kräfte, während er ihren heißen Atem auf seiner Kopfhaut spürte.

"Nach oben."

Mehr brachte er nicht heraus, schlang seine Arme fest um sie und trug sie die Stufen hinauf zur Wohnung.

Lillys Lachen klang rau und ihre Hände waren unerträglich heiß, fast schon eine Folter, wie sie seinen Körper liebkosten, während Slade sie nach oben trug.

Seine Fingerspitzen wanderten ganz von selbst von hinten zwischen ihre Beine, ertasteten die feuchte Stelle an ihrem winzigen Slip.

"So nass", brummte er zufrieden und schob seine Finger darunter, um ihre heiße Spalte liebkosen zu können.

Lilly stöhnte rau, drückte sich ihm entgegen, bis er zwei Finger wenige Zentimeter in sie schob. Sie war verdammt eng und nass. Sie war genauso heiß auf ihn, wie er auf sie.

Endlich erreichte er Lillys Zimmer, ging hinein und trat die Tür zu. Er setzte sich auf Lillys Bett, fuhr mit seinen Lippen über ihren Hals und genoss jeden Zentimeter ihrer warmen, weichen Haut.

Ungeduldig zerrte sie an seinem Shirt, bis er die Arme hob und es sich ausziehen ließ. In ihren Augen brannte ein Feuer, das von einem endlosen Begehren sprach, wie er es fühlte.

Lilly war perfekt. Sie würde ihm alles geben können, wonach er sich sehnte.

Sie drückte seinen Oberkörper zurück, bis er auf dem Rücken lag. Ihre Hände fuhren ebenso gierig über seine Brust, wie seine über ihre Schenkel und den vollen Arsch.

Er packte zu, konnte ihn nicht umfassen, dafür umso besser hineinpacken. Ihr Hintern war perfekt. Alles an ihr war perfekt für ihn. Leicht schlug er mit beiden Händen auf ihre Backen und griff dann erneut hinein.

Lilly bäumte sich stöhnend auf, ihre Fingernägel kratzten dabei über seinen Oberkörper und spornten ihn nur noch mehr an.

Er wollte endlich in ihr sein, wollte sie spüren und sich tief in ihr vergraben.

Als hätte sie seinen Wunsch gehört, öffnete sie seinen Gürtel, dann seine Hose.

Während sie sich zum Nachttisch beugte, um ein Kondom zu holen, schob er sich Hose und Shorts von den Hüften. Weiter kam er nicht, denn Lilly saß schon wieder auf ihm.

Ihr Blick lag auf seinem Schwanz und sie leckte sie über die Lippen, während sie nach ihm griff.

Slade bäumte sich auf, presste seinen Schwanz fest in ihre Faust, genoss die Berührung mehr als alles andere.

Ihr Griff war fest, langsam fuhr sie ihn der Länge nach auf und ab.

"Komm schon, Babe", keuchte er, wollte endlich in ihr sein.

Später würde er sich Zeit nehmen, er würde sie die ganze Nacht lang liebkosen und auf alle nur erdenklichen Arten vögeln, aber jetzt wollte er einfach nur in ihr sein, wollte sich nehmen, wonach er sich schon seit so vielen Monaten verzehrte.

Wieder lachte sie rau auf, öffnete aber endlich die Verpackung des Kondoms und streifte es ihm über.

Dann kniete sie sich über ihn und ließ sich langsam auf ihn herab.

Sie war verdammt eng und schmiegte sich wie ein fester, heißer Handschuh um seinen Schwanz. Ihre quälend langsamen Bewegungen waren bei weitem nicht genug, machten ihn beinahe wahnsinnig.

Er griff nach ihren Hüften, zog sie tiefer auf sich und stieß nach oben, um mehr von ihr zu fühlen.

Stöhnend legte sie den Kopf in den Nacken. Sie sah umwerfend aus, nur das Kleid störte. Er wollte mehr von ihr sehen, wollte jeden Zentimeter anfassen.

Noch ehe er dazu kam, nahm sie ihn ganz in sich auf. Ihre inneren Muskeln zuckten um seinen

Schwanz herum und machten es ihm unmöglich zu denken. Sie ließ ihr Becken kreisen und er spürte, wie noch mehr Feuchtigkeit sich zwischen ihnen sammelte. Dann beugte sie sich endlich zu ihm und küsste ihn erneut.

Slade schlang seine Arme um ihre Mitte, hielt sie fest und stieß so schnell und tief er konnte in sie.

Lilly unterbrach den Kuss, keuchte an seinen Lippen. Ihr Blick war trüb und ihre Hände krallten sich in seine Schultern.

Sie vergrub ihr Gesicht an seinem Hals, während ihr Unterleib sich immer fester um seinen Schwanz herum verkrampfte.

"Du fühlst dich so verdammt gut an, Babe", raunte er in ihr Ohr und stieß noch schneller zu. Ihr Stöhnen trieb ihn immer weiter, er wollte mehr von ihr spüren, den Moment endlos hinauszögern.

Doch das Zucken um seinen Schwanz wurde immer härter und er spürte das Ziehen in sich, das seinen eigenen Orgasmus ankündigte.

Mit einer Hand griff er in Lillys Haare und zog ihren Kopf hart zurück. Ihr Rücken bog sich zu einem Hohlkreuz, wodurch er noch tiefer in sie eindringen konnte.

Ihre Augen waren zur Hälfte geschlossen und ihr Mund stand einen Spalt breit offen. In ihrer Ekstase sah sie unglaublich heiß aus.

"Ich will sehen, wie du kommst, Babe", stieß er keuchend hervor und spürte gleich darauf das Zittern, das ihren Körper durchlief. Er presste sich mit aller Kraft in sie und ließ sich von ihr mit über die Schwelle zu seinem Orgasmus reißen.

Keuchend lag er seit einer Ewigkeit auf dem Bett, wollte sich keinen Millimeter mehr rühren. Er hatte recht behalten, Lilly war perfekt für ihn.

Er stöhnte, als sie sich auf ihm bewegte und streichelte langsam über ihre Schenkel. Ihre Lippen strichen hauchzart über seine, dann erhob sie sich.

Protestierend brummte er, wollte sie nicht gehen lassen, nicht einmal die wenigen Meter bis ins Bad.

Ihr vergnügtes Kichern ließ ihn lächeln. Mühsam richtete er sich zum Sitzen auf und zog das Kondom ab. Er verknotete es und warf es in den Mülleimer, der nicht weit entfernt vom Bett stand.

Dann stand er auf, zog sich Shorts und Hose nach oben und folgte Lilly ins Bad. Vielleicht konnte er sie gleich unter die Dusche ziehen. Er war so heiß auf sie, dass er sie nochmal nehmen wollte, auch wenn er gerade erst gekommen war.

Lilly kam gerade aus dem Bad, als er dort ankam. Zu Slades Verärgerung war sie bereits wieder angezogen und sah so gar nicht aus, als würde sie mit ihm unter die Dusche gehen wollen.

Sie lächelte ihn an und blieb stehen. "Lass dir ruhig Zeit, ich geh schon mal runter."

Slade zog die Augenbrauen zusammen. "Runter?"

"Zurück auf die Party", sagte sie, als wäre es etwas ganz Normales nach oben zu gehen, den Sex seines Lebens zu haben und dann weiter zu feiern.

Er legte einen Arm um ihre Mitte und zog sie an sich. Vielleicht musste er einfach ein bisschen deutlicher werden, damit sie verstand, was er wollte. "Ich dachte, wir duschen zusammen und gehen dann ins Bett für die eine oder andere nächste Runde."

Die Art, wie Lilly sich gegen seine Brust stemmte, sprach nicht gerade dafür.

"Besser nicht", sagte sie. Sie drückte noch weiter gegen ihn, bis Slade sie widerwillig losließ. Sie trat einen Schritt zurück und lächelte ihn an.

"Besser nicht?", fragte er ungläubig. Für gewöhnlich hatte er eher das Problem, dass er die Frauen nicht mehr loswurde.

Lilly grinste ihn auf diese Art an, die er selber perfektioniert hatte. Es war dieses besondere Sorry-Lächeln.

"Hör mal … wir hatten Spaß, nicht wahr? Lass es uns einfach dabei belassen. Ich mag dich als Freund und … das ist gut so."

Sie hätte ihm auch einfach eins mit dem Baseballschläger überziehen können. Es fühlte sich ziemlich vergleichbar an.

Während Slade noch versuchte, seine Gedanken zu sortieren, stellte sich Lilly dicht vor ihm auf die Zehenspitzen und küsste ihn auf die Wange. Ihre Hand brannte sich dabei in seine linke Brust.

Dann ging sie nach unten und ließ ihn stehen wie einen gefühlsduseligen Idioten, der doch tatsächlich gedacht hatte, er könnte eine Frau gefunden haben, die mehr für ihn war.

Denn das war sie. Die erste Frau, die er länger behalten wollte, von der er mehr wollte als nur diese eine Nacht.

Verdammt!

LILLY

Sie hatte ein klein wenig ein schlechtes Gewissen. Sie hätte nicht so fluchtartig die Wohnung verlassen sollen, aber sie kannte sich. Sie musste auf ihr Herz aufpassen, damit sich nicht unbeabsichtigt mehr zwischen ihnen entwickelte.

Ein Mann kam im Moment definitiv nicht infrage. Und vor allem kein Mann wie Slade, dessen Ego größer war, als gut für ihn war.

Slades Freunde sahen ihr irgendwie neugierig entgegen, aber Lilly ignorierte sie. Vorsichtshalber tanzte sie sich breit grinsend in Richtung Faith vor und bestellte sich einen Drink.

Auch Faiths fragenden Blick ignorierte sie vollkommen.

Kurze Zeit später sah sie, wie Slade sich durch die Menge drückte.

Er sah eher finster aus, fast schon wütend.

Lilly befürchtete, dass er eine Szene machen könnte, aber er winkte Adam lediglich über die Menschen hinweg zu und verschwand nach draußen.

Trotz der lauten Musik meinte sie, das Schlagen der Tür zu hören.

"Oha … was hast du denn gemacht?", fragte Faith, und auch Adams Blick spürte Lilly beinahe körperlich.

Sie lächelte, so ungezwungen sie konnte. "Wir hatten Spaß, das wars", antwortete sie und hüpfte vom Barhocker. Ein wenig tanzen würde ihr guttun.

6 Wut

SLADE

Wütend war nicht annähernd das richtige Wort. Die Mischung aus Enttäuschung, Frustration und Zorn fraß sich seit dem vorletzten Abend tief in sein Herz.

Seine Gedanken kreisten unaufhörlich um Lilly und die Worte, die sie ihm so kalt entgegengeschleudert hatte. Was zum Teufel war nur los mit ihr? Natürlich hatte er nicht von der großen Liebe und einem *Für immer* gesprochen, aber man hätte es ja zumindest versuchen können.

Dass sie ihn so völlig abblitzen ließ, hätte er einfach nicht erwartet.

Immer wieder sah er auf sein Handy, wartete auf eine Nachricht von ihr, dass es ihr leidtäte und sie nochmal reden sollten, aber da kam nichts. Kein einziges Mal, wenn er dieses verdammte Handy in die Hand nahm, war eine neue Nachricht darauf. Jedes Mal sah er auf ihren Status und bemerkte, dass sie zwischenzeitlich sehr wohl online gewesen war, nur eben ihm nicht geschrieben hatte.

Was zum Teufel war ihr Problem? Was hatte sich geändert, dass sie auf einmal überhaupt kein Interesse mehr an ihm hatte?

Und warum verdammt nochmal interessierte ihn das überhaupt?! Er war es doch, der immer nur unkomplizierte Affären suchte. Da müsste eine Frau, die ihn nicht nochmal in ihr Bett locken wollte, doch eigentlich ideal sein.

Wahrscheinlich eine Ego-Sache. Ziemlich sicher sogar. Aber das war überhaupt kein Problem. Es hatte nie lange gedauert, bis er eine Frau aus seinem Kopf bekommen hatte. Alles, was ihn ärgerte, war, dass er seit Stunden vor diesen Rechnungen saß und keinen Millimeter weiterkam, weil er dauernd auf dieses verfickte Handy schauen musste.

"Ahhhh!", schrie er und warf das Handy mit voller Wucht gegen die Wand.

Das Geräusch, das dabei entstand, als das Handy in mehrere Teile zersplitterte, tat ihm bis tief in die Seele gut. Äußerst befriedigt setzte er sich zurück an seinen Computer. Jetzt würde er arbeiten können.

Doch schon wenige Minuten später kündigte das zerbrochene Häufchen Elend in der Ecke eine eingehende Nachricht an und Slade rannte wie vom Blitz getroffen hin.

Er hasste sich selbst dafür, dass er hoffte, es könnte Lilly sein. Und er hasste sich noch mehr, als er die Enttäuschung in sich wahrnahm über Adams Nachricht mit der Bitte um Hilfe für diesen Abend.

Ich bin so verdammt armselig, dachte er und lehnte sich mit dem Rücken an den Schrank, während er das Handy erneut einfach nur anstarrte.

Die kostenlose Spider-App, die dieses wunderschöne Spinnennetz-Muster auf seinem Display hinterlassen hatte, verhöhnte ihn.

LILLY

Als sie an diesem Morgen zu ihrem neuen Job aufbrach, war sie merkwürdig gereizt. Eigentlich sollte es ihr gut gehen. Sie hatte endlich alles wieder im Griff. Sie hatte einen neuen Traumjob und fantastischen Sex gehabt.

Besser konnte es doch gar nicht laufen, oder? Slade wäre genau der richtige Partner für eine Freundschaft mit Zusatzleistungen. Etwas anderes würde für sie sowieso nicht infrage kommen.

Nie wieder würde sie sich emotional von einem Mann abhängig machen. Sie hasste sich ja jetzt schon dafür, dass sie sich Gedanken darüber machte, dass Slade wütend gewesen war, als er vor zwei Tagen Adams Wohnung verlassen hatte.

Ständig hatte sie das Bedürfnis nachzufragen, ob alles in Ordnung bei ihm war.

Schnell versuchte sie, den Gedanken an Slade abzuschütteln. Sie musste sich auf ihren neuen Job konzentrieren. Heute würde sie zum ersten Mal auf die Verantwortlichen der Firma treffen, für die sie das Marketingkonzept entwerfen sollte. Sie würden den Kunden und das Produkt kennenlernen, damit die Kampagne so genau wie möglich abgestimmt werden konnte.

In den kommenden Wochen würde sie sich ausschließlich darauf konzentrieren. Für Slade und sein empfindliches Männer-Ego hätte sie somit absolut keine Zeit. Das hier war ihre Chance auf ein neues Leben, auf eine Zukunft, die in ihren eigenen Händen lag. Die würde sie sich nicht durch Unkonzentriertheit oder sonst etwas kaputt machen lassen.

Sie hatte es sich geschworen, und sie würde es schaffen. Allein!

SLADE

Als er Adams Bar gegen neun Uhr abends betrat, sah er sofort Lilly. Sie saß am anderen Ende und unterhielt sich mit Faith.

So wie Adams Frau angezogen war, würde sie heute wohl nicht hinter der Bar arbeiten, sondern mit Lilly um die Häuser ziehen. Damit war auch klar, warum Adam seine Hilfe im Club brauchte.

Slade schlängelte sich zu den beiden Frauen durch. Er winkte Lilly im Vorbeigehen zu, ohne sie wirklich anzusehen. Er wollte nicht wissen, wie fantastisch sie ohne Zweifel wieder aussehen würde. Er wollte nicht wissen, wie sie anderen Männern den Kopf verdrehen würde.

Allein der Gedanke genügte, dass Slade fest die Zähne zusammenbeißen musste. Innerlich schüttelte er über sich selbst den Kopf. Er war doch kein verliebter Vollidiot! Er war Slade Carven! Wenn er wollte, könnte er an jeder Hand zehn Frauen haben, die alles dafür tun würden, in seinem Bett zu landen.

Nur war es diese Eine, die er seit Monaten in seinem Bett haben wollte.

Faith sah ihm mit gerunzelter Stirn entgegen, als er hinter die Bar ging und ihr kurz einen Kuss auf die Wange gab.

Faith war die Letzte, der Slade seine sowieso unverständlichen Gefühle erklären wollte. Also ging er zielstrebig weiter zu seinem besten Freund.

"Hey, Adam."

Adam lächelte. "Hey Mann, danke für deine Hilfe."

Slade schnappte sich ein Spültuch und begann, die sauberen Gläser abzutrocknen. "Kein Problem. Die beiden gehen aus?"

"Ja, sie wollen in dieses Restaurant gehen, für das Lilly das Marketingkonzept schreiben soll."

Slade nickte. Hin- und hergerissen zwischen dem Bedürfnis, alles über Lilly erfahren zu wollen, und dem wütenden Gekreische in sich selbst, dass es ihn nichts angehe und er es auch überhaupt nicht wissen wolle.

"Und was ist bei euch schiefgegangen?", fragte Adam so beiläufig, als würden sie übers Wetter reden.

Slade sah aus dem Augenwinkel, wie ein Mann nach einem neuen Bier verlangte. Schnell bückte Slade sich und nahm eines aus dem Kühlschrank.

Ohne Adam anzusehen, antwortete er: "Wenn du willst, dass ich dir heute helfe, hältst du die Klappe und hörst auf mit diesem Pussykram."

Adam hob die Hände. "Okay, okay. Schon verstanden. Aber … meine Fresse, Slade. Die hat dir ganz schön den Kopf verdreht!", sagte er dann mit großen Augen.

Slade rieb sich übers Gesicht. Adam hatte recht. Lilly hatte sich in seinen Kopf gevögelt. Schlimmer noch, sie war schon da gewesen, bevor sie überhaupt im Bett gelandet waren.

Und ganz vielleicht, was er aber niemals vor irgendjemandem zugeben würde, hatte sie sich nicht nur in seinen Kopf, sondern auch in sein Herz geschlichen.

LILLY

Das Shoreless, das sie in ihrem Marketingprojekt für Mr. Drake betreuen sollte, war ein typisches Upperclass Restaurant.

Neben einem Parkservice gab es auch eine sehr diskrete Security, die dafür sorgte, dass nur die richtige Klientel den Laden betrat. Wenn man diese Hürde erst einmal genommen hatte, kam man durch eine riesige, gläserne Eingangshalle in einen Barbereich. Hier mussten all jene warten, die nicht sofort einen Tisch zugewiesen bekamen.

Nicht, dass *müssen* wirklich der richtige Ausdruck war. Dieser großzügige Vorraum hatte mehr Stil, als die meisten Restaurants in der Gegend. Dunkle, glänzende Holzoberflächen, viel Glas und bequeme Sessel schufen ein angenehmes Ambiente, das einem das Warten leicht machte.

So angenehm, dass einigen gar nicht aufzufallen schien, dass sie schon wesentlich länger dort saßen als viele andere. Zumindest soweit Lilly das von ihrem Platz im Restaurant aus beurteilen konnte.

Der Bereich, in dem das Essen serviert wurde, war in viele kleine Nischen aufgeteilt. Abgegrenzt genug, um in Ruhe eine Unterhaltung führen zu können, aber offen genug, damit jeder jeden sehen konnte und - für die Promis noch wichtiger - gesehen wurde.

Das Konzept des Restaurants war eindeutig perfekt durchdacht. Genau die richtige Mischung aus Schick und den Bedürfnissen der Z-Promis. Und trotzdem war alles noch so vernünftig, dass es nicht aufgesetzt wirkte, und man sich noch wirklich wohlfühlen konnte.

Auch wenn Lilly nicht unbedingt der Typ war, der gerne in Sternerestaurants ging, musste sie zugeben, dass das Essen im Shoreless unglaublich gut war.

Sie hatte schon in hunderten solcher Restaurants gegessen. Wegen Christopher, der ihr ein ums andere Mal gesagt hatte, wie wichtig solche Locations zum Networken waren.

Automatisch richtete sie sich ein Stückchen weiter in ihrem Stuhl auf. Christopher hatte sie andauernd ermahnt, dass sie nicht ganz aufrecht saß, oder den Kopf zu tief hielt.

Gleich darauf ärgerte sie sich über sich selbst. Dieser Mann hatte nichts mehr in ihrem Leben verloren und sollte schon gar nicht über irgendetwas, das sie anging, bestimmen.

In diesem neuen Leben hatte Christopher nichts zu suchen!

"Miss Lexington, wie schön, Sie wiederzusehen." Dieses sanfte Schnurren hätte Lilly überall wiedererkannt.

"Mr. Drake, die Freude ist ganz auf meiner Seite", sagte Lilly lächelnd und stand sofort auf.

Der Besitzer des Shoreless war ihr ein klein wenig unheimlich. Nicht, weil er irgendwie gruselig oder abstoßend war. Nein, er war eher zu schön, zu glatt, hatte zu gute Manieren. Dazu war seine Haltung irgendwie zu aufrecht und sein Lächeln zu breit.

Lilly hatte das Gefühl, dass dieser Mann ihr ernsthaft gefährlich werden könnte. Die Art, wie er auftrat, gab ihr das Gefühl, dass er ohne mit der Wimper zu zucken ihr gesamtes Leben unter seine Kontrolle bringen würde.

Genauso, wie alles an ihm, war auch der Händedruck … anders. Er fühlte sich ein klein wenig zu intim an und Lilly war mehr als froh, dass sie Faith dabei hatte. "Mr. Drake, das ist Faith Matters."

Beim Anblick von Faiths bunten Haaren zuckten die Augenbrauen des Mannes minimal nach oben. Kein Wunder, Faith gehörte nicht gerade zu der Klientel, die hier sonst ein- und ausging. Und sie wäre wahrscheinlich ohne Lillys ausdrückliche Einladung vom Chef persönlich auch nicht an der Security vorbei gekommen.

"Mr. Drake, ich habe schon viel von Ihnen gehört", sagte Faith mit einem irgendwie seltsamen Lächeln, das sie sonst nur für die Freunde und Bekannten ihrer Eltern vorgesehen hatte.

"Matters ... Matters ... helfen Sie mir auf die Sprünge", bat Mr. Drake, und diesmal schien sein Lächeln echt zu sein.

Er wirkte neugierig und ein klein wenig wissend. Bevor die Situation aber aus dem Ruder laufen konnte, sagte Lilly: "Faith ist die Frau von Adam Matters. Sie kennen bestimmt ..."

"Sowohl das Central als auch seine Familie. Jetzt erinnere ich mich. Es freut mich, dass Sie bei uns zu Gast sind, Mrs. Matters."

Wieder lächelte er dieses glatte Lächeln, das Lilly ein wenig verunsicherte.

"Leider kann ich Ihnen nicht länger Gesellschaft leisten, ich habe noch einen Termin mit einem weiteren Dienstleister …" Die Art, wie er das sagte, machte Lilly deutlich, dass es sich um ihren Mitbewerber handelte. Automatisch sah sie sich im Raum um.

Ihr Herz setzte einen Schlag aus, nur um dann doppelt so schnell weiterzuschlagen, als sie Christopher an einem der Tische sah.

Sein Blick war direkt auf sie gerichtet, durchdringend, forschend. Ihr Magen wurde zu einem festen Knoten. Sie wollte ihn nicht wieder sehen, wollte nicht, dass er eine Rolle in ihrem Leben spielte.

Mit letzter Kraft lächelte sie Mr. Drake an. "Kein Problem, wir kommen ein andermal bestimmt zu einem längeren Gespräch", sagte sie.

Mr. Drakes Stirn runzelte sich minimal, dann verabschiedete er sich aber ohne weiteres und wandte sich zum Gehen.

"Komischer Typ", brummte Faith und setzte sich wieder.

"Mhm …" Mr. Drake allein hätte ihr wahrscheinlich schon gereicht, aber es war Christophers Anblick, der sie so sehr aus der Bahn geworfen hatte.

"Ich brauche nicht unbedingt einen Nachtisch." Faiths drängender Tonfall riss sie aus ihren eigenen Gedanken. Faith sah ein klein wenig nervös aus.

"Alles in Ordnung?", fragte Lilly deshalb.

Faith nickte.

"Ich will hier einfach nur raus … ich kann es nicht beschreiben, aber … ich fühle mich … beobachtet ist nicht ganz das richtige Wort."

Lilly wusste genau, was ihre Freundin meinte, deshalb nickte sie nur und forderte die Rechnung an.

"Ihr Menü geht aufs Haus. Mit den besten Wünschen von Mr. Drake", sagte der Kellner, nachdem er zurück zu ihrem Tisch gekommen war.

Lilly lächelte Mr. Drake durch den Raum hinweg dankend zu. Dieser nickte, aber etwas an der Art, wie er sie musterte, sagte Lilly genau, dass Christopher über sie geredet hatte.

Faith fasste sie ungeduldig am Arm. Lilly folgte ihr nur allzu gerne.

SLADE

Schon vor Mitternacht kamen Faith und Lilly von ihrer Tour zurück.

Ungewöhnlich. Slade hatte erwartet, dass die beiden bis spät in der Nacht tanzen oder reden würden. Dinge, die Frauen eben so taten, wenn sie allein unterwegs waren.

Lilly winkte nur kurz im Vorbeigehen und ging dann gleich nach oben. Faith kam hinter die Bar.

Ein Blick auf Adam zeigte Slade, dass er nicht der Einzige war, für den das Ganze komisch wirkte.

Fatih schmiegte sich an Adams Brust und seufzte zufrieden, als wäre sie endlich dort angekommen, wo sie schon immer sein wollte.

"Was ist los?", fragte Adam und schloss seine Arme um sie.

"Nichts", murmelte sie und Slade konnte sich ein Schnauben nicht verkneifen.

Er wusste, dass er viel zu ungeduldig war, dass er sich zusammenreißen musste, aber er konnte es einfach nicht. Er wollte verdammt nochmal wissen, was zum Teufel passiert war und warum Lilly einfach so nach oben geflüchtet war.

Adam sah ihn mit zusammengezogenen Augenbrauen an. Ob der Blick fragend oder tadelnd war, konnte Slade nicht einschätzen.

"Nichts stimmt nicht. Was ist los, Faith?", fragte Adam nochmal und hob dabei ihr Kinn an.

"Dieser Typ vom Shoreless, Drake oder so, er ist mir unheimlich."

Adam küsste sie auf die Lippen. "Ich weiß, was du meinst, aber Andrew ist kein schlechter Kerl."

Das konnte Slade bestätigen und er konnte sich auch genau vorstellen, wie Andrew auf Faith gewirkt hatte, aber auf Lilly? Sie war doch viel zu taff, um sich von einem Macho wie Andrew einschüchtern zu lassen.

"Woher kennst du ihn?", fragte Faith.

Slade bekam die Unterhaltung nur mit einem Ohr mit, er wollte zu Lilly und sie fragen, was verdammt nochmal los war.

Er wollte zu ihr und sie genauso im Arm halten wie Adam es mit Faith tat.

Er wusste, dass sie das nicht wollte. Er wusste, dass er sich eigentlich von ihr fernhalten sollte, dass sie ihm nicht guttat. Aber all das tat nichts zur Sache, das Drängen in ihm wurde immer heftiger.

"Ihm gehört das Infinity ein paar Straßen weiter. Wir haben damals zur gleichen Zeit eine Location gesucht, davor kannte ich ihn nur aus meiner Jugend. Seine und meine Eltern haben in den gleichen Kreisen verkehrt."

Faith nickte und erwiderte irgendwas, dann löste sie sich von Adam und bediente einen der Gäste. Das hieß wohl, dass sie bleiben würde und Adam ihn nicht mehr brauchte.

"Ich bin dann weg", sagte Slade und klopfte Adam auf die Schulter.

Adams Blick gefiel Slade nicht, aber er musste jetzt los, musste nach oben und nach Lilly sehen. Schnell wusch er sich die Hände und drängte sich dann durch die Menge zur Hintertür, die in den privaten Bereich führte.

Mit dem Code öffnete er die Tür und sprang zwei Stufen auf einmal nehmend die Treppe hinauf. Kurz darauf stand er vor Lillys Zimmer.

Die Hand bereits auf der Türklinke, hielt er noch einmal inne.

Er konnte nicht einfach so in ihren Privatbereich stürmen. Anderenfalls könnte es sein, dass sie ihn wegschickte, was er absolut nicht hören wollte. Schließlich beschloss er, dass er schon oft genug einfach so in ihr Zimmer gestürmt war. Die Zeit, in der er darüber hätte nachdenken sollen, war definitiv vorbei.

Dennoch drückte er die Klinke langsam nach unten und schob die Tür erst einmal einen Spaltbreit auf.

Es war dunkel im Zimmer, nur der Mond erhellte es ein klein wenig.

Er sah Lillys unter der Decke zusammengekauerte Gestalt und ging zu ihr hinüber.

"Lilly?" Er wollte sie nicht erschrecken, wenn er auf einmal im Dunkeln vor ihr stand.

"Geh weg!"

Ihre Stimme, so rau und brüchig, gefiel ihm überhaupt nicht.

Langsam ging er um das Bett herum und kniete sich dann vor sie.

"Was ..."

"Nichts", unterbrach sie ihn sofort. Er glaubte ihr nicht. Es war ihre Stimme und die Art, wie sie vor ihm lag.

Langsam streckte er die Hand nach ihrem Gesicht aus, streichelte sanft über die feuchte Wange.

"Nichts?", fragte er leise tadelnd.

Ihr Kopfschütteln war kaum wahrnehmbar, dann drehte sie sich von ihm weg.

Er würde sie so nicht allein lassen. Auch wenn sie nicht mit ihm sprechen wollte, so konnte er nicht gehen. Er griff in seinen Nacken und zog sich das Shirt über den Kopf. Dann öffnete er seinen Gürtel und ließ seine Jeans zu Boden fallen, die er zusammen mit den Sneakern abstreifte.

"Was tust du?", fragte Lilly, als er sich auf die Bettkante setzte, um erst seine Socken auszuziehen und dann seine Uhr abzulegen. Er legte sie zusammen mit seinem Handy auf den Nachttisch, dann streckte er sich auf dem Bett aus.

"Freundschaftsdienste", antwortete er, kroch unter die Decke und schmiegte sich von hinten an sie.

"Ich habe dich um nichts gebeten!"

Innerlich stöhnte er genervt auf, äußerlich legte er einen Arm um ihre Mitte und zog sie fest mit dem Rücken an seine Brust.

"Ich bitte darum", flüsterte er und küsste sie auf die nackte Schulter. Dann schloss er die Augen, genoss einfach nur ihre Nähe und ihre Haut an seiner.

"*Du* bittest …?"

"Mhm. Schlaf jetzt, Babe."

Er wollte nicht in Versuchung kommen, mehr von ihr zu wollen. Also musste er schnellstmöglich einschlafen.

Sie lag stocksteif da, als würde sie sonst was von ihm erwarten. Als wäre er wirklich verrückt genug zu erwarten, dass er zu einer weinenden Frau ins Bett steigen konnte und mehr bekam, als sie einfach nur im Arm zu halten.

Ihren Geruch in der Nase zu haben und ihren gleichmäßigen Atem zu fühlen, entspannte ihn von Minute zu Minute mehr.

Sie schien es zu spüren, dennoch wurde sie sich nur ganz langsam weicher in seinen Armen. Schließlich schlief sie aber doch ein.

Ihren gleichmäßigen Atem zu hören, half auch ihm, in einen ruhigen Schlaf zu finden.

7 Was wird das?

SLADE

Lilly schlief noch, als er am nächsten Morgen aufwachte. Er wusste es, weil sie sich im wachen Zustand niemals so an ihn geschmiegt hätte.

Ihre Wange lag auf seiner Brust, ein Bein und ein Arm waren wie Schlingpflanzen um ihn gewickelt. Nein, definitiv keine Position, die Lilly zulassen würde.

Aber es fühlte sich verdammt gut an. Wenn es nach ihm ginge, würde er den ganzen Tag genau so liegen bleiben.

Er griff nach seinem Handy, um auf die Uhr zu sehen. Er konnte noch eine ganze Zeit lang schlafen, aber Lilly würde bestimmt bald aufstehen müssen.

Wahrscheinlich würde sie dann leugnen, sich jemals so an ihn gekuschelt zu haben.

Kurzerhand entschloss sich Slade, ein paar Beweisbilder zu machen.

Sicher ist sicher, man weiß ja nie, wie Lilly mir diese Nacht auslegt.

Grinsend schoss er das erste Bild, dann noch eines, auf dem er sein Gesicht genervt verzog, für den Fall, dass er dieses Bild gegen sie verwenden musste.

Nach einigen weiteren mit den unterschiedlichsten Posen, legte er das Handy beiseite und küsste sie sanft auf die Stirn.

"Guten Morgen", sagte er und drückte sie leicht, um sie zu wecken.

Von Lilly kam nur unverständliches Gemurmel.

"Du musst aufstehen. Arbeiten. Erinnerst du dich?", fragte er und drückte sie noch einmal, als sie sich fester an ihn klammerte.

Sie war so weich und anschmiegsam, sie roch so gut und fühlte sich verdammt perfekt in seinen Armen an.

"Arbeiten, Lilly." Lächelnd tätschelte er ihren Arsch. Dann spürte er an der Art, wie ihr Körper sich verspannte, dass sie langsam aufwachte.

Widerwillig senkte er die Hände und ließ es zu, dass sie sich von ihm wegdrehte.

Der Anblick ihres Rückens in dem leichten Trägertop, die Art, wie sie sich von ihm entfernte, sich ihm entzog, schlug ihm auf den Magen.

Ein letztes Mal ließ er seinen Blick von ihrem wirren Haar über den Rücken zu dem in pinken Hotpants verpackten Hintern wandern, dann richtete er sich zum Sitzen auf und schwang die Beine über die Bettkante.

LILLY

Unsicher sah sie über ihre Schulter. Tatsächlich, er saß da auf ihrer Bettkante. Lediglich in weißen Shorts saß dieser göttliche Mann mit dem breiten, gebräunten Rücken da. Die tätowierten Schultern hatte er nach vorn gebeugt, während er irgendetwas vom Boden aufhob.

Auch wenn sie es nicht zugeben wollte, nicht zugeben konnte, seine Nähe in dieser Nacht hatte ihr Kraft gegeben. Sie war sich ziemlich sicher, dass sie sich in ihren Gedanken über Christopher verloren hätte, wenn Slade nicht bei ihr gewesen wäre.

Durcheinander und von ihren eigenen Gedanken und Gefühlen verwirrt, zog sie die Augenbrauen zusammen.

Slade gab ihr so viel und dennoch konnte sie ihm nicht mehr geben. Zu groß war die Angst, wieder in diese Gefühlsspirale abzusinken.

Sie wollte die Hand nach ihm ausstrecken, die harten Muskelstränge an seinem Rücken nachfahren und ihm dafür danken, was er für sie tat, ohne es zu wissen.

Sie wollte sich hinter ihn setzen und ihre Wange an seine Schulter schmiegen. Sie wollte ihm so vieles sagen, aber sie tat nichts, blieb einfach liegen und beobachtete ihn dabei, wie er sich Shirt und Hose anzog.

Schließlich atmete er einmal tief ein und drehte sich zu ihr um. Er lächelte, aber das Lächeln war falsch, sie bemerkte es an der Art, wie er gleich darauf das Piercing an seiner Lippe in den Mund zog.

"Du solltest aufstehen, Kleines", sagte er und ging um das Bett herum. Seine Stimme klang so weich und voller Gefühl, dass sie sich in dem Klang hätte verlieren können.

Lilly folgte ihm mit ihrem Blick, nahm jede der kräftigen Bewegungen wahr. Als er neben ihr stehen blieb, sah er gequält aus. Der Schmerz in seinen Augen passte nicht zu dem Lächeln auf seinen Lippen.

Dann beugte er sich zu ihr, stütze sich mit einer Hand am Kopfteil ab, was seine Armmuskeln betonte.

Die Finger seiner zweiten Hand strichen ihr ganz sanft eine Haarsträhne aus dem Gesicht.

"Bis dann", sagte er leise und küsste sie unendlich zärtlich auf die Stirn, ehe er sich abrupt aufrichtete und den Raum verließ.

Er ließ sie zurück mit einem unglaublichen Chaos an Gefühlen. Ihre Augen brannten, während sie nervös auf ihrer Lippe kaute.

Sie konnte fast schon dabei zusehen, wie sie ihr Herz an diesen Mann mit dem viel zu großen Ego verlor. Und doch fühlte sie sich machtlos. Sie steuerte auf die nächste riesige … wenn nicht sogar noch größere Katastrophe in ihrem Leben zu und konnte absolut nichts dagegen tun.

SLADE

Mit aller Kraft schlug er auf den Sandsack ein, ließ all seine Wut, seine Frustration und die Gefühle, die er nicht einzuordnen wusste, in seine Schläge fließen.

Er wusste einfach nicht, was zum Teufel er von all dem halten sollte. Das Durcheinander in ihm brachte ihn um den Verstand.

"Nachdem du über Nacht geblieben bist, hätte ich eigentlich bessere Laune erwartet", sagte Adam, der gerade im Club angekommen war und sich neben Slade dehnte.

"Schon wieder bei Lilly? Das wird noch zu einer Beziehung", frotzelte Nick, der seine Handschuhe für ein Sparring schloss.

"Das wird nicht, das ist, sonst hätte er nicht so schlechte Laune", sagte Liam, als wäre das die natürlichste Schlussfolgerung der Welt.

In diesem Moment hasste er seine Freunde wirklich. Warum konnten sie ihn nicht einfach mal in Ruhe lassen?

"Der Nächste, der einen Ton über Lilly sagt, bekommt lebenslänglich Hausverbot!"

"Was ist denn mit Lilly?", fragte Deacon, der in diesem Moment zu ihnen stieß.

"Halt, halt, halt! Ich finde, es zählt nicht, er hat die Warnung nicht mitbekommen! Er sollte nicht ausbaden, dass du wegen Lilly schlechte Laune hast", sagte Nick sofort und sowohl Adam als auch Liam nickten eifrig.

Slade biss die Zähne zusammen und wandte sich ab. "Lasst mich verdammt nochmal in Ruhe!", sagte er im Weggehen.

Reichte es denn nicht, dass er selber den Verstand verlor? Mussten seine Freunde wirklich noch mit den Fingern in offene Wunden bohren, von denen er keine Ahnung hatte, wie er sie jemals wieder zu bekommen sollte?

LILLY

Zwei Tage war es her, dass sie Slade zum letzten Mal gesehen hatte. Den ersten Tag hatte sie sich mit der Ausrede Kopfschmerzen davor gedrückt, am Abend in die Bar zu kommen.

Am nächsten Abend war Slade dann nicht aufgetaucht. Selbst ein wirklich angenehmes Gespräch mit Aiden hatte sie nicht wirklich ablenken können.

So gern sie Aiden mochte, er war eben nicht Slade, er schaffte es einfach nicht, dass ihr Herz schneller schlug und ihr Bauch kribbelte.

An diesem Abend war sie sich nicht sicher, ob sie ihn wirklich sehen wollte oder nicht. Seit geschlagenen zwei Stunden saß sie auf dem Bett, fertig angezogen in einem wirklich hübschen Kleid und gekonnt geschminkt, und traute sich nicht, nach unten zu gehen.

Stöhnend schloss sie die Augen und ließ sich zurück aufs Bett sinken.

"Wenn in deinem Kopf auch nur annähernd das vorgeht, was sich in meinem abspielt, weiß ich genau, wie du dich fühlst."

Abrupt richtete sie sich auf und öffnete die Augen. Slade lehnte mit der Schulter im Türrahmen. Seine Arme hatte er vor der breiten Brust, die von einem weißen Tanktop verhüllt wurde, verschränkt.

Sein Bizeps wirkte dadurch noch größer und seine Brust sah noch breiter aus. Slade war einfach unfassbar sexy.

Seine Lippen hatte er zu einem schmalen Strich zusammengepresst und seine Stirn in Falten gelegt. Er beobachtete sie genau, als wüsste er nicht, was er mit ihr anfangen sollte.

Dann seufzte er und rieb sich mit beiden Händen über Nacken und Hinterkopf. Die Art, wie sich seine Armmuskeln dabei bewegten, ließ Lillys Libido sofort reagieren.

"Was wird das, Lilly?", fragte er und kam einige Schritte auf sie zu. Im Gehen warf er die Tür hinter sich zu. Das Geräusch, als sie ins Schloss fiel, verursachte ihr Gänsehaut am ganzen Körper.

"Was?", fragte sie unsicher und zugegebenermaßen ein klein wenig abgelenkt von seiner Erscheinung.

Die schwarzen Jeans saßen verdammt eng und ließen kaum Raum für Fantasie. Wenn sie nicht alles täuschte, war sein Schwanz sogar ein wenig hart, so wie die Hose sich beulte. Sie wollte ihn wieder spüren, wollte ihn wieder in sich haben.

"Hör auf!"

Erschrocken sah sie auf. Slade klang beinahe wütend.

"Was …"

"Hör auf damit, mich so anzusehen. Hör auf, auf meinen Schwanz zu starren, und antworte mir verdammt nochmal!" Er kam in großen Schritten auf sie zu und blieb dann dicht vor ihr stehen.

Beinahe automatisch rutschte sie weiter auf dem Bett zurück, um mehr Abstand zwischen ihnen zu schaffen. Er war so unglaublich wütend. Sie war sich nicht sicher, was genau er ihr vorwarf, aber es war deutlich, dass *sie* in seinen Augen die Schuldige war.

Als er so dicht vor ihr stand, wanderte ihr Blick ganz automatisch zurück zu der Beule in seiner Hose. Sie wollte ihn, wollte ihn zuerst in ihren Mund nehmen, und dann tief in sich spüren.

Ein Griff in ihre Haare zwang ihren Kopf zurück in den Nacken und ihren Blick in seinen. Es brannte leicht an ihrer Kopfhaut, doch der Schmerz fuhr augenblicklich in ihre Klit und hallte als unbezähmbare Lust durch ihren Unterleib.

"Was willst du?" Seine Stimme klang mehr wie ein Knurren. Verdammt heiß! Lillys Atmung wurde hektischer und sie presste automatisch ihre Beine zusammen.

Schnell befeuchtete sie ihre Lippen und flüsterte dann rau: "Deinen Schwanz."

Slades Kiefer verspannten sich noch mehr und er schloss die Augen, als hätte sie genau das falsche gesagt.

Dabei hatte sie einmal nur auf ihren Körper gehört, hatte einmal nicht nachgedacht, sondern einfach nur gehandelt.

Als sein Griff sich aus ihren Haaren löste, senkte sie den Blick. Sie wollte den Tadel und die Enttäuschung in seinen Augen nicht sehen.

Sie wollte ihn so sehr, wollte ihn sexuell, aber vor allem wollte sie seine Nähe so sehr, dass sie keinen Moment darüber nachgedacht hatte, ob sie das Richtige tat oder nicht.

Dann spürte sie seine Hände auf ihren nackten Knien.

"Fuck, Baby, du kannst so was nicht einfach so sagen", sagte er und seine Stimme klang dabei rau und verlangend, nicht böse oder tadelnd, wie sie erwartet hätte.

Langsam öffnete sie die Augen und sah, dass er vor ihr kniete.

In seinen Augen lagen unglaublich viele Gefühle. Manche davon meinte sie entziffern zu können, andere nicht.

Allen voran Schmerz und Lust. Zumindest gegen letzteres konnte sie etwas tun.

Sie streckte ihre Hände aus und fuhr langsam über seine starken Arme hinauf zu seinen Schultern. Von da aus streichelte sie über seine breite Brust hinunter zu seinem Bauch.

In diesem Moment wollte sie nichts mehr, als endlich seine Hose zu öffnen und seinen Schwanz in ihre Hände zu nehmen.

Doch noch bevor sie am Bund ankam, fing Slade ihre Hände ab. Er legte ihre Arme um seinen Hals und packte Lilly dann im Nacken. Sein Griff war beinahe schmerzhaft, so herrisch, dass sie ihm sofort nachgab. Er zog sie an sich, brachte seinen Mund ganz dicht an ihr Ohr. "Ich will dich. Ich will dich jetzt sofort, ich will dich ficken, bis du jeden anderen verdammten Mann vergessen hast."

Seine Stimme klang gepresst und unglaublich sexy zugleich.

"Ich will mich tief in dir vergraben, in diesem Mund und in deiner Pussy und in deinem Arsch. Ich will dich auf jede nur erdenkliche Weise ficken", raunte er ihr kehlig zu.

Lillys Puls raste. Die Bilder in ihrem Kopf wechselten unglaublich schnell, erregten sie bis aufs Äußerste und machten es ihr schier unmöglich, noch einen einzigen klaren Gedanken zu fassen.

Sie spürte die Feuchtigkeit zwischen ihren Beinen, fühlte sich erregter, als sie es jemals gewesen war.

"Bitte", flüsterte sie und zog ihn näher an sich. Sie wollte ihn jetzt sofort, wollte nicht mehr warten, wollte, dass er all die Versprechen sofort erfüllte.

Seine Hände glitten höher an ihren Beinen.

Sie spürte, wie sie unter den Saum ihres Kleides fuhren und heiße Spuren auf ihrer Haut hinterließen.

"Ich will dich … aber ich will mehr von dir, Lilly", keuchte er, als seine Hände ihre Hüften erreichten.

Ungeduldig griff sie nach seinem Shirt und zog es ihm über den Kopf.

Beinahe augenblicklich fand seine Hand zurück zu dem starken Griff, der sie so unglaublich heiß machte. Die zweite Hand schob er quer über ihren Hintern und riss sie mit einem Ruck an sich. Ihre Mitte prallte gegen ihn und sie spürte seine Erektion unter seiner Jeans.

Stöhnend schlang sie ihre Beine um ihn, klammerte sich an ihm fest und wünschte sich nichts mehr, als endlich wieder voll von ihm ausgefüllt zu sein.

"Bitte", keuchte sie erneut, als er anfing, sich an ihr zu reiben.

"Ich will dich ganz, Lilly. Ich will, dass du mir gehörst", raunte er direkt in ihr Ohr. Sein heißer Atem peitschte ihre Erregung genauso auf wie sein Schwanz, der immer wieder fordernd gegen ihre Klit drückte.

Das Wissen, dass sie es war, die ihn so sehr erregte, steigerte ihre eigene Lust ins Unermessliche. Nur Slade gab ihr das Gefühl, wirklich begehrenswert zu sein, mehr zu sein.

Stöhnend presste sie sich fester an ihn. Streifte hinter seinem Rücken die Highheels von ihren Füßen und fuhr dann seine Seiten hinauf, über seine Brust und schließlich legte sie ihre Beine über seine Schultern. Dann lehnte sie sich zurück, zog ihn mit sich aufs Bett.

Keuchend schloss er die Augen, als seine Mitte auf ihre gedrückt wurde. Sein Gesichtsausdruck war angestrengt, als wollte er krampfhaft versuchen, die Kontrolle zu behalten.

Er biss die Kiefer aufeinander, griff hart in ihre Haare und presste sich mit aller Macht gegen ihre Klit.

Die Lust durchfuhr sie wie unzählige Blitze und sorgte dafür, dass ihr Körper sich unwillkürlich aufbäumte.

"Ich werde dich ficken, ich werde dir alles geben, wenn du mir sagst, dass du mir gehörst. Ich will nur dich und ich werde dich nicht teilen", knurrte er und rieb sich lasziv an ihrer Mitte.

Denken schien ihr in diesem Moment beinahe unmöglich.

Sie wünschte sich nichts mehr, als ihn endlich in sich zu haben. Sie wollte ihn, so hart und so tief wie möglich.

"Ich gehöre dir", flüsterte sie, halb wahnsinnig vor Verlangen.

Sein Stöhnen war animalisch und der Griff, mit dem sich seine Finger in sie verkrallten, war schmerzhaft, voll roher, ungezügelter Lust.

Beides fühlte sich so verdammt gut an, dass sie sich in seinen Armen wand.

Er machte sich von ihr los, riss ihr ungeduldig das Kleid über den Kopf, ehe er sich seiner Hose widmete.

Lilly wollte ihn, wollte ihn tief in sich spüren, ohne nachzudenken, einfach nur fühlen.

Noch ehe er protestieren konnte, drehte sie sich um und kniete sich vor ihn. Sie legte die Wange auf die Matratze, den Hintern ihm entgegen gehoben und die Brust aufs Bett gedrückt.

Sie hörte sein zufriedenes Knurren und lächelte unwillkürlich. Nichts fühlte sich besser an, als ihm zu gefallen.

Sie hakte die Daumen in die Seiten ihres Strings und zog ihn sich langsam über den Hintern nach unten.

Noch bevor sie ihn ganz bei den Knien hatte, spürte sie Slades heißen Schwanz an ihrer Pospalte.

"Fuck, Baby." Seine Stimme war so rau, fuhr ihr direkt in den Unterleib und sorgte dafür, dass noch mehr Feuchtigkeit zwischen ihren Beinen entstand.

Eine Hand legte sich auf ihre Hüfte, mit der anderen rieb er seinen Schwanz durch ihre Spalte.

"Du verhütest, oder?", brummte er und machte ihr das Denken beinahe unmöglich. Die Art, wie er mit seiner Spitze immer wieder über ihre Klit strich, machte sie völlig verrückt.

"Ja", stöhnte sie und dann: "Nimm mich endlich."

Beinahe augenblicklich fühlte sie, wie er die Spitze seines Schwanzes in sie drückte. Ganz langsam dehnte er sie, füllte sie immer weiter aus, während er sich Stoß für Stoß tiefer in sie schob.

Seine Hände an ihren Hüften zog er sie immer wieder zurück, bis ihr Hintern gegen seine Leiste klatschte.

Sie bewegten sich im Einklang, schaukelten sich immer weiter auf, bis die Spannung in ihrem Unterleib unerträglich wurde.

Slades Griff wurde immer fester und seine Bewegungen hektischer. Immer mehr verkrampfte sich ihr Inneres in Erwartung eines unglaublichen Orgasmus.

Dann endlich spürte sie das langersehnte Zucken und ließ los, ließ sich mit einem letzten heftigen Stoß von Slade über die Klippe zu ihrem Höhepunkt katapultieren.

Nur am Rande spürte sie sein Zucken und das Beben seines Körpers, während sie sich selbst in dem Gefühl verlor, das Slade ihr schenkte.

Schwer atmend streichelte er über die weiche Haut ihres Rückens. Er konnte kaum noch stehen, wollte aber diesen perfekten Moment auf keinen Fall unterbrechen.

Sie fühlte sich so verdammt gut an. Ganz gleich, ob er sie einfach nur vögelte oder sie in seinen Armen lag.

Langsam ließ sie sich nach vorn sinken, entzog sich sowohl seinen Händen als auch seinem Schwanz. Er hatte keine Ahnung, was als nächstes kommen würde. Lilly war unberechenbar. Vielleicht sagte sie nichts und er konnte sich einfach zu ihr legen, vielleicht setzte sie ihn aber auch vor die Tür.

Dieser Gedanke machte ihn unglaublich wütend. Er war zu ihr gekommen, um die Fronten zwischen ihnen endlich zu klären. Sex stand nicht auf dem Plan. Aber diese atemberaubende Frau hatte es mit wenigen Blicken geschafft, ihn in ihr Bett zu locken.

Er bückte sich und zog sich Shorts und Hose wieder nach oben, die auf seinen Knöcheln lagen. Dann schloss er seinen Gürtel.

Lilly wandte ihm den Kopf zu und lächelte. "Willst du schon gehen?" Sie hob einen ihrer Füße und ließ ihre Zehen leicht über seinen Bauch streichen. Slade fing ihn ab und streichelte ihn.

"Es kommt darauf an, ob du mich rauswirfst oder nicht", sagte er, frustriert über die gesamte Situation. Wie zum Teufel war es so weit gekommen, dass eine einzige Frau ihn an den Eiern hatte?

Lilly runzelte die Stirn. Dann drehte sie sich auf die Seite und wickelte sich zeitgleich in die Decke ein. Es ärgerte ihn, dass sie ihm auch noch diesen sinnlichen Anblick raubte. Ihren Fuß würde er ihr nicht wiedergeben.

Er hielt ihn fest, drückte ihn mit der Sohle gegen seinen Bauch, woraufhin Lilly sich ganz auf den Rücken drehte.

Das Lächeln war aus ihrem Gesicht verschwunden, sie sah ihn ernst an.

"Was willst du, Slade? Ich verstehe dich nicht", sagte sie schließlich.

Er biss die Zähne zusammen, um sie nicht anzuschreien und zu schütteln.

"Dich. Ich denke, das habe ich mehr als deutlich gemacht." Seine Stimme war ruhig, beinahe kalt, obwohl es in ihm tobte.

Er streichelte über ihren Fuß und ihre Wade. Mehr, um sich selbst zu beruhigen als um ihretwillen. Ihre Haut war so weich, sie war so warm. Solange er sie berühren konnte, war es, als würde sie ihm gehören, als hätte er wirklich das Recht dazu.

"Du hast mich."

Langsam sah er auf, suchte ihren Blick und sah ihr direkt in die Augen. "Ich will dich ganz. Ich will dich für mich allein. Ich will dich in meinem Bett, jeden verdammten Tag."

Ein zittriges Lächeln erschien auf ihren Lippen. Sie sah ängstlich aus, irgendwie, als hätte sie sich bereits mit ihrem Schicksal abgefunden.

"Dann komm." Ihre Stimme klang leise, fast schon gequält, aber sie hob einladend die Decke.

Worte, Taten, Stimme, Gestik und Mimik passten überhaupt nicht zusammen.

Verwirrt streifte er sich die Hose wieder ab und legte sich zu ihr. Sie schmiegte sich sofort an ihn, bettete ihren Kopf auf seiner Brust.

Nachdem er die Decke über ihnen beiden ausgebreitet hatte, entspannte er sich langsam. Sie war bei ihm, hatte ihm gesagt, dass er bleiben solle, dass sie ihm gehören wolle. Und doch passte irgendetwas ganz und gar nicht.

"Was stimmt nicht, Lilly?", flüsterte er nach einer Weile, da er absolut keine Lösung für das Rätsel Lilly finden konnte.

"Alles okay."

Das war gelogen. Er spürte ihre Tränen auf seiner Brust, wusste aber nicht, was er tun sollte. Also hielt er sie einfach nur fest, so wie sie ihn umklammert hielt.

Im Moment hatte er einfach keine andere Lösung, wusste nicht, was er tun konnte, um es ihnen beiden leichter zu machen.

Vielleicht würde alles okay werden, wenn ihre Emotionen erst einmal zur Ruhe kamen und sie beide wieder klarer denken konnten.

Er schloss die Augen und versuchte, den Moment zu genießen, anstatt sich über das, was morgen kommen könnte, Sorgen zu machen.

Gar nicht so leicht, aber schließlich schlief er doch mit seinem Mädchen in den Armen ein.

8 Richtige Entscheidung

LILLY

Es fühlte sich verdammt gut an, in Slades Armen zu liegen, an seine Brust geschmiegt zu schlafen und mit seinem Geruch in der Nase aufzuwachen.

Er lag in ihrem Rücken und hatte sich ganz um sie geschlungen. Sein Körper war schwer, heiß und groß. Viel massiger als Christophers.

Neben Slade fühlte sie sich beinahe zierlich. Seine mächtigen Arme hatten sich beschützend um sie gelegt und gaben ihr das Gefühl, dass ihr nichts passieren konnte.

Sie wollte ihn, sie brauchte ihn, aber sie war sich absolut nicht sicher, ob das eine gute Entscheidung war.

Lilly kannte sich, wusste, wie schnell ihr Herz verrücktspielen konnte und wie gut ihr Kopf über alle Probleme hinwegsehen konnte.

Sie wusste, wie schnell sie sich in einer emotionalen Abhängigkeit verlieren konnte und dass sie das auf keinen Fall jemals wieder zulassen wollte. Die unzähligen Stunden bei ihrer Psychologin hatten ihr genau diese Schlupflöcher in ihrem Verstand aufgezeigt, die Christopher genutzt hatte.

Sie spürte, dass sich Slades Atmung und Körperspannung veränderten. Seine Hand streichelte über ihren Oberschenkel zu ihren Hüften und anschließend zu ihrem Bauch. Automatisch versuchte sie, sie wieder nach unten zu drängen, da ihr nicht ganz so straffer Bauch beim seitlichen Liegen irgendwie komisch weich war und ein bisschen hing.

Er brummte irgendetwas Unwilliges und schob ihre Hand einfach beiseite. Selbst wenn sie mit aller Kraft dagegen gehalten hätte, wären ihre Erfolgsaussichten schlecht gewesen. Slade war unglaublich stark. Wie auch nicht, wenn er die Hälfte seines Tages mit Trainieren verbrachte?

Und die harte Arbeit zahlte sich aus. Er sah einfach zum Anbeißen aus.

Auch Christopher hatte viel trainiert, war aber eher der drahtige Typ gewesen. Er hatte sie jeden verdammten Tag dazu gezwungen, mit ihm ins Fitnessstudio zu gehen.

Für Lilly eine absolute Tortur. Nicht nur das Training an sich, das ihr schlichtweg keinen Spaß machte, sondern Christophers ständiges Genörgel. Sie machte niemals genug, niemals passten Intensität oder Dauer ihres Trainings. Sie machte die Übungen falsch oder Parts, die in seinen Augen für kleine Kinder waren.

Sie hasste es. Sie hasste die Art, wie er während der Stunden an ihr herum zupfte und ihr immer wieder sagte, warum sie hier zu viel Speck hatte und warum sie dort etwas zu schlaff war.

"Babe?" Slade klang verschlafen und irgendwie unwillig. Sofort versteifte sie sich in Erwartung eines Tadels.

"Ja?"

"Mach den Kopf aus", murmelte er und zog sie fest an sich. Sie spürte seinen harten Schwanz an ihrem Hintern, obwohl er noch fast schlief und nicht gerade an ihren formschönsten Körperteilen Halt machte.

Slade knurrte unwillig, dann spürte sie seine Zähne in ihrem Nacken und seine Hand schob sich zwischen ihre Beine. Ohne zu zögern, umfasste er ihre Pussy und knetete sie sanft.

Ihr Herz begann aus ganz anderen Gründen als ihrer Vergangenheit zu hämmern und sie spürte, wie sie beinahe augenblicklich feucht wurde, als er seine Finger in sie schob.

"So nass … so bereit", murmelte er und gleich drauf spürte sie seinen Schwanz, der sich langsam in sie schob.

Stöhnend bog sie sich ihm entgegen, das war definitiv die beste Art, einen Morgen zu beginnen.

SLADE

Er spürte ihren rasenden Herzschlag unter seiner Hand. Ihr noch immer keuchender Atem war Musik in seinen Ohren.

Träge bewegte er sich noch einige Male in ihr vor und zurück, genoss ihrer beider Feuchtigkeit und die schläfrige, befriedigte Stimmung am Morgen.

"Was meinst du, können wir noch ein bisschen schlafen?", murmelte er an ihrem Hals, ehe er genüsslich mit der Zunge über die salzige Haut fuhr.

Sie nickte und räkelte sich wohlig, wodurch sein Schwanz aus ihr herausglitt. Es fühlte sich einfach fantastisch an.

Träge streichelte er über ihren Oberschenkel und bemerkte, wie sie langsam einschlief. Leider fand er selbst nicht zurück in den Schlaf.

Im Gegenteil, je mehr die postkoitale Hochstimmung abebbte, desto schneller liefen seine Gedanken. Sie kreisten um den vergangenen Abend, kreisten darum, was zwischen ihm und Lilly war.

Ständig dachte er darüber nach, warum sie sich von ihm zurückzog, wog die verschiedenen Auslöser gegeneinander ab und suchte nach dem Puzzlestück, das ihm fehlte, das all das vielleicht ein klein wenig logischer machen könnte.

Er fand so ziemlich alles außer einer Lösung. Zunehmend frustriert versuchte er, sich einfach zu entspannen.

Er wollte nicht weiter nachdenken, wollte einfach nur glücklich sein, dass er die Frau, die es irgendwie in sein Herz geschafft hatte, endlich in den Armen halten durfte.

Er vergrub seine Nase an ihrem Hals und atmete tief ein. Ihr süßer Pfirsichduft begleitete ihn ganz langsam zurück ins Land der Träume.

LILLY

Der fast schon ekelhafte Ton ihres Weckers holte sie unsanft aus dem Schlaf. Der Gedanke, aufstehen zu müssen, um arbeiten zu gehen, war grauenhaft. Vor allem, weil dieser absolut heiße Mann hinter ihr lag, der sie noch immer fest umschlungen hielt.

"Musst du arbeiten?", murmelte er.

Lilly musste automatisch lächeln. Er klang so verschlafen, wie sie sich fühlte. "Mhm." Sie schmiegte sich enger an ihn, wollte noch für einen Moment seine Stärke und die heiße Haut genießen.

"Ich kann noch nicht."

Lilly grinste. Er klang wirklich hundemüde. Sie drehte ihren Kopf und küsste ihn sanft auf den Arm, der unter ihrem Kopf lag.

"Okay", flüsterte sie.

Zögerlich ließ er sie gehen und Lilly schlich auf Zehenspitzen aus dem Zimmer.

Nach einer kurzen Dusche band sie ihre Haare zu einem Pferdeschwanz nach hinten. Christopher hatte es gehasst. Eine Klein-Mädchen-Frisur hatte er es genannt. Es war ihr egal, sie würde ihn nicht sehen … und Slade … er schlief noch, wahrscheinlich würde er es noch nicht mal mitbekommen.

Nachdem sie sich fertig geschminkt hatte, schlich sie sich in Unterwäsche zurück ins Zimmer. So leise wie möglich suchte sie sich Rock und Bluse aus dem Schrank.

"Ich will dich einmal so vögeln", murmelte Slade kaum hörbar.

Erschrocken drehte sie sich um. Er lag immer noch genauso auf der Seite, wie sie ihn verlassen hatte.

Sein linkes Auge war zur Hälfte geöffnet und ein winziges Lächeln lag auf seinen Lippen.

"Du sollst mich nicht beobachten", tadelte sie ihn, um ihre Unsicherheit zu überspielen, während sie schnell in die Bluse schlüpfte, um die größten Makel zu verdecken.

"Warum?", fragte er und blinzelte ein paar Mal, als versuchte er, seine Augen aufzubekommen.

"Darum." Sie konnte es ihm ja schlecht erklären. Vor allem wollte sie auf ihre kleinen Mängel nicht noch zusätzlich aufmerksam machen.

"Ich mache es nicht mehr so offensichtlich, wenn ich dich genau in diesem Outfit vögeln darf. Heute Abend … und lass die Haare so, ich will dich daran festhalten, während ich von hinten in dich stoße."

Das Bild, das sich in ihrem Kopf formte, war so heiß, dass sie unwillkürlich nickte, obwohl sie zuvor noch gegen das *offensichtlich* Einspruch erheben wollte.

Sie schlüpfte in ihren Bleistiftrock und schloss ihn an ihrer Taille.

"Komm her und küss mich, bevor du gehst", raunte er und seine Stimme klang nach Sex pur.

Sie machte einen Schritt auf ihn zu und er streckte sofort die Arme nach ihr aus.

Lachend bleib sie knapp außerhalb seiner Reichweite stehen.

"Nein, nein. Hände ans Bettgestell", forderte sie.

Unwillig zog er die Augenbrauen zusammen. "Warum?"

"Weil du sonst nach mir greifst und ich bei dir im Bett lande. Dann vögelst du mich und ich muss wieder duschen, wodurch ich zu spät zur Arbeit komme."

Ein sehr sexy Grinsen breitete sich auf seinem Gesicht aus.

"Babe, das klingt verdammt nochmal nach dem besten Plan, den ich seit sehr langer Zeit gehört habe."

Sie lachte auf und legte sich die kleinen Ohrringe an, die auf dem Nachttisch lagen.

"Ich kann nicht in meiner ersten Woche zu spät kommen. Also Hände ans Kopfteil oder ich gehe", drohte sie spielerisch.

Er tat wie geheißen und sah dabei so unverschämt heiß aus, dass sie am liebsten auf ihn gestiegen wäre. Seine Arme wirkten riesig und die Bettdecke rutschte weit genug nach unten, um seinen 1-A-Sixpack zu präsentieren.

Federleicht legte sie ihre Lippen auf seine und wich zurück, ehe er nach ihr greifen konnte.

"Heute Abend bei mir!", rief er ihr nach.

"Ich bin pünktlich", rief sie beim Verlassen des Zimmers zurück.

Sie würde ohne Umwege zu ihm gehen und sein Bett das ganze Wochenende lang nicht mehr verlassen.

SLADE

Er wusste nicht, wie viel Zeit vergangen war, seit Lilly zur Arbeit aufgebrochen war. Kurz nachdem sie ihn verlassen hatte, war er wieder eingeschlafen.

Das penetrante Klopfen an der Tür weckte ihn. "Lass mich, Adam!", rief er unwillig und vergrub seine Nase in dem Kissen, das so wunderbar nach Lilly roch.

"Mach ich, wenn du mir den Schlüssel vom Club gibst, damit jemand aufsperren kann. Liam jammert mir die Ohren voll, weil er einen frühen Termin hat, und meinen Schlüssel hat Nick immer noch."

Stöhnend rollte Slade sich auf den Rücken. "Wie spät ist es?"

Die Tür öffnete sich und Adam erschien im Rahmen. "Es ist halb zehn, aber Liam dreht heute irgendwie am Rad. Und frag mich jetzt bloß nicht, wo er seinen eigenen Schlüssel hat!"

Adam klang ebenfalls verschlafen und alles andere als gut gelaunt. Aber im Gegensatz zu Slade war Adam schon in Trainingsklamotten und scheinbar bereit, los zu joggen.

Also angelte Slade nach seiner Hose und warf Adam den Clubschlüssel zu.

"Ich bin gleich da", sagte er, auch wenn er lieber noch eine Weile liegen geblieben wäre.

"Mach das Fenster auf, bevor du gehst!", rief Adam und wandte sich bereits zum Gehen. "Es stinkt hier wie in einem verdammten Puff!"

Zufrieden grinsend lehnte Slade sich zurück. Es war ihm mehr als nur egal, ob Adam wusste, was Lilly und er trieben oder nicht.

Wichtig war nur, dass er es irgendwie geschafft hatte, Lilly für sich zu gewinnen. Dieses Wissen fühlte sich verdammt gut an.

LILLY

Gedankenverloren starrte Lilly seit einiger Zeit auf ihren Bildschirm. Alles, woran sie denken konnte, war Slade und was es für sie und ihre Pläne bedeutete, mit ihm zusammen zu sein.

Sie konnte nicht bestreiten, dass Slade sich in ihr Herz geschlichen hatte. Und genau darin lag das Problem. Sie wusste, was auf sie zukam, und konnte es einfach nicht abwenden.

Ein Blick auf die Uhr sagte ihr, dass es Zeit für sie war, eine Mittagspause einzulegen. Zwar war sie an diesem Tag noch nicht sonderlich produktiv gewesen, aber ein bisschen frische Luft konnte vielleicht dabei helfen, etwas mehr Konzentration zu bekommen.

Sie nahm sich ihre Handtasche und machte sich auf den Weg zu dem Café um die Ecke. Ihre Gedanken kreisten dabei abwechselnd um Slade und die Präsentation, die sie Ende der Woche Mr. Drake vorstellen musste.

Mit einem Schinkensandwich und einem Café-Latte setzte sie sich auf die Terrasse und scrollte auf ihrem Smartphone durchs Internet. Irgendwo dort musste es doch die passende Inspiration geben.

Auf ihrer Suche stolperte sie über ein Literaturcafé, das gar nicht schlecht klang. Kunst würde definitiv zum Shoreless passen.

Ein wenig nobler als bei diesem Café müssten die Veranstaltungen sein. Vielleicht etwas in Richtung klassischer Musik oder …

"So schnell sieht man sich wieder." Beim Klang der nur allzu vertrauten Stimme zuckte Lilly sofort zusammen.

Nur langsam hob sie den Blick von ihrem Handy. Direkt vor ihr sah sie den unverwechselbaren, perfekt sitzenden Anzug von Christopher. Diesen einen Schnitt, den er immer mit diesem hellgrauen Hemd kombinierte. Sie erkannte das glattrasierte Kinn genauso wie die Lippen, die sich zu diesem fast schon höhnischen Grinsen verzogen hatten.

Dann fasste sie allen Mut zusammen und sah in seine kalten, blauen Augen. "Christopher."

Er setzte sich zu ihr an den Tisch. "Lillian." Sein Blick wanderte missbilligend über ihr Äußeres und sie wusste bereits, was er sagen würde, bevor er einen Ton von sich gab. "Es ist furchtbar, was du mit deinen Haaren machst." Er hasste es, wenn sie die Haare zu diesem absolut praktischen Pferdeschwanz nach oben nahm.

Sie versuchte, seine Geringschätzung nicht an sich heranzulassen. Es war egal, was Christopher sagte. Sie war ihm keine Rechenschaft schuldig. Seine Meinung war für sie absolut irrelevant. Es musste sie nicht interessieren.

Lilly war sich ziemlich sicher, dass Slade niemals etwas an ihren Haaren auszusetzen haben würde. Obwohl, selbst Adam nörgelte, seit Faith beim Frisör gewesen war.

"Ich sehe schon, du hast nicht vor, in naher Zukunft etwas an deinem Äußeren zu verändern."

Lilly blinzelte verwirrt und stellte erst dann fest, dass Christopher sie verärgert ansah. Hatte er tatsächlich erwartet, dass sie sofort zur Toilette gehen würde, um ihre Frisur zu ändern?

Sie schämte sich ein klein wenig für sich selbst, als sie erkannte, dass sie genau das letztes Jahr noch getan hätte.

"Hat es einen besonderen Grund, dass du dich zu mir an den Tisch setzt?", fragte sie und versuchte, so unbeteiligt wie möglich zu klingen.

Sie nahm einen Schluck von ihrem Kaffee und nahm trotz Christophers tadelndem Blick das Sandwich in die Hand.

"Das ist Weizen, Lillian, um Himmelswillen!", stieß er schließlich hervor, kurz bevor sie mit Genuss hineinbiss.

Sie konnte sehen, wie sich sein Kiefer anspannte und wappnete sich innerlich gegen die nächste Belehrung.

"Gut, dann friss dich eben noch fetter, lässt sich ja alles regeln", knurrte er.

Obwohl sie gewusst hatte, was kommen würde, schmeckte das Sandwich nicht mehr so richtig, als sie die Verachtung in seiner Stimme hörte.

Aus Protest biss sie ein weiteres Mal hinein. Ehe sie sich scheinbar entspannt zurücklehnte. Irgendetwas an ihrem Verhalten schien ihn extrem wütend zu machen. Der Muskel an seiner Wange zuckte auf diese bestimmte Art, wie er es nur in Ausnahmesituationen zuließ.

Das letzte Mal, als er sie so angesehen hatte, hatte sie gerade mit ihm Schluss gemacht.

"Du hast also einen neuen Job." Auch diese Information schien ihm nicht zu gefallen.

"Ja." Sie griff nach dem Zucker. Nicht weil sie den Latte gern noch süßer haben wollte, sondern nur, um ihn zu provozieren.

Seine Hand fuhr so schnell nach vorn, dass Lilly nicht mehr reagieren konnte. Er umschloss ihr Handgelenk mit harten Griff und sah ihr finster in die Augen.

"Es reicht jetzt, Lillian. Ich habe mir das alles lange angesehen, ich habe dir die Zeit gegeben, zu erkennen, was für einen Fehler du begehst", fauchte Christopher.

Völlig erstarrt lauschte sie seinen Worten. Unfähig sich von seinem Griff freizumachen. Seine Berührung brannte wie Feuer auf ihrer Haut.

Er atmete lange aus und sagte dann sanfter: "Diese Stadt, dieser Job, das ist nichts für dich. Komm zu mir zurück und ich beschaffe dir deinen alten Job. Wir bekommen alles wieder in Ordnung, du wirst schon sehen."

Sein Daumen streichelte sanft über ihr Handgelenk. Lilly nutzte die Gelegenheit und entzog ihm ihre Hand.

"Ich warne dich, Lillian", sagte Christopher leise. "Ich werde mir das nicht mehr endlos ansehen. Glaubst du im Ernst, ich kann dir nicht auch diesen Job nehmen?"

Sie hatte es gewusst.

Sie hatte von Anfang an gewusst, dass Christopher das alles eingefädelt hatte. Er hatte dafür gesorgt, dass ihr Boss sie entließ, und Christopher hatte ihr dafür sogar noch die Schuld in die Schuhe geschoben.

Er stand auf und streichelte sanft über ihre Wange. "Zwei Wochen, dann will ich deinen Hintern zurück in meiner Wohnung."

Dann drehte er sich um und ging. Ihr war übel und ihr ganzer Körper fühlte sich eiskalt an. Er meinte jedes einzelne Wort todernst.

Sie hatte Angst, dass er sie beobachten könnte, darum stand sie so langsam wie möglich auf und ging nach drinnen. Die letzten Meter zur Toilette musste sie rennen, dann erbrach sie das wenige, das sie an diesem Tag zu sich genommen hatte.

Als nur noch Galle kam, begann sie völlig verzweifelt zu weinen.

SLADE

"Wo zum Teufel warst du?", rief Liam, als Slade den Boxclub betrat.

Slade sah sich um und entdeckte seinen Freund, der kopfüber an der Sprossenwand hing. Die Füße hatte er oben eingehängt und trainierte seine Bauchmuskeln.

"Ich habe verschlafen, soll vorkommen", antwortete Slade. "Warum machst du so ein Theater, dann hättest du eben heute mal nicht trainiert."

Es war ja nicht gerade so, dass Liam ein wirklich stressiges Leben hatte. Er war Fotomodel, ein sehr gut bezahltes sogar, weshalb er nicht mehr jeden Auftrag annahm. Häufig wurde er für große Werbekampagnen gebucht und präsentierte sich auf vielen Plakatwänden in der Stadt.

"Ich hab gleich ein Shooting!" Liam klang beinahe wütend, als müsste Slade seinen Terminplan in- und auswendig kennen.

Liam war komplett verschwitzt und machte immer noch hektisch weiter Crunches.

"Solltest du dann nicht lieber duschen, anstatt zu trainieren?", fragte Slade.

Irgendwas stimmte heute nicht mit Liam, aber er konnte es bei Gott nicht zuordnen. Er sah irgendwie anders aus.

"Gleich, gleich. Ich muss meine Muskeln optimal aufpumpen, bevor es losgeht."

"Wieder diese kleine Fotografin?", fragte Deacon. Er war bereits fertig geduscht und sah aus, als würde er gleich zur Arbeit aufbrechen.

"Welche Fotografin?" Slades Blick schoss zwischen den beiden hin und her.

Liam ließ fluchend die Sprossenwand los und ging mit einer abwehrenden Geste zu den Duschen.

Deacon lachte. "Das ist jetzt das dritte Mal, dass sie ihn fotografieren wird, und sie treibt ihn in den Wahnsinn."

Slade lachte ebenfalls und rief Liam hinterher. "Wie jetzt, sie liegt dir nicht sabbernd zu Füßen?"

Ohne sich umzudrehen hob Liam beide Mittelfinger. "Ich bräuchte mehr Mittelfinger, um dir ein ausreichend visuelles Fuck you zukommen zu lassen!", rief er und knallte die Tür zu den Kabinen heftiger als nötig zu.

"Oha, die setzt dem Armen aber ganz schön zu. Wie heißt sie? Ich will wissen, wie sie aussieht!", sagte Slade grinsend.

Deacon schüttelte den Kopf. "Ich hab es noch nicht aus ihm heraus gebracht. Ich weiß nur, dass er zu ihr geht oder von ihr kommt, wenn er in dieser Stimmung ist."

"Verdammt … das muss sich doch irgendwie herausbekommen lassen."

Grinsend schüttelte Deacon den Kopf. "Nicht bevor der sture Prince Charming es möchte." Deacon klopfte Slade auf die Schulter. "Außerdem willst du dich doch nur von deinem eigenen, irgendwie merkwürdigen Liebesleben ablenken."

Slade zog eine Augenbraue nach oben. Niemals würde er vor einem von ihnen die Gefühlshosen runterlassen.

"In meinem Liebesleben ist alles bestens. Seit gestern sind wir uns vollkommen einig", sagte Slade, auch wenn er sich bei weitem nicht so sicher war, wie er sich anhörte.

Lilly hatte zwar nachgegeben, aber es fehlten noch immer Kilometer, bis sie ihm wirklich vertraute und ernsthaft daran glaubte, dass das mit ihnen beiden funktionieren konnte.

LILLY

Eine ganze Zeit lang war sie völlig verstört auf der Toilette geblieben. Erst als ihr Handy zum vierten Mal läutete, konnte sie rangehen.

Irgendwie hatte sie es geschafft, ihrem Kollegen weiß zu machen, dass sie in einem Café an der Präsentation arbeitete, um mehr Inspiration zu haben. Sie hatte sich für den ganzen restlichen Tag abgemeldet und sich dann mühsam nach Hause geschleppt.

Ihr war es sogar gelungen, unbemerkt in ihr Zimmer zu gelangen, und war so sowohl Adams als auch Faiths Verhör gekonnt umgangen.

Immer wieder lösten sich Wut, Angst und Frustration ab. Sie hatte es geschafft, hatte es wirklich geschafft, ein neues Leben fernab von Christophers Einfluss aufzubauen.

Sie brauchte und wollte seine *Hilfe* nicht. Die Stunden, die sie schon während ihrer Beziehung heimlich bei ihrer Psychologin verbracht hatte, waren ausschlaggebend für ihre Entscheidung gewesen.

Sie war eine starke, intelligente, attraktive Frau. Sie brauchte keinen Mann an ihrer Seite. Nicht Christopher und auch nicht Slade.

Der Gedanke, diesen kleinen Funken, den sie im Moment mit Slade teilte, im Keim zu ersticken, ließ ihr Herz beinahe schmerzhaft gegen ihre Brust hämmern.

Dieses bisschen Liebe, das sie für Slade empfand, war der Anfang zum Ende. Es war dieses eine Gefühl, das ihr wieder einmal das Genick brechen würde. Sie hatte es schon vorher gewusst. In dem Moment, in dem sie angefangen hatte, sich nach seiner Nähe zu sehnen, war sie sich des Fehlers, den sie begang, absolut bewusst gewesen.

Dennoch hatte sie es einfach nicht geschafft, es irgendwie aufzuhalten.

Tränen traten in ihre Augen. Sie wusste noch nicht einmal so ganz genau, warum. Schließlich war es ihre

Entscheidung. Sie war es, die beschlossen hatte, dass Slade nicht gut für sie war.

Dabei spielte es keine Rolle, dass die Anziehung zwischen ihnen perfekt war. Es spielte keine Rolle, dass sie Schmetterlinge im Bauch hatte.

Egal wie unglaublich gern sie an seiner Brust lag oder ob sie nichts mehr genoss, als seine Lippen auf ihrem Nacken zu spüren. Es spielte auch keine Rolle, dass sie sich in seinen Küssen verlieren konnte oder seine starken Arme um ihre Mitte genügten, um rundum zufrieden zu sein.

Mit Slade an ihrer Seite war es egal, ob sie sich in der Bar unter hunderten von Menschen befanden oder ganz allein in ihrem Zimmer. Slade zog ihre gesamte Aufmerksamkeit auf sich. Innerhalb von kürzester Zeit hatte er es geschafft, dass sie sich in seinen Armen wohl fühlte und das Bedürfnis hatte, ihm ständig nah zu sein.

Und genau das war der Knackpunkt. Solange Slade in ihrer Nähe war, schaffte er es, sie alles vergessen zu lassen. Die Vergangenheit, die Gegenwart und die Zukunft. Die schlechten Erinnerungen genauso wie die guten Vorsätze.

Slade hatte ihr Leben für wenige Momente leichter gemacht, unbeschwert, beinahe sorgenfrei und glücklich.

Er hatte all das Schlechte vertrieben und Platz gemacht für mehr Hoffnung, für Glück.

Kurze Momente, in denen sie tatsächlich gehofft hatte, dass alles möglich sein würde.

Dass Slade der Mann sein könnte, der ihr alles geben würde.

Eine Zukunft, eine Familie, eine Liebe. Das volle Programm von Kindern und einem Haus mit Gartenzaun.

Niemals hatte sie diesen Gedanken bewusst zugelassen. Wie auch, wo sie doch wusste, dass der Gedanke von dem Traum vom Glück absolut absurd und gefährlich war.

Ihre Augen brannten und ihre Kopfhaut fühlte sich an, als würden eintausend kleine Nadeln gleichzeitig und schnell hintereinander hineinstechen. Eine kleine Warnung, die all die Gefühle ankündigte, die sie zu überwältigen drohten.

Schlussendlich gab es nur einen einzigen Ausweg. Sie hatte es gelernt.

Sie musste einen klaren Schlussstrich ziehen. Hinter dem Leben, das sie sich in New York aufbauen wollte, hinter allem, das sie je wieder mit Christopher in Verbindung bringen würde, und, so schwer es ihr auch fiel, auch hinter Slade.

Ihre Sicht wurde unklar vor lauter ungeweinten Tränen.

Aber es gab keine Alternative. Solange sie sich von anderen abhängig machte, würde sie immer wieder in dieser Position landen.

Manchmal tat es eben auch weh, loszulassen und frei zu sein, aber es war notwendig.

SLADE

Unruhig lief er in seiner kleinen Wohnung auf und ab. Sein Vater hatte sich nie die Mühe gemacht, mehr vom Obergeschoss auszubauen.

Auch Slade hatte es bislang nicht für nötig gehalten. Warum auch? Er hatte sein Büro und sogar noch ein zweites, wenn er mal einen Praktikanten oder ähnliches beschäftigte. Früher hatten Adam und er sich dieses Zimmer geteilt, bis Noel starb und Slade die Wohnung übernommen hatte.

Seine kleine Wohnung war im Endeffekt ein gut fünfzig Quadratmeter großer, offener Wohn-, Schlaf- und Essbereich. Dazu gab es ein kleines Bad.

Es war nichts Besonderes, aber für einen Junggesellen gerade genug. Alle Räume waren hell und sehr schlicht eingerichtet. Genauso, wie er es bevorzugte.

Mehr Schnickschnack bedeutete auch nur mehr Arbeit. Einzig ein paar Bilder von seinen Freunden und Noel hatte er aufgehängt.

Und seit diesem Nachmittag hingen auch die Bilder von Lilly und ihm dort, die er heimlich in ihrem Bett gemacht hatte. Sowohl das mit dem Lächeln als auch das mit der gespielt genervten Grimasse.

Lilly … sie hätte schon lange bei ihm sein müssen. Gleich nach ihrem Job wollte sie zu ihm kommen, so hatten sie es ausgemacht.

Es war schon nach acht Uhr abends und Slade bezweifelte langsam, dass Lilly wirklich noch beim Arbeiten war.

Im Fünf-Minutentakt sah er auf sein Handy, dessen Display noch immer von der hübschen Spider-App verziert wurde, die sein letzter Lilly-bedingter Wutausbruch hinterlassen hatte.

Er könnte ihr schreiben, sollte es vielleicht, vielleicht aber auch nicht. Er wollte sie nicht bedrängen, wollte ihr nicht das Gefühl geben, in eine Beziehung gequetscht zu werden, die sie überhaupt nicht wollte.

Denn genau das kannte er nur allzu gut. Lilly war nicht die erste Frau, die ihn mehr interessierte. Okay, sie war die erste, für die es sich wirklich zu kämpfen lohnte, die erste, für die er alles geben würde und die ihn so um den Verstand brachte.

Aber Lilly war nicht die erste Frau, die er mehr als einmal in seinem Bett hatte haben wollen. Der

Unterschied zwischen Lilly und den anderen war, dass er bei ihr nicht das Gefühl hatte, in eine tödliche Falle zu treten.

Bei Lilly musste er sich nicht jeden Schritt zweimal überlegen. Im Gegenteil, es schien ihm beinahe wie ein Rollentausch.

Nun war da diese eine Frau, seine Lilly, die er gern in einen goldenen Käfig sperren würde.

Da war seine Lilly, der er gern alle zehn Minuten eine Nachricht schreiben wollte, dass er sie vermisste, und sie fragen wollte, was sie trieb.

Aber wenn Lilly auch nur ein klein wenig war wie er selbst, war das das Letzte, das er tun durfte. Lilly war wie ein Schmetterling. So zart, so verletzlich, so leicht zu vertreiben. Eine einzige falsche Bewegung würde genügen und sie wäre für immer fort.

Noch während er das Handy in der Hand hielt, vibrierte es.

Eine eingehende Nachricht von Lilly. Vielleicht die erwartete Entschuldigung oder ein Hinweis, dass sie bald da sein würde.

Doch als er die Nachricht öffnete, war es genau das, was er nicht hören wollte.

L: "Hey ... ich denke, das mit uns ist vielleicht doch nicht die richtige Idee. Es liegt nicht an dir. Ich bin einfach noch nicht so weit, nicht bereit, für eine neue Beziehung. Ich will dich nicht verletzen, deshalb ist es besser, jetzt einen Schlussstrich zu ziehen. Sorry und danke für alles. L"

Slades Magen krampfte sich zusammen. Das konnte verdammt nochmal nicht ihr Ernst sein.

Nicht nach allem, was sie miteinander geteilt hatten.

Es war nicht die Standard-Affäre.

Was sich zwischen Lilly und ihm entwickelt hatte, war mehr. Viel mehr, als er jemals zu träumen gewagt hätte.

Er rieb sich über die Augen, um das absolut unangebrachte Brennen zu vertreiben. Dann atmete er mehrmals tief durch.

Der Druck auf seinem Brustkorb war unangenehm. Beinahe schmerzhaft. Die Frage nach dem Warum und das Unverständnis ihr gegenüber schienen ihn beinahe zu erdrücken.

Unruhig lief er im Zimmer auf und ab, suchte nach einer Lösung, einer Antwort auf dieses Rätsel, das diese unglaubliche Frau ihm aufgab.

Schließlich erkannte er, dass er, wenn Lilly es wirklich ernst meinte, gar keine Chance hatte. Er konnte sich noch so sehr dagegen wehren, schlussendlich war es nicht seine Entscheidung.

Diese Erkenntnis zog ihm den Boden unter den Füßen weg.

Langsam ließ er sich auf sein Bett nieder. Sein Herz schlug unnatürlich träge und hart, als wäre es bereits gebrochen und arbeitete nur noch anstandshalber ein wenig weiter, bevor es ihn auch im Stich lassen würde.

Schwach ließ er sich zurücksinken. Er hatte sich immer davon ferngehalten, Menschen zu weit in sein Leben zu lassen.

Seine Mum hatte ihn und Noel verlassen, als Slade grade mal sieben Jahre alt gewesen war. Sie war einfach weggegangen, ohne jemals zurückzuschauen.

Alles, was Slade von ihr geblieben war, waren ein paar Fotos und ein Zettel, auf dem stand, dass sie die Verantwortung nicht mehr ertragen hätte.

Es hatte Slade das Herz gebrochen, aber schlimmer noch war, seinem Vater dabei zuzusehen, wie er litt. Noel hatte immer versucht, es vor Slade zu verbergen, aber Slade hatte gesehen, welche Qualen Noel wegen einer Frau hatte durchstehen müssen.

Der Schmerz lauerte an jeder Straßenecke, das hatte Slade früh verstanden. Wenn sogar diejenigen, die man am meisten liebt, einen so kalt im Stich lassen können, was sollte jeden anderen Menschen davon abhalten, einen noch stärker zu verletzen?

Mit den Handballen drückte er auf seine brennenden Augen.

Er hatte es gewusst und doch hatte er denselben Fehler wieder begangen, hatte Lilly in sein Herz gelassen, obwohl er den Ausgang des ganzen kannte.

Seine Mum war gegangen, sein Dad gestorben, und sogar Adam hatte ihn damals mit seinem Weggang tief verletzt.

Slade hatte lange gebraucht, um Adam zu verzeihen, dass er ihn und Noel damals verlassen hatte.

Auch wenn jetzt alles wieder in Ordnung zwischen ihnen war, diese Lektion war Slade eine Lehre gewesen.

Nicht einmal auf deine Freunde wirst du dich immer verlassen können.

Und in allen Fällen gab es keine klärenden Gespräche. Vielleicht war es Angst oder was auch immer. Schlussendlich blieb oft nur eine kleine Nachricht, ein paar letzte Zeilen, eine Anstandsabmeldung, und dann waren sie weg. Für immer.

Das Wissen, dass das, was zwischen ihnen beiden war, für Lilly nicht das gleiche bedeutete wie für ihn, schmerzte mehr, als es sollte. Vielleicht war es aber auch einfach nur die Art und Weise, in der sie ihn abserviert hatte. Wie viel hatte er ihr schon bedeutet, wenn ein paar Stunden Abstand und eine Nachricht als Trennung genügten.

Slade hatte Hoffnung in sein Leben gelassen. Hoffnung auf Liebe, das war der Fehler gewesen. Er war für Lilly bereit gewesen, über seinen eigenen Schatten zu springen und für diese Chance zu kämpfen.

Wieder einmal wurde er eines Besseren belehrt.

LILLY

Die Nacht und den darauffolgenden Tag verbrachte sie in einer eigenartigen Trance.

Sie wusste, dass sie das Richtige getan hatte, wusste, dass es keine andere Möglichkeit gegeben hatte. Und doch fühlte es sich an, als würde sie innerlich zerreißen.

In ihr war es dunkel. Es hämmerte in ihrem Kopf, so verzweifelt forderte ihr Herz eine Alternative für diesen Schritt.

Allein der Gedanke, dass sie Slade nie wiedersehen würde, schnürte ihr die Kehle zu.

Mit diesem Schritt hatte sie sich selbst das Herz gebrochen. Es schlug zwar noch, aber es schien, als würde selbst ihm der Antrieb fehlen.

In manchen Momenten wünschte sie sich, dass Slade kommen würde, mit ihr sprechen würde und ihr zeigen würde, dass es einen anderen Weg für sie gab.

Aber da war nichts. Genau genommen hatte er überhaupt nicht auf ihre Nachricht reagiert. Es war, als wäre er niemals in ihr Leben getreten. Als hätte er nicht einfach mit Gewalt alle Tore aufgebrochen und sich in ihr Herz geschlichen.

Aber eigentlich durfte sie sich nicht beschweren. Sie war schließlich diejenige, die wieder einmal davonlief, die lieber aufgab, als es ein weiteres Mal ernsthaft zu versuchen.

Zu groß war die Angst, wieder abhängig zu sein, wie damals von Christopher.

Ihr Kopf formte die verrücktesten Ausreden, die ihr Handeln rechtfertigen sollten, nur um sie kurz darauf als völlig an den Haaren herbeigezogen wieder zu verwerfen.

Ihre Abhängigkeit von Christopher war nun mal kaum zu vergleichen mit Alkoholismus oder Drogensucht.

Und theoretisch wusste sie auch, dass Slade nicht mit Christopher zu vergleichen war. Zumindest glaubte sie, es zu wissen, denn kannte sie ihn denn wirklich?

Ihre Gedanken drehten sich im Kreis und als Faith am Abend zu ihr ins Zimmer kam, um nach ihr zu sehen, stellte Lilly sich schlafend. Eine Auseinandersetzung mit Faith kam in diesem Zustand nicht infrage.

Schlussendlich versuchte sie, sich fortwährend davon zu überzeugen, dass es die richtige Entscheidung gewesen war, sich von Slade zu trennen. In spätestens zwei Wochen musste sie sowieso hier weg und irgendwo ganz von vorn anfangen. Irgendwo, wo Christopher sie niemals finden würde.

Eine andere Stadt, neue Freunde, ein anderer Job. Keine Verbindung zu ihrem alten Leben. Nichts, was sie wieder zu ihm führen könnte.

Nicht jetzt, nachdem er sie so offen bedroht hatte. Bislang war sie davon ausgegangen, dass das Problem nur auf ihrer Seite lag. Wenn Christopher aber selbst keinen Schlussstrich ziehen konnte, würde er ein ernsthaftes Problem für sie werden.

Langsam ausatmend schloss sie die brennenden Augen. In diesem Moment war ihr einfach alles zu viel.

Und genau in diesem Moment fehlte ihr Slades starke Schulter, an die sie sich anlehnen konnte, seine starken Arme, die sich um sie legten.

Ihr fehlte Slade, auch wenn das das Letzte war, was sie zulassen durfte.

9 Nein!

SLADE

"Hey, was ist los?", fragte Deacon und lehnte sich neben den Sandsack an die Wand.

"Alles in Ordnung", gab Slade zurück und schlug weiter auf den Sack ein. In seinem ganzen Leben hatte er nie so viel trainiert wie in der Zeit, seit Lilly in der Stadt war.

"Ja, genau das gleiche hat Liam gestern auch gesagt, als er vom Shooting zurückkam." Das Lächeln in Deacons Stimme ließ Slade aufsehen.

"Und?", fragte Slade neugierig.

Deacon lachte. "Du willst dich also an Liams Leid weiden, uns dein eigenes aber vorenthalten?", fragte Deacon.

"Wie gesagt, bei mir ist alles in Ordnung", wiegelte Slade ungeduldig ab.

Das letzte, worauf er Lust hatte, war eine Paarberatung von seinem Freund, der wohlgemerkt selber nie eine Beziehung hatte, die länger als drei Nächte gehalten hatte.

"Mhm, deshalb schickt Adam mich auch zu dir, weil alles so voll in Ordnung ist."

Slade schnaubte angewidert. "Adam sollte sich lieber um seine eigenen Probleme kümmern."

Im Augenwinkel sah er, wie Deacon die Augenbrauen zusammenzog. "Was für Probleme denn? Ich dachte, Adam ist der Einzige, bei dem noch alles normal läuft."

"Genau, deshalb heult er auch seit Tagen über Faiths merkwürdige Stimmungen und ihre neue Frisur, die in seinen Augen weiß der Teufel was ausdrückt." Dann hielt Slade mitten im Schlag inne. "Und hey, was ist mit Nick? Jetzt, wo du es sagst, ich hab ihn ewig nicht gesehen."

Deacon zuckte die Schultern. "Der vögelt seine Kollegin, weil er seinen Kollegen nicht bekommt."

Slade blinzelte. "Das ist krank." Und warum hatte er davon nichts mitbekommen?

"Ja, vor allem, weil der arme Kerl wohl ziemlich verknallt in Liam ist", antwortete Deacon und verzog das Gesicht. "Aber lenk nicht vom Thema ab. Du gehst nachmittags trainieren, damit Adam dich nicht treffen kann, und kommst auch nach mehrmaliger Aufforderung nicht in seinen Club. Also was ist los?"

Leider hatte Deacon diesen "*Du kommst aus dieser Nummer nicht mehr raus*" - Gesichtsausdruck aufgesetzt. Also ließ Slade seufzend die Arme sinken.

"Quit pro quo", sagte er dann. "Ich heul dir die Ohren voll, dafür belustigst du mich anschließend mit Liams Leid."

LILLY

Wie schon am Abend zuvor schlich sich Faith auch an diesem Abend in Lillys Zimmer. Diese fühlte sich noch immer nicht dazu in der Lage, sich mit Faith auseinander zu setzen. Also stellte sie sich schlafend.

Sie hörte, wie die Tür sich wieder leise schloss, und atmete auf. Doch dann spürte sie, dass jemand im Raum war, dass da jemand war, der sie beobachtete.

Kurz darauf stieg ihr Slades Geruch in die Nase. So vertraut, so wunderschön. Ihre Augen brannten, so sehr schmerzte das Verlangen, ihn einfach an sich zu ziehen, ihn zu halten und sich von ihm halten und beschützen zu lassen.

Sie biss sich auf die Unterlippe und klammerte sich an der Decke fest, während sie seinen leisen Schritten lauschte.

Zu wissen, dass er hier war und sie ihn dennoch nicht haben durfte, trieb sie an den Rand der Verzweiflung. Ihre Augen füllten sich mit Tränen und ihr Herz schmerzte mit jedem Schlag.

Wieder und wieder versuchte sie, sich vor Augen zu führen, dass es einfach nicht sein durfte. Dass, ganz egal, wie sehr sie ihn begehrte und wie sehr sie ihn liebte, sie das nicht zulassen durfte.

Der Drang zu fliehen war stärker als jedes andere Gefühl.

Im fahlen Mondlicht sah sie, wie er vor ihrem Bett stehen blieb. Sie sah, dass er auf sie herabblickte. Falls sie seine Augen wirklich erkennen konnte, war es andersherum genauso.

Sie lag richtig mit ihrer Vermutung. Nur Sekunden später knurrte er: "Warum tust du das?"

Sie wollte nicht, dass er den Schmerz in ihrem Gesicht sah, sie wollte nicht, dass er mit bekam, wie schwer es ihr fiel, nicht die Arme nach ihm auszustrecken.

Also drehte sie sich ohne ein Wort zu sagen auf die andere Seite und hoffte, dass Slade es verstand und einfach wieder aus ihrem Zimmer … aus ihrem Leben verschwand.

Aber das tat er nicht. Stattdessen packte er sie unsanft an der Schulter und drückte sie zurück auf den Rücken.

"Antworte mir verdammt nochmal!", fluchte er und sein Griff war beinahe schmerzhaft. Mehr noch schmerzte es aber in ihrem Herzen. Die Sehnsucht nach ihm brannte wie ein heißes Feuer in ihren Adern und quälte sie mit jedem Herzschlag.

Dann spürte sie die ersten Tränen über ihre Wange rollen. Tränen der Verzweiflung, der Ohnmacht. Und allein diese Gefühle machten sie unglaublich wütend. Wie hatte er es nur so schnell geschafft, sie so süchtig nach ihm zu machen?

"Warum, Lilly? Warum quälst du dich? Du brauchst mich genauso …"

Die Wut über seine Worte schoss so unvermittelt in ihr auf, dass ihre Hand sich völlig selbstständig hob und ihn ohrfeigte. Sofort verstummt er.

Wie konnte er es wagen? Wie konnte er ihre Gefühle gegen sie verwenden? Sie hatte es von Anfang an gewusst, hatte gewusst, dass er keinen Deut besser war als Christopher.

"Fick dich! Ich brauche dich nicht!", fauchte sie und versuchte, sich von ihm loszumachen.

Slade griff nur mit beiden Händen nach ihr und schüttelte sie leicht. "Lilly … Lilly! Was soll das verdammt nochmal?"

Seine Stimme war eindringlich und auf eine ekelhafte Art verständnisvoll und sanft.

Warum konnte er nicht wütend werden wie Christopher? Warum konnte er es ihr nicht leicht machen und sie anschreien, damit diese Trennung ihr leichter fiel?

Plötzlich schlang er seine Arme um sie, zog sie an seine Brust und hielt sie fest, wie sie es sich seit Tagen gewünscht hatte.

"Ich hasse dich!", schrie sie und schlug mit ihren geballten Fäusten auf seine Brust ein.

Slade schlang seine Arme nur noch fester um sie und presste sie an sich.

"Ich hasse dich!", schrie sie erneut und wehrte sich gegen seinen Griff.

"Nein, das tust du nicht, Babe." Seine Stimme klang so unglaublich sanft. Sein Geruch und seine starken Arme gaben ihr das Gefühl, dass nichts ihr etwas anhaben konnte, dass sie sicher war, solange sie nur bei ihm blieb.

Diese Gedanken lähmten sie, gaben ihr ein Gefühl von völliger Hilflosigkeit, als wäre sie ihm ausgeliefert und könnte dieser Falle namens Slade nie mehr entkommen.

Plötzlich brach sie in Tränen aus und schluchzte: "Aber ich will dich hassen."

Ratlos hielt er sie eine ganze Weile einfach nur fest. Lillys Reaktion verwirrte ihn genauso wie seine eigenen Gefühle.

Sie hatte ihn abgeschrieben und doch war er wieder gekommen, hatte sich erneut nicht davon abhalten können, zu ihr zu gehen.

Dabei konnte er einfach nicht mehr. Sie ließ ihn näher an sich heran, nur um ihn gleich darauf wieder von sich zu stoßen.

Er wusste einfach nicht mehr weiter. Das einzige, dessen er sich sicher war, war, dass er so nicht weitermachen konnte, dass Lilly ihn damit umbrachte.

Er erinnerte sich daran, was Deacon zu ihm gesagt hatte. Alles oder nichts. Er musste alle Karten auf den Tisch legen und hoffen, dass Lilly ihm dann eine reelle Chance gab.

Los jetzt! Einfach einmal blankziehen, ist doch kein Problem!, feuerte er sich selbst an.

"Lilly … ich … also." Genervt von seinem eigenen Gestotter rieb er sich über die Augen. Dann presste er sie noch fester an sich und unterstrich damit seine nächsten Worte: "Ich will dich nicht verlieren." Seine Stimme war rau und beinahe nur ein Flüstern. Es fühlte sich an, als würde er sein Herz auf einem Silbertablett präsentieren.

Es lag nur an Lilly, ob er das überleben würde oder nicht. Sie konnte ihn, sein Herz, mit Leichtigkeit in Stücke reißen.

Ganz ruhig, beinahe erstarrt lag sie in seinen Armen. Alles, was er spürte, waren ihr leicht zittriger Atem und die Tränen, die langsam, aber sicher sein Shirt durchweichten.

Dann ballte sich ihre Hand an seiner Brust zu einer Faust.

"Ich kann dich nicht hassen", flüsterte sie schließlich. Es klang wie ein Eingeständnis, das ihr sehr schwerfiel.

Slade drückte seine Lippen auf ihren Scheitel und lächelte ein klein wenig erleichtert. "Das ist gut. Es wäre schwierig für mich, jemanden zu lieben, der mich hasst."

Für einen Moment gefror ihm das Blut in den Adern. Diese Worte waren so nicht geplant gewesen, aber sie fühlten sich auf merkwürdige Weise richtig an. Er liebte sie. Lilly hatte sein Herz erobert. Nicht nur einen kleinen Teil, sondern das ganze verflixte Ding.

Er spürte, wie seine erstarrten Muskeln sich langsam wieder lösten. Die Erkenntnis, dass er Lilly wirklich liebte, war nicht halb so erschreckend, wie er gedacht hätte. Vielleicht war es für sein Herz aber auch einfach keine Neuigkeit mehr, nur sein Kopf hatte sich geweigert, es zu erkennen.

Er zog Lilly noch fester an seine Brust, vergrub seine Nase in ihrem Haar und sog ihren Duft in sich auf.

"Ich liebe dich", sagte er leise, als müsste sein Mund die Worte erst testen, die er seit so vielen Jahren nicht mehr ausgesprochen hatte.

Das letzte Mal hatte er sie Noel zugeflüstert, als dieser im Sterben gelegen hatte.

"Slade ... ich ...", stammelte Lilly leise, aber er unterbrach sie.

"Schsch, du musst nichts sagen, Babe. Du musst einfach nur bei mir bleiben."

Es dauerte einige Zeit, dann entspannte sie sich in seinen Armen und auch ihre Tränen versiegten nach und nach.

Sanft streichelte er über ihren Rücken, genoss ihre Nähe und das warme Gefühl in seiner Brust.

Niemals hatte er erwartet, eine Frau zu finden, die ihm so viel bedeuten würde, wie seine Mutter seinem Vater bedeutet hatte.

Genau genommen hatte er sich immer davor gefürchtet, sein Herz einmal so sehr zu verlieren, dass ein einziger Mensch es für immer zerstören konnte.

Dreißig verdammte Jahr lang hatte er es geschafft. Bis diese faszinierende Frau in Adams Bar aufgetaucht war und ihm mit einem einzigen Blick den Verstand geraubt hatte.

Slade lächelte, als er daran dachte, wie arrogant sie ihn gemustert hatte. Sie hatte so kühl, so abweisend gewirkt und ihr Korb war nicht wirklich überraschend gekommen.

Von diesem Moment an war sie ihm nicht mehr aus dem Kopf gegangen. Über ein halbes Jahr hatte sie sich in seinen Gedanken herumgetrieben und schließlich sein Herz erobert.

Auch wenn es ihr noch nicht ganz klar zu sein schien, damit hatte sie ihn jetzt an der Backe. Slade würde sie nicht mehr gehen lassen.

Nicht jetzt, da er endlich die Liebe seines Lebens gefunden hatte.

10 Aussprache

LILLY

Aufzuwachen und in Slades Armen zu liegen, fühlte sich unglaublich gut an. Viel zu gut, um genau zu sein. Selbst dieses kleine Zugeständnis an ihre Beziehung, wenn man es denn so nennen wollte, machte deutlich, dass sie von ihm abhängig wurde. Emotional abhängig, um genau zu sein.

Sie wollte es nicht zulassen und wollte es gleichzeitig mehr als alles andere. Sie genoss das Gefühl, in seinen Armen Schutz und Geborgenheit zu finden, viel zu sehr.

Bei nächster Gelegenheit würde sie ihre Therapeutin anrufen, vielleicht konnte diese ein wenig Licht ins Dunkel ihrer Gefühle bringen.

Slades Lippen strichen über ihren Nacken und sein Arm, der um ihre Mitte lag, drückte sie fester gegen seine Brust.

"Gehts schon wieder los?", murmelte er schläfrig.

Irritiert versuchte sie, ihn über die Schulter anzusehen. "Was?"

Leicht hob er den Kopf, bis sein Blick aus nur zu Schlitzen geöffneten Augen sie traf. Seine Haare waren völlig verwuschelt und sein Lächeln träge und verdammt sexy. "Du denkst so laut, dass es mich aus dem Schlaf reißt", neckte er sie und ließ den Kopf zurück aufs Kissen fallen.

"Ich denke darüber nach, was gestern passiert ist", gestand sie nach einigen Minuten.

Seine Hand verharrte einen Moment, ehe sie die langsam streichelnde Bewegung wieder aufnahm. Sein Herz unter ihrem Ohr schlug aber deutlich schneller und auch sein Körper blieb angespannt, als erwartete er, dass Lilly ihn jeden Moment wieder von sich stoßen würde.

"Okay … und was genau denkst du?", fragte er ganz ruhig, als würde ihn das alles nicht belasten. Hätte sie die Veränderung an seinem Körper nicht mitbekommen, hätte sie ihm wahrscheinlich geglaubt.

"Es tut mir leid, Slade", platzte sie heraus. Es war allein ihre Schuld, dass ein so starker und selbstsicherer Mann wie er auf einmal so vorsichtig geworden war.

Doch anstatt sich zu entspannen, wurde er nur noch steifer, dann drehte er sie ruckartig auf den Rücken und legte sich auf sie.

Erschrocken keuchte Lilly auf und sah mit weit aufgerissenen Augen in Slades. Seine Hände umschlossen ihre Wangen, zwangen sie, seinen wütenden Blick zu erwidern.

"Nein!", sagte er kalt, beinahe hart. "Ich werde dich nicht mehr gehen lassen. Du gehörst mir und du wirst mich nicht immer wieder von dir wegstoßen!" Dann presste er seine Lippen völlig unvermittelt auf ihre.

Sein Kuss war warm und vertraut, obwohl er sich hart und besitzergreifend anfühlte. Je länger und härter er sie küsste, desto klarer wurde ihr, wie sehr sie ihn in den letzten Wochen verletzt hatte.

Sie schlang ihre Arme um seinen Hals und zog ihn an sich, küsste ihn mit der gleichen Leidenschaft zurück und versuchte ihm so zu zeigen, dass sie nicht vorhatte, ihn wieder von sich zu stoßen.

Im Gegenteil, Slade hatte ihr am Abend zuvor und auch an diesem Morgen mehr als deutlich gezeigt, dass er nicht wie Christopher war.

Slade hatte ihr gesagt, dass er sie liebte. Sie, Lilly, mit all ihren Macken und Unsicherheiten. Im Gegenzug hatte er nichts erwartet, hatte ihr nicht gesagt, wie froh sie sein konnte, dass er mit ihr zusammen sein wollte.

Wenn sie genau nachdachte, hatte er sich noch nie über etwas an ihr beschwert, oder ihr Vorwürfe gemacht, oder?

Oder sie hatte nur einmal wieder eine rosa Brille auf und bekam nicht mit, wie sie manipuliert wurde?

In diesem Moment löste Slade sich von ihr und sah ihr tief in die Augen.

Sein Blick war vorsichtig, fragend, vielleicht sogar ein klein wenig unsicher. "Wenn du nicht darüber nachdenkst, wie du mich jetzt wieder loswirst, was ist es dann, Babe?", flüsterte er und schien in ihrem Gesicht nach Antworten zu suchen.

Sie lächelte zu ihm auf und streichelte über seine stoppelige Wange. "Ich ... ich habe darüber nachgedacht, wie anders es mit dir ist." Sie schluckte schwer und gab sich innerlich selbst einen Tritt.

Jetzt oder nie!

Tief durchatmend schloss sie die Augen. "Und ich habe darüber nachgedacht, dass ich es gern versuchen würde", flüsterte sie.

Sie spürte Slades schnellen Herzschlag an ihrer Brust.

Sein Atem strich über ihre Wange, als er genauso leise fragte: "Was versuchen?"

Ein trauriges Lächeln schlich sich auf ihre Züge, dann öffnete sie die Augen und suchte seinen Blick.

"Noch einmal zu lieben."

SLADE

Aus ihrem Mund hörte es sich an, als wollte sie noch einmal versuchen, den wilden Bullen zu reiten oder von einer Brücke zu springen, obwohl es schon einmal schief gegangen war. Und genau dieser Ton war es, der Slades Magen in unguter Vorahnung verkrampfen ließ.

Sanft fuhr er mit seinen Lippen über ihre, versuchte sie zu beruhigen und ihr zu zeigen, dass sie sich keine Sorgen zu machen brauchte.

Lilly erwiderte den Kuss, ihre Hände fuhren unter sein Shirt und streichelten zärtlich über seinen Rücken.

Die Berührung ihrer kleinen, kalten Hände ließ ihn augenblicklich hart werden.

Es war sowieso schon immer schwer genug, ihr so nah zu sein, ohne über sie herzufallen, aber sobald sie ihn berührte, übernahm sein Körper die Kontrolle.

Sie öffnete ihren Mund, streichelte mit ihrer Zunge über sein Piercing, spielte damit und machte ihn dadurch völlig verrückt nach ihr. Dann strich ihre Zunge über seine, während ihre Hände den störenden Stoff nach oben zogen. Sie zupfte solange daran, bis Slade das Shirt auszog.

Dann erkundeten ihre Finger seinen Oberkörper, fuhren jeden einzelnen Muskel nach und trieben ihn dabei fast in den Wahnsinn.

Als sie bei dem V an seinen Lenden ankam, pochte sein Schwanz bereits schmerzhaft in der viel zu eng gewordenen Jeans.

"Ich will dich", raunte er ihr zu und drückte sich fest gegen ihre Mitte.

Ihr Stöhnen war Antwort genug, also griff er unter ihr Oversize-Shirt und zog ihr den Slip aus. Dann küsste er sich über die Innenseite ihres Schenkels zurück nach oben. Sie wand sich unter ihm, bis er sie an den Hüften festhielt, um endlich über ihre heiße Mitte lecken zu können.

Lilly stöhnte laut und ihre Fingernägel kratzen über seine Kopfhaut, als er ihre Schamlippen mit seiner Zunge teilte. Er genoss ihren Geruch ebenso wie ihren süßlichen Geschmack und das leise Wimmern, dass sie von sich gab, wenn er seine Zunge tief in ihrer Öffnung versenkte.

Er presste eine Hand auf ihren Unterbauch, liebte es zu spüren, wie ihre Muskeln zuckten, wenn er seine Lippen um ihre Klit schloss.

Während er sie saugend und leckend immer weiter in Richtung ihres Höhepunktes brachte, öffnete er seine Jeans und holte seinen Schwanz heraus. Langsam strich er an ihm auf und ab.

Er musste sich zumindest temporär ein klein wenig Erleichterung verschaffen.

Lillys Körper bog sich ihm immer auffordernder entgegen. Ihr vor Lust verzogenes Gesicht sah dabei unglaublich sexy aus.

Als ihre Fingernägel sich in seinen Nacken gruben, rutschte er an ihrem Körper entlang nach oben. Sie zog ihn sofort an sich und küsste ihn leidenschaftlich.

Der Gedanke, dass sie sich selbst auf seinen Lippen schmecken musste, turnte ihn unglaublich an. Er konnte keine Sekunde länger warten, musste endlich tief in ihr sein. Mit einem einzigen kräftigen Stoß versenkte er sich bis auf den letzten Zentimeter in ihr.

Lilly schrie auf und ihr Körper verspannte sich. Sofort bereute Slade seine Ungeduld.

"Sorry", murmelte er und fuhr mit den Lippen über ihre weiche Wange.

Doch schon im nächsten Moment schlang sie ihre Beine um seine Hüften und presste ihn noch tiefer in sich.

Er stöhnte an ihrem Ohr, so unglaublich gut fühlte sich ihre nasse Hitze um seinen Schwanz herum an.

"Mehr", keuchte sie und hob ihm ihr Becken auffordernd entgegen.

Diesmal bewegte er sich langsamer, versuchte, ihr Zeit zu geben, sich an seine Größe zu gewöhnen und sich zu entspannen.

Er versuchte es wirklich, aber Lillys Fersen pressten sich auffordernd in seinen Hintern, trieben ihn unaufhörlich zu einen schnelleren und härteren Rhythmus an.

Stöhnend vergrub er sein Gesicht an ihrem Hals. Lange würde er die Kontraktionen nicht mehr ertragen können. Er spürte bereits das heiße Ziehen in seinen Lenden, das ihm die süßeste Erlösung versprach.

Er schob einen Arm unter ihren Hintern, hob sie seinen Stößen entgegen, während er ihren Kopf mit seiner zweiten Hand zu sich drehte. Dann verschloss er ihre Lippen mit seinen, erstickte ihr kehliges Stöhnen und das Wimmern, das ihn um den Verstand brachte.

In sich spürte er bereits die brennend heißen Schübe und verlor sich in seinem Orgasmus, der auch Lilly mit über die Schwelle riss.

Träge stieß er noch einige Male in sie, während ihr Körper bereits erschlaffte.

Ihre vor Befriedigung trüben Augen und das entspannte Lächeln, gaben ihm ein unendlich gutes Gefühl.

Sanft küsste er sie auf den leicht geöffneten Mund und knabberte an ihrer Unterlippe.

In diesem Moment war er sich sicher, dass es nie wieder eine Frau geben würde, die an Lilly heranreichen konnte. Lilly war das mit Abstand Beste, was er jemals gesehen hatte.

"Ich liebe dich", flüsterte er so nah an ihren Lippen, dass er sie bei jeder Bewegung streifte.

Sie sagte nichts, aber das musste sie auch nicht. Ihm war durchaus klar, dass, was auch immer in ihrem Kopf vor sich ging, nicht von einem Tag zum nächsten verschwinden würde.

Das unsichere Lächeln, das ihre Lippen umspielte, sagte ihm alles. Leicht streckte sie sich ihm entgegen und gab ihm einen sanften Kuss, was mehr als genug Erwiderung war.

Slade zog sich aus ihr zurück und rollte sich mit ihr im Arm auf die Seite. Dabei hielt er sie aber ganz nah an seiner Brust.

"Warum erwartest du nichts?", fragte sie nach einiger Zeit leise.

"Du wirst es mir sagen, wenn du soweit bist. Deine Gefühle ebenso, wie das, was dich belastet." Er klang eindeutig zuversichtlicher, als er war. Wenn man es genau nahm, hatte er eine scheiß Angst, dass er sein Herz an jemanden verloren hatte, der sich ihm vielleicht niemals öffnen würde.

Dennoch bereute er nichts. Er kannte viele Menschen, die immer allein waren. Früher war ihm das nicht schlimm vorgekommen, doch nun wusste er, was er mit ihr verloren hätte. Zu lieben war eindeutig ein unbeschreiblich gutes Gefühl.

LILLY

Slade war unglaublich geduldig. Sie wusste, wie schwer es ihm fiel, und doch ließ er sie einfach sein, wie sie war.

Wenn sie ihm und dieser Beziehung ernsthaft eine Chance geben wollte, musste sie ihm zumindest ein klein wenig entgegenkommen. Aber machte das alles überhaupt einen Sinn? Wenn Christopher seine Drohung wahr machte, musste sie versuchen, in einer anderen Stadt Fuß zu fassen. Ohne Slade. Schließlich konnte er nicht einfach umziehen, wenn er hier seinen Boxclub hatte.

Sie legte die Hand auf seine breite, nackte Brust, bewunderte seinen schönen Körper, während sie ihre Finger über seinem Herzen spreizte.

"Ich werde vielleicht nicht hierbleiben können", flüsterte sie und konzentrierte sich auf das beruhigende, gleichmäßige Schlagen seines Herzens.

"Was meinst du?", murmelte er und klang schläfrig und zufrieden.

"New York."

Sie konnte quasi spüren, wie ihre Worte in seinen Verstand vordrangen. Von Sekunde zu Sekunde wurde sein Griff fester, bis er sie schließlich von sich schob.

"Was soll das heißen?", fragte er und sah sie finster an.

Gequält schloss sie die Augen. "Ich habe falsch angefangen … glaube ich", sagte sie und sah dann wieder zu ihm auf.

Seine Augenbrauen waren zusammengezogen und sein Blick stechend.

"Egal ob am Anfang oder am Ende. Ich habe dir gesagt, dass ich dich nicht mehr gehen lassen werde. Es kommt also überhaupt nicht in Frage, dass du weggehst."

Sie biss sich auf die Unterlippe, um ein Lächeln zu vermeiden. Er konnte unglaublich süß sein. Doch dann fiel ihr der Grund dieses Gesprächs wieder ein und das Lächeln verblasste.

"Ich will nicht, aber vielleicht muss ich", gestand sie und wich seinem Blick nicht aus.

Er leckte sich über die volle Unterlippe und biss dann die Kiefer aufeinander, als müsste er sich zwingen, nichts zu sagen.

Also raffte Lilly all ihren Mut zusammen und sagte: "Christopher … mein Ex …"

Sie hatte den Satz noch nicht einmal beendet, und doch hatte sie bereits jetzt das Gefühl, dass Slade kurz vor dem Platzen war.

Vorsichtig versuchte sie, ein klein wenig von Slade abzurücken, bis sie seine Laune besser einschätzen konnte, doch er ließ sie keinen Millimeter von sich wegrutschen.

"Du wirst nicht zu ihm zurückgehen", knurrte er so leise, dass Lilly ihn kaum verstand.

"Nein! Natürlich nicht!" Sie drückte ihre Lippen auf seinen Hals und versuchte, sich vollkommen zu entspannen.

Es dauerte einen Moment, aber dann wurde auch Slade wieder ruhiger.

"Er ist in der Stadt … und ich werde deshalb vielleicht nicht hierbleiben können", sagte sie leise, als sie das Gefühl hatte, dass Slade nicht jeden Moment an die Decke gehen würde.

Er sagte nichts, bewegte sich nicht und atmete schließlich lange aus.

"Hast du … noch Gefühle für ihn?"

Schnell schüttelte sie den Kopf. "Ich hasse ihn, mehr nicht." Doch auch das war gelogen. Angst vor Christopher, vor den Gefühlen, die er in ihr auslösen konnte, überwog den Hass noch bei weitem.

Doch noch war sie nicht soweit, Slade alles zu erzählen.

Sie brauchte einfach noch Zeit, musste ihm erst vertrauen, bevor sie ihm ihre größte Schwachstelle offenbarte.

Er zog sich ein wenig von ihr zurück und sah ihr dann lange in die Augen. Eine Hand lag an ihrer Wange, mit der anderen strich er ihr eine Strähne hinters Ohr. Seine Augen schienen jeden Millimeter ihres Gesichts zu scannen.

"Okay." Er atmete tief durch. "Ich meine es ernst, Lilly. Ich liebe dich und ich werde dich nicht mehr gehen lassen." Seine Stimme war rau und voller Gefühl.

Dieser fantastische Mann liebte sie, ohne Wenn und Aber, ohne Forderungen oder Gemecker. Er liebte sie und aus irgendeinem verrückten, wahrscheinlich sogar selbstzerstörerischen Grund glaubte sie ihm.

Ihre Augen begannen zu brennen und als immer mehr Tränen sich in ihnen sammelten, konnte sie verschwommen sein Stirnrunzeln sehen.

"Hör auf damit", brummte er und klang dabei so gequält, dass Lilly lächeln musste.

"Ich versuchs", flüsterte sie, dann drückte sie sich ganz nah an ihn und flüsterte in sein Ohr: "Halt mich einfach nur fest."

Er schlang seine Arme so fest um sie, dass sie beinahe keine Luft mehr bekam. Und dennoch war es das beste Gefühl.

Diese kleine Geste bedeutete ihr mehr, als sie in Worte fassen konnte.

Sie schloss die Augen und versuchte, nicht mehr an das zu denken, was war oder was noch kommen würde. Sie wollte einfach nur den Moment genießen.

Einen absolut einzigartigen Moment in den Armen eines Menschen, der ihr in diesen Minuten genau das gab, was sie brauchte.

Sicherheit, Geborgenheit und Liebe.

SLADE

Das gleichmäßige Laufen auf dem Laufband beruhigte ihn. Das Summen des Geräts genauso wie das rhythmische Klatschen seiner Sohlen auf der Lauffläche.

Eins, zwei, eins, zwei, eins, zwei.

Doch sobald er aufhörte zu zählen, gingen seine Gedanken zurück zu Lilly. Zurück zu all dem, was nicht gesagt wurde, was zwischen den Zeilen hing.

"Verdammte Scheiße!", fluchte er leise und stellte die Geschwindigkeit noch einmal nach oben.

"Wenn du weiter so rennst, machst du das Ding kaputt", sagte Deacon und stellte sich vor das Laufband.

Slade zuckte mit den Schultern und tippte auf dem Display herum, um beschäftigt zu wirken.

Das letzte, worauf er Lust hatte, war ein Weiber-Gespräch mit Deacon.

"Es ist mein Laufband, also auch mein Problem", sagte Slade.

"Ich dachte, du hättest das Problem mit Lilly geklärt, so spät wie du heute hier aufgetaucht bist."

Slade hob den Kopf und starrte seinen Freund aus zusammengekniffenen Augen an. Deacon mischte sich viel zu oft in Dinge ein, die ihn nichts angingen.

"Vielleicht solltest du die Sache mit dem Denken Menschen überlassen, die das drauf haben", knurrte Slade.

Deacon lächelte lediglich. "Denken ist genau mein Job. Erinnerst du dich? Programmieren und so? Wenn du zu jemandem so einen Spruch bringen kannst, dann zu Liam."

"Was ist mit mir?", fragte Liam und stieg auf das Laufband neben Slades.

Verdammte Scheiße! Noch ein Idiot, der sich einmischen wollte.

"Du bist der dumme Schönling der Runde, Prince Charming", sagte Nick und stieg auf das Laufband auf Slades anderer Seite.

"Ich kann dir ein paar Schönheitstipps geben, Nicky, dann bekommst du vielleicht den Kollegen, den du wirklich willst", sagte Liam in einem wirklich ätzenden Ton.

Nick murmelte irgendetwas Unverständliches, dann sagte er: "Weil das bei dir und deiner Fotoqueen ja so gut geklappt hat!"

Mit der Faust hieb Liam auf das Bedienfeld und brachte das Laufband abrupt zum Stehen.

"Ich kann auch Traver ficken, an mir hatte er ja durchaus Interesse", knurrte Liam und stemmte die Hände in die Hüften.

Die Wasserflasche flog haarscharf an Slades Gesicht vorbei und traf Liam genau aufs Auge.

"Halt deine scheiß Fresse!", fluchte Nick, der die Flasche geworfen hatte und sprang vom Laufband.

Deacon seufzte. "Du bist ein Idiot, Liam. Warum kannst du ihn nicht einfach in Ruhe lassen!" Dann wandte er sich ab und lief Nick hinterher.

Slade schaltete sein eigenes Laufband ab und wandte sich Liam zu, der fluchend auf dem Boden kniete und sich das Auge hielt.

"Traver ist demnach der Kollege, um den es schon die ganze Zeit geht?"

Liam nickte.

"Komm mit, das müssen wir kühlen", sagte Slade nach einem Blick auf das rote, bereits zuschwellende Auge.

"Ach ne! Auf die Idee wäre ich niemals gekommen", knurrte Liam. "Dieses verfluchte Arschloch! Ich habe in drei Tagen ein Shooting!"

Slade sperrte die Tür zum Büro auf, in dem sich auch ein Kühlschrank befand.

"Ist das nicht das für dieses Buchcover?", fragte Slade und öffnete die Tür des Kühlschranks. Im zweiten Fach fand er eine Kühlkompresse.

"Ja genau das", murmelte Liam und stöhnte dann, als er sich das Ice Pack aufs Auge drückte.

"Ist da nicht das Gesicht sowieso egal?", fragte Slade, weil er sich daran erinnerte, dass Liam sich einmal furchtbar über diese Aussage geärgert hatte.

"Mein Gesicht ist perfekt! Makellos, genauso wie der Rest meines Körpers!", hatte er geflucht und sich endlos über die Dame ausgelassen, die das Casting betreut hatte.

Wenn Slade sich richtig erinnerte, war es sogar diese Frau gewesen, wegen der Liam seit Wochen immer wieder austickte.

"Ich kann dir auch in die Fresse hauen, bei deinem Job wird eine ramponierte Visage schließlich sogar erwartet", knurrte Liam.

So empfindlich kannte Slade seinen Freund nicht. Musste wohl an dieser Fotografin liegen, die ihm nicht mehr aus dem Kopf ging.

Als Adam mit einem mehr als nur wissenden Grinsen das Büro betrat, wünschte Slade sich nichts sehnlicher, als dass es endlich Abend wäre und er sich in Ruhe mit Lilly im Bett verkriechen könnte.

Noch mehr kluge Männersprüche brauchte er an diesem Tag bestimmt nicht! Sein Kopf war vollauf damit beschäftigt, was Lilly ihm an Rätseln mitgab.

Leider war er sich ziemlich sicher, dass es keine gute Idee war, Lilly unter Druck zu setzen. Was auch immer zwischen ihr und ihrem Ex war, Liebe oder Leidenschaft schien es nicht zu sein. Das hoffte er zumindest, denn Lilly würde wohl kaum die Stadt verlassen wollen, wenn sie noch Interesse an ihm hätte.

Eigentlich wirkte es sogar eher so, als hätte sie Angst vor diesem Typen. So oder so, wenn er sich seiner Lilly nähern sollte, würde Slade ihm den Arsch aufreißen. Lilly gehörte ihm und ihr Ex war nur noch Vergangenheit.

Lächelnd sah er Adam dabei zu, wie dieser auf Liam einredete. Er hatte noch nicht einmal mitbekommen, um was es genau ging, aber Slade war sich ziemlich sicher, dass es um die Frau ging, die Liam den Kopf verdreht hatte.

Er hatte beinahe ein bisschen Mitleid mit seinem Freund. Schließlich wusste Slade aus eigener Erfahrung, wie frustrierend es sein konnte, bei einer Frau gegen eine Wand zu laufen.

Und leider war er sich auch sehr sicher, dass der Kampf um Lilly noch nicht gewonnen war.

Leider, denn für ihn stand fest, dass Lilly die Liebe seines Lebens war.

Am Abend war es dann endlich soweit. Lilly war zu ihm gekommen. Zwar war ihr Lächeln unsicher, als er sie in seine kleine Wohnung führte, aber sie war gekommen und hatte es sich nicht schon wieder anders überlegt.

Als sie sich interessiert in der Wohnung umsah, überlegte er, was sie wohl sah, ob es ihr gefiel. Slade hatte alles so gelassen, wie Noel es ihm hinterlassen hatte. Bis auf das Bett. Er hatte sich ein Kingsize Boxspringbett gekauft, von dem er schon immer geträumt hatte.

Ansonsten war die Wohnung einfach nur praktisch. Geflieste graumarmorierte Böden und größtenteils weiße Möbel, auf denen man den Staub nicht so sehen konnte. Nur das Ledersofa war dunkelgrau, genauso wie die Arbeitsplatte und seine Bettwäsche.

Sowohl Bett als auch Sofa waren auf den großen Flachbildfernseher an der Wand neben der Tür zum Badezimmer ausgerichtet. In der kleinen Kommode unter dem Fernseher hatte er seine Musikanlage, DVDs und CDs verstaut.

Die Küchenzeile bestand aus einem kleinen L sowie einer Kochinsel, an die ein Esstresen angeschlossen war.

Alles in allem nichts Besonderes und doch hatte er alles, was er brauchte.

Ihr Blick blieb an den Tellern hängen, die er bereits auf den Essplatz gestellt hatte.

Fragend lächelte sie ihn an. "Du hast gekocht?"

Daraufhin rieb er sich verlegen über den Nacken. "Also … wenn du Essen bestellen und vom Italiener abholen als kochen werten kannst, ja."

Lachend wandte sie sich ihm ganz zu und schlang ihre Arme um seine Mitte. Mit in den Nacken gelegtem Kopf sah sie zu ihm auf.

"Weißt du, Mr. Carven, es macht dich irgendwie sympathischer, wenn auch du nicht ganz perfekt bist und irgendetwas nicht kannst."

"Wenn das so ist … ich kann ziemlich viele Dinge nicht, Babe."

Er beugte sich zu ihr und küsste sie. Sie hatten eine Chance. Lilly war hier und sie meinte es ernst. Er musste sie also nur noch davon überzeugen, dass sie es wert waren dafür zu kämpfen.

Ihre Zunge spielte wieder mit seinem Piercing, was sofort Unmengen an Blut in sein bestes Stück pumpte. Sanft beendete er den Kuss und schob sie von sich.

"Wenn wir jetzt nicht aufhören, zerre ich dich in mein Bett, ehe du die Pasta von meinem Lieblingsitaliener probiert hast."

Lächelnd wandte sie sich ab. Dabei streifte ihr Blick die Fotos, die er von seinen Freunden und ihr an der Wand aufgehängt hatte.

"Wann hast du die denn gemacht?", fragte sie verwundert.

Lächelnd schob er die verdutzte Lilly weiter in Richtung Esstresen.

"An einem der besten Morgen, die ich jemals hatte. Das genervte habe ich nur vorsichtshalber gemacht, falls du mir vorgehalten hättest, dass ich dich nachts umklammert halte."

Lilly lachte laut auf. Ihr Lachen war so offen, so frei, dass Slade sich fühlte, als hätte er das größte Glück der Welt gefunden.

11 Was jetzt?

LILLY

Die darauffolgenden Tage waren beinahe unheimlich ruhig. Vielleicht kam es ihr aber auch einfach nur so vor, weil sie ständig das Gefühl hatte, dass die Bombe jeden Moment hochgehen müsste.

Aber es kam nichts. Faith löcherte sie nicht wie befürchtet mit Fragen, Christopher war gänzlich untergetaucht und auch im Job lief alles bestens.

Die Beziehung zwischen Slade und ihr war vorsichtig. Sowohl von seiner als auch von ihrer Seite aus.

Gleich am Tag nach ihrer Aussprache hatte Lilly mit ihrer Therapeutin telefoniert. Aus irgendeinem Grund hatte sie ihr nicht die ganze Wahrheit erzählt. In dem eineinhalbstündigen Gespräch hatten sie lange über Slade gesprochen. Dr. Linken hatte die Unterschiede zwischen Slade und Christopher unterstrichen.

Das meiste war Lilly ohnehin bereits klar gewesen, aber es aus dem Mund eines Unparteiischen zu hören, war doch irgendwie besser.

Wieder und wieder waren sie die Anzeichen für Abhängigkeiten durchgegangen und Lilly musste jeden einzelnen Punkt selbst bewerten. Das war schwerer, als es klang.

Verschwiegen hatte sie Dr. Linken ihr Zusammentreffen mit Christopher. Warum, war ihr nicht ganz klar. Eigentlich hätte sie in diesem Punkt dringend Hilfe benötigt.

Denn auch wenn Christopher in den letzten Tagen nicht mehr aufgetaucht war, Lilly machte sich keine Hoffnungen, dass er sein Versprechen nicht halten würde.

"Woran denkst du?" Slades honigweiche Stimme riss sie tief aus ihren Gedanken.

Sie hob den Kopf und begegnete seinem Blick im Spiegel. Mit vor der Brust verschränkten Armen stand er im Türrahmen des Badezimmers.

"An die letzten Tage", sagte sie und lächelte ehrlich bei seinem Anblick. Er sah aus, als würde er sich Sorgen um sie machen. Seine Stirn hatte er in Falten gelegt und die eigentlich ständig zu einem Lächeln verzogenen Lippen formten einen schmalen Strich. Das Lippenpiercing zuckte leicht, weil er, wie immer, wenn er unzufrieden war, mit der Zunge von innen daran spielte.

Dennoch sah er zum Anbeißen aus. Die starken tätowierten Arme hatte er vor der breiten Brust verschränkt. Das schwarze Tanktop spannte über seinen Muskeln und die helle Jeans saß tief auf seinen Hüften.

Sie hatte ihre Musterung noch nicht ganz beendet, da fluchte er leise und war mit wenigen Schritten hinter ihr.

Die Hände stützte er links und rechts von ihren Hüften am Waschbecken ab, dann drückte er sich der Länge nach an ihren Rücken. Seine dunklen Augen fesselten sie noch immer im Spiegel, als er seine Lippen auf ihren Hals drückte.

Die Stoppeln, die sich den Tag über auf seinem Gesicht gebildet hatten, kratzen leicht über ihre empfindliche Haut. Es fühlt sich unglaublich gut an und sie konnte ein Seufzen nicht mehr unterdrücken.

"Du sollst mich nicht immer so ablenken, Babe", murmelte er.

Verwundert neigte sie den Kopf zur Seite. "Ablenken?", fragte sie und legte die Bürste weg, mit der sie seit Ewigkeiten durch ihre nassen Haare gefahren war.

"Ich wollte wissen, was in deinem hübschen Köpfchen vor sich geht, und du ziehst mich quasi mit Blicken aus." Seine Hände schoben sich auf ihre Hüften, fühlten sich heiß und schwer an, genauso, wie sich sein Körper auf ihrem anfühlen würde.

Langsam ließ sie sich gegen ihn sinken, schloss die Augen und genoss seine Wärme und den starken Mann hinter sich. "Ich würde dich lieber mit meinen Händen als mit meinen Blicken ausziehen", sagte sie und erschauderte wohlig, als seine Finger fester zupackten.

Doch anders als erwartet, zog er sie nicht mehr an sich oder küsste ihren Hals, genau genommen tat er überhaupt nichts mehr.

Also öffnete sie widerwillig ihre Augen. Slade musterte sie im Spiegel, genauso, wie er sie von der Tür aus bereits gemustert hatte.

"Was ist?", fragte sie erneut.

"Du weichst mir wieder aus", gab er zurück und lehnte dann seine Wange gegen ihre Schläfe, ohne sie im Spiegel aus den Augen zu lassen.

"Kann es sein, dass du ein klein wenig paranoid bist?" Lächelnd schob sie ihre Hände auf seine. "Es ist alles in Ordnung. Wirklich."

Es war alles in Ordnung! Zumindest noch ... aber warum sollte sich auch noch Slade um Dinge Gedanken machen, die vielleicht niemals geschehen würden?

Einen Moment lang musterte er sie noch kritisch, dann schlug er irgendwie resigniert die Augenlider nieder.

Diese kapitulierende Geste versetzte ihr einen schmerzhaften Stich ins Herz. Es tat ihr unglaublich leid, dass sie es war, die ihm immer wieder zusetzte.

"Okay", sagte er, seufzte und öffnete die Augen. "Hast du noch Lust, ins Central zu gehen?"

Sie nickte. "Ich brauche noch eine Viertelstunde", antwortete sie.

Slade nickte ebenfalls und löste sich von ihr. Lilly beobachtete, wie Slade den Raum verließ. Sie wollte so nicht sein, wollte nicht, dass er sich so viele Gedanken um sie machen musste.

Sie würde all ihren Mut sammeln müssen und Slade die ganze Geschichte erzählen. Dann würde er sie vielleicht besser verstehen und nicht all ihre Probleme auf sich beziehen.

Allein der Gedanke, ihm so viel zu offenbaren, ließ ihr Herz schneller schlagen. Hatte sie nicht geschworen, sich nie wieder jemandem so auszuliefern?

Es war eine gottverdammte Zwickmühle!

SLADE

"Sie hat dir wirklich vollkommen den Kopf verdreht", sagte Deacon und riss ihn damit aus seiner Betrachtung.

Lilly stand am anderen Ende der Bar und redete mit Faith. Die beiden lachten so ausgelassen, dass Slade niemals vermuten würde, dass etwas nicht stimmte, wenn er es nicht besser gewusst hätte.

Es war, als würde es zwei Lillys geben. Die Lilly, die hier mit ihrer besten Freundin lachte, die mit ihm das Bett teilte und ihn gnadenlos herausforderte. Und dann gab es da noch die Lilly, die mit leerem Blick vor dem Spiegel stand und zombiehaft in die Ferne starrte.

Er liebte die erste Lilly und die zweite machte ihm Angst. Der Gedanke, dass es etwas gab, das sie von ihm forttreiben könnte, lähmte ihn beinahe.

Ohne den Blick von Lilly zu lösen, antwortete er Deacon: "Sie ist perfekt."

Deacons Lachen klang sarkastisch. "Niemand ist perfekt, Slade. Das solltest du doch am besten wissen."

Die Erinnerung daran, dass jeder einzelne, den er geliebt hatte, ihn irgendwann einmal maßlos enttäuscht hatte, war nicht gerade schön.

"Quatschst du mich aus einem bestimmten Grund voll?", knurrte Slade.

Er wusste selber, dass es noch einiges mit Lilly zu klären gab.

"Hey, hey, ich dachte, wir machen mal wieder einen ruhigen Abend unter Freunden. Bei euch beiden sieht das gerade nicht so entspannt aus." Liam drängte sich lachend zwischen Deacon und Slade und legte jedem einen Arm auf die Schultern.

"Ich bin entspannt. Nur Slade beobachtet sein Mädchen wie ein Schießhund", antwortete Deacon und klang ziemlich angefressen. Ungewöhnlich, weil er eigentlich immer der ruhige, verständnisvolle Typ war.

"Dein Mädchen? So ernst mit dir und Lilly?", fragte Liam und musterte ihn neugierig.

"Jap." Slade beobachtete argwöhnisch, wie ein unbekannter Typ sich zu Faith und Lilly gesellte. Seine Augen verengten sich zu Schlitzen, als er sah, wie Faith sich ein Stück zurückzog und schließlich zu Adam flüchtete.

Lilly blieb mit dem Kerl allein zurück und lächelte ihn sogar an.

Schnell schüttelte Slade Liams Arm ab und umrundete die Bar. Dass dieser Kerl sie angrub, kam absolut nicht infrage!

Lilly gehörte ihm!

Es dauerte über eine Minute, bis er sich zum anderen Ende der Bar vorgekämpft hatte. Von hinten schlang er Lilly einen Arm um die Mitte und zog sie ein wenig zu kraftvoll an seine Brust.

Mit schmalen Augen musterte er den Schönling. Er war jung, maximal Mitte zwanzig. Muster-Mensch à la Michelangelo. Für diese fast schon unheimliche Perfektion allein hätte Slade ihm in diesem Moment gern die Fresse poliert. Dafür und dafür, dass er mit *seiner* Lilly geflirtet hatte.

"Verpiss dich!", zischte Slade.

Der Schönling zog die Augenbrauen zusammen, als hätte er die Worte nicht verstanden.

Lilly, die gerade eben noch völlig entspannt an seine Brust gelehnt hatte, verspannte sich merklich. "Ähm … Slade?" Sie begann, sich in seinen Armen zu winden, was die Aufmerksamkeit des Vollidioten nur wieder auf Lilly lenkte.

Slade drehte sie ein Stückchen von dem Typen weg und presste sie noch fester an sich.

"Kann ich dir helfen, Lilly …?"

Slade schubste ihn mit seiner freien Hand grob vor die Brust. "Was genau hast du an *verpiss dich* nicht verstanden?"

"Slade!", rief Lilly und im gleichen Moment trat Adam zwischen ihn und den Schönling.

"Beruhige dich erstmal", mahnte Adam.

Dann wandte er sich an den anderen. "Du bist Milo?"

Slade beobachtete, wie Milo zögerlich nickte. "Ja … hi. Adam?"

"Der bin ich. Für einen ersten Eindruck war das eben nicht gerade optimal", antwortete Adam und gab dem Typen die Hand.

Was zum Teufel?

Ein Klatschen, gefolgt von einem brennenden Schmerz auf seiner Brust, lenkte Slades Aufmerksamkeit zurück zu Lilly.

Sie sah verdammt wütend aus und funkelte ihn aus schmalen Augen an, ehe sie ihm noch einmal auf die Brust schlug.

"Au! Was soll das?", fluchte Slade und lockerte seinen Griff ein wenig, bis Lilly sich ganz zu ihm umdrehen konnte.

"Ja, was sollte das?", zischte sie und deutete auf den Schönling.

Wieder wurde er wütend, als er daran dachte, wie Lilly diesen Typen angelächelt hatte.

"Was sollte *das*?", knurrte er zurück und deutete auf Milo.

"Was?", fragte sie und warf die Arme in einer fast schon hilflosen Geste nach oben.

"Du hast mit ihm geflirtet!", sagte Slade, da sie das Problem wirklich nicht zu sehen schien.

Einen Moment lang sah sie ihn mit offenem Mund und beinahe fassungslos an. Dann lachte sie auf. "Du bist eifersüchtig?", fragte sie ungläubig.

Slade schnaubte. "Natürlich, wenn du mit Adonis flirtest!"

Lilly lachte auf und schüttelte den Kopf. Dann trat sie dicht vor ihn und schlang ihre Arme um seinen Hals. "Ich habe nicht mit ihm geflirtet. Er ist hier, um sich zu bewerben, und ich war nett, während er auf Adam gewartet hat, das ist alles."

Slade musterte erst Lilly und dann Milo, der sich angeregt mit Adam unterhielt. Dann schob er seine Hände auf Lillys Hüften.

"Er hat mit dir geflirtet", beharrte Slade und zog sie näher an sich.

Lilly stellte sich auf die Zehenspitzen und biss ihm in die Unterlippe, bis er seinen Blick wieder auf sie richtete.

"Und ich flirte mit dir, Dummkopf", sagte sie leise und leckte dann über die Stelle, in die sie gebissen hatte.

Er schob eine Hand in ihren Nacken und presste seine Lippen dann fest auf ihre. All das, was er mit Worten nicht ausdrücken konnte, sollte dieser Kuss ihr sagen.

Er wollte ihr zeigen, wie verrückt sie ihn machte, wie sehr sie ihn verwirrte und wie die Eifersucht ihn beinahe aufgefressen hatte.

Sein Kuss war hart, so verzweifelt, wie er sich manchmal fühlte. Er war gefangen zwischen dem unbeschreiblich guten Gefühl, seine große Liebe gefunden zu haben, und dem Wissen, dass es da etwas gab, das sie ihm jeder Zeit wieder wegnehmen könnte.

Er spürte, wie sich ihre Hände an seiner Brust zu Fäusten ballten, und presste sie noch fester an sich. Er wollte sie brandmarken, sie verschlingen, damit er sie ganz für sich hatte.

Doch plötzlich drückte sie sich von ihm weg und Slade ließ sie widerwillig wenige Zentimeter gewähren.

Keuchend lehnte er seine Stirn an ihre, sah in ihre getrübten Augen und versuchte zu erkennen, was in ihr vorging.

"Was?", murmelte er und drückte ihren Nacken leicht. Die Haut war so weich und warm, er wollte seine Lippen darüber gleiten lassen und seine Zähne darin versenken, während er tief in ihr vergraben war.

"Du nimmst mir die Luft zum Atmen", flüsterte sie und leckte über ihre volle Unterlippe.

Er wusste, dass sie nicht nur diesen Kuss meinte, sondern auch die Szene davor. Seine Eifersucht und wie er damit umgegangen war. Dennoch konnte er nicht verhindern, dass seine Arme sich noch fester um sie schlossen.

Er fuhr mit seinen Lippen über Stirn und Schläfe, bis er an ihrem Ohr angekommen war.

"Du raubst mir den Verstand, was ist schlimmer?", flüsterte er und sog dann ihren Duft nach süßen Pfirsichen tief in sich auf. Ihre Arme um seinen Hals zu spüren, sie zu riechen und zu fühlen, machte alles irgendwie ein klein wenig leichter.

Für einen winzigen Moment konnte er sich einbilden, dass alles in Ordnung war.

Doch dann nahm sie ihren Kopf zurück und umfasste sein Kinn, bis er sie ansehen musste.

"Du … du bist mir sehr wichtig, Slade", gestand sie, auch wenn es sich nicht so anhörte, als würde sie es gern zugeben.

Sanft drückte er seine Lippen auf ihre. "Dann hör auf, mit dem Schönling zu flirten", brummte er, mehr um diesen viel zu nachdenklichen Gesichtsausdruck wegzuwischen, als dass er wirklich daran geglaubt hätte, dass sie Interesse an dem Typ haben könnte.

Es funktionierte. Lilly lächelte ihn schelmisch an. "Bis vor kurzem habe ich es noch nicht gewusst, aber ich habe eine unglaubliche Schwäche für muskelbepackte Badboys mit ganz schön viel Tinte unter der Haut."

Slade grinste und spielte nachdenklich mit seinem Lippenpiercing. "Habe ich dir überhaupt schon alle meine Tattoos gezeigt?"

Lilly verschränkte die Hände in seinem Nacken. "Irgendwie hatte ich noch nicht genug Zeit, sie wirklich zu betrachten."

Ihr Blick war so heiß, dass sein Blut beinahe augenblicklich in Wallung geriet.

"Zu dir oder zu mir, Babe?", raunte er und biss ihr leicht ins Ohrläppchen.

"Zu mir wäre kürzer", gab sie ebenso rau zurück.

Slade drückte sie fest an sich. Lilly war einfach verdammt nochmal perfekt für ihn.

12 Vertrauenslücken

LILLY

Nervös zupfte sie am Saum ihres Bleistiftrocks. Es war einer dieser klassischen dunkelgrauen, zu denen sie den passenden Blazer und eine weiße Bluse trug.

Christopher wäre sehr zufrieden mit ihrer Wahl gewesen. Sie ärgerte sich sofort über diesen Gedanken, aber er war ihr nicht zum ersten Mal an diesem Tag gekommen. Seit sie sich daran erinnert hatte, dass ein Termin zum Mittagessen mit ihrem Kunden Mr. Drake im Shoreless anstand, dachte sie immer wieder an Christopher.

Nicht nur, weil Christopher ebenso wie sie um dieses Projekt warb, sondern auch, weil Mr. Drake die gleiche herrische Art an sich hatte.

Er war einer dieser überaus erfolgreichen Geschäftsmänner, die immer bekamen, was sie wollten. Dass sie mit solchen Menschen nicht allzu gut umgehen konnte, hatte ihre Beziehung zu Christopher mehr als deutlich bewiesen.

Sie schüttelte den Kopf über ihre eigenen Gedanken. Alles, was sie zu tun hatte, war, sich ein Bild von Mr. Drake und dem Shoreless zu machen, damit das Marketingkonzept zu einhundert Prozent passen würde.

Wenn sie diesen Auftrag für ihren neuen Arbeitgeber an Land ziehen konnte, hätte Christopher keine Chance. Er würde ihr nach so einem Auftrag den Job nicht mehr wegnehmen können.

Sie atmete tief aus und straffte die Schultern. Mit ihrem besten geschäftsmäßigen Lächeln ging sie die wenigen Schritte bis zum Eingang.

Sie würde das schaffen! Sie war ein Profi. Alles, was sie tun musste, war, den Kern von Drakes Persönlichkeit und dem Shoreless zu finden.

Gerade als sie nach der Türklinke der schweren Glastür greifen wollte, öffnete sich diese. Ein wenig erschrocken blieb sie stehen und hob den Blick von der breiten, in ein weißes Hemd gekleideten Brust, über einen braun gebrannten Hals, zu einem glattrasierten Kinn. Die vollen Lippen waren zu einem fast schon spöttischen Grinsen verzogen und sie musste den Blick nicht weiter anheben, um zu wissen, dass sie genau in Mr. Drakes Arme gelaufen war.

Sie riss sich zusammen und begegnete seinem Blick aus den stechend blauen Augen.

"Miss Lexington! Ich war mir schon nicht mehr sicher, ob sie wohl hereinkommen oder doch lieber vor meinem Restaurant stehen bleiben wollten." Sein spöttischer Ton verursachte ein Kribbeln auf ihrer Wirbelsäule, von dem sie nicht wusste, ob sie es wirklich gut oder schlecht fand.

Sie versuchte, so schnell wie möglich zurück in den Business-Modus zu kommen, und streckte ihm eine Hand entgegen. "Mr. Drake, wie schön Sie wiederzusehen."

Er schien belustigt, ließ sie aber gewähren und bedeutete ihr, ihm zu folgen.

Sie setzten sich an die kleine Bar, die den Wartebereich des Restaurants bildete. Auch hier war alles sehr elegant und edel gehalten. Poliertes, dunkles Ebenholz, vergoldete Armaturen und vor der verspiegelten Rückwand nur die teuersten Whiskey Sorten.

"Bitte, setzen Sie sich", er schob ihr einen Barhocker zurecht.

In dem engen Rock und den Highheels war es gar nicht so einfach, hinauf zu kommen, ohne dabei wie eine Idiotin auszusehen, aber irgendwie schaffte sie es doch.

Dank … oder trotz Drakes Hilfe, dessen Stütze an ihrem Ellenbogen heiß durch den Stoff des Jacketts brannte.

"Was darf ich Ihnen zu trinken bringen lassen?", fragte er und seine Hand streifte ihre Hüfte.

"Wasser, bitte", murmelte sie und holte das iPad aus ihrer Tasche.

Sie zwang sich, bei seinem leisen Lachen nicht aufzusehen, sondern sich ganz auf ihre Unterlagen zu konzentrieren.

Sie stellte ihm die im Vorfeld ausgearbeiteten Fragen, die ihr mehr Einblick in seine Persönlichkeit bringen sollten. Während der ganzen Unterhaltung hatte sie das Gefühl, dass Drake die Fragen ein klein wenig zu privat beantwortete. Außerdem rückte er ihr ständig auf die Pelle, berührte ihre Hand oder streifte mit seinem Knie das ihre.

Wenn sie sich weiter zurückzog oder seinen fast schon heißen Blicken auswich, meinte sie, ihn kaum wahrnehmbar lachen zu hören.

Es trieb sie in den Wahnsinn!

Als sie sich das nächste Mal über ihr iPad beugte, spürte sie auf einmal einen Arm in ihrem Rücken.

Erschrocken richtete sie sich auf und wäre beinahe zusammengezuckt, als Lippen auf ihre Wange trafen.

"Hey Lilly! Ich hatte nicht erwartet, dich hier zu sehen!" Verwundert sah sie zu Liam auf, der irgendwie aus dem Nichts aufgetaucht zu sein schien.

"Hallo Liam", sagte sie und lächelte ihn ehrlich an. Im Moment kam er ihr wie eine Rettungsleine vor, mit der sie sich aus diesem Haifischbecken ziehen konnte.

Sie überlegte gerade, ob sie Liam wohl dreister Weise einfach als ihren Freund vorstellen konnte, als dieser sagte: "Hi Andrew, wie geht's?" Er streckte Mr. Drake eine Hand entgegen, die dieser mit einem ehrlichen Lächeln annahm.

"Liam, was für eine Überraschung. Du kennst Miss Lexington?"

Liams Arm, der eben noch hinter ihrem Rücken an der Bar abgestützt gewesen war, legte sich um ihre Schultern. Dann zog er sie auf eine fast schon brüderliche Art an ihre Seite.

"Klar, Lilly ist quasi Slades Verlobte."

Drakes Augenbraue schoss nach oben. "Reden wir vom gleichen Slade?"

Liam lachte. "Ja, konnte es auch nicht fassen. Vielleicht ist das ansteckend. Erst Adam, jetzt Slade."

Drakes Miene war forschend, als könnte er nicht glauben, was er da hörte.

Dann wanderte sein Blick zurück zu Lilly. Dieses dunkle Flirten, das die ganze Zeit über in seinen Blicken und seiner Stimme gehangen war, wich einer fast schon forschenden Neugier.

"Slades Freundin also … interessant."

Lilly fand es nicht sonderlich interessant, und es sollte auch für ihren Kunden nicht interessant sein. Schließlich wollten sie geschäftlich zusammen arbeiten und nichts anderes.

"Und was macht ihr hier so?" In Liams Stimme mischte sich etwas Bedrohliches. Lilly hatte sofort das Gefühl, irgendetwas ganz furchtbar falsch gemacht zu haben. Gleich darauf verfluchte sie Christopher, der ihr mehr oder weniger beigebracht hatte, auf diese kleinen Zwischentöne zu hören.

"Wir entwickeln ein Marketingkonzept für das Shoreless", antwortete Lilly und versuchte, ihre Stimme so ruhig und professionell wie möglich zu halten.

"So?" Liams Stimme triefte vor Spott. Dann starrte er Mr. Drake durchdringend an.

Dieser hob gleich darauf lachend die Hände. "Nur die Ruhe, ich wusste ja nichts …", sagte er und zwinkerte Liam zu.

Die Situation war Lilly mehr als nur unangenehm und sie hatte das Gefühl, dass es mit ihrem Projekt Probleme geben könnte.

Liam verabschiedete sich von Drake und küsste Lilly dann auf die Wange, ehe er zurück in den Restaurantbereich ging.

"Okay, wo waren wir stehen geblieben?", fragte Mr. Drake, ohne die kleinste flirtende Note.

Lilly blinzelte verwundert und versuchte einzuschätzen, wie sich das Gespräch mit Liam auf ihre Chancen, das Projekt zu gewinnen, auswirken würde.

Sollte sie sich vielleicht besser für Liams Verhalten entschuldigen?

"Ach ja, genau. Octomor 4 ist es im Moment. Ein sehr edler Klassiker …" Lilly konnte Mr. Drakes Ausführungen über seinen Lieblingswhisky kaum folgen, so sehr war sie mit ihren eigenen Gedanken beschäftigt.

Vor allem mit der Frage, ob die Begegnung mit Liam gut oder schlecht gewesen war.

SLADE

Seit Stunden versuchte er, sich krampfhaft auf seine Buchhaltung zu konzentrieren. Er war schlecht darin. In allem, was auch nur annähernd mit Papier oder einem Bürostuhl zu tun hatte.

Die meiste Zeit verbrachte er damit, über irgendein Utensil zu fluchen.

Sei es nun der Taschenrechner, der aus völlig unlogischen Gründen dauernd andere Ergebnisse ausspuckte, oder die Buchhaltung an sich, deren Regeln sich gefühlt alle zwei Stunden komplett änderten.

Dass Lilly dazu noch einen Großteil seiner Konzentration für sich beanspruchte, machte die Sache absolut nicht besser.

Dementsprechend genervt ging er an sein Handy, das einfach nicht aufhören wollte zu klingeln.

"Was?"

"Hey Sonnenschein, du bist bester Laune", schallte ihm Liams fröhliche Stimme entgegen.

"Buchhaltung, Prince Charming, du kennst das." Slade grinste, als Liam ekelhafte Würggeräusche von sich gab.

"Ich würde gern deinen Kummerkasten spielen, aber ich muss dir eigentlich nur kurz was über Lilly erzählen, dann muss ich zu einem Casting", sagte Liam, nachdem er seine Vorstellung beendet hatte.

"Über Lilly?", fragte Slade verwirrt.

"Ja, sie macht ein Projekt für Andrew Drake, wusstest du das?"

Dunkel erinnerte sich Slade daran, dass Lilly mal was in diese Richtung erwähnt hatte. Dass das immer noch aktuell war, hatte er nicht gewusst.

"Ja …?", fragte Slade vorsichtig. Wenn Liam ihn anrief, musste mehr dahinter stecken.

"Nur so … ich hab mal klargestellt, dass sie deine Freundin ist. Andrew schien … Interesse zu haben." Liam drückte sich mit sehr viel Bedacht aus, was nichts Gutes zu heißen hatte.

Andrew hatte also nicht nur ein wenig Interesse, sondern musste sie schon sehr direkt angebaggert haben.

Innerlich fluchte Slade. Bislang hatte er Andrew nicht ungern gehabt, aber damit rutschte der charmante Bastard ganz weit nach unten auf Slades Freundesliste.

Andrew war der Typ Mann, der jede verdammte Frau in sein Bett bekam. Allein die Vorstellung, dass er Lilly überzeugen könnte, machte Slade rasend vor Eifersucht.

"Slade?"

Wenn Andrew sich etwas in den Kopf gesetzt hatte, konnte es gut sein, dass er sogar auf ihre Freundschaft verzichten würde, um Lilly zu bekommen. Drake machte keine halben Sachen. Dieser Gedanke machte Slade verrückt.

Er schloss die Augen und versuchte, sich aufs Wesentliche zu konzentrieren. Lilly gehörte ihm und er würde das ihr und Andrew bei nächster Gelegenheit mehr als deutlich machen.

"Ich bringe ihn um, wenn er sie anfasst", antwortete Slade, ehe er sich zurückhalten konnte.

Liam lachte. "Sowas in der Art dachte ich mir nach gestern schon, deshalb habe ich dein Revier abgesteckt, bevor du es drastischer tun würdest. Immerhin ist es ja Lillys Job, ich glaube, sie wäre mit einem Mord nicht einverstanden."

Slade versuchte, sich zu beruhigen. Lilly war nicht der Typ Frau, der sofort zum nächsten rannte. Nicht nach allem, was sie in den letzten Wochen zusammen durchgemacht hatten.

"Warum kannst du in meinen Belangen so weitsichtig sein und dein eigenes Leben bekommst du nicht auf die Reihe?", fragte Slade, um von seinen eigenen Problemen abzulenken.

Liam schnaubte. "Ich bekomme mein Leben ganz hervorragend auf die Reihe!"

"Und was ist mit dieser Fotografin?", hakte Slade grinsend nach. Liam zu ärgern, war leichter, als über Drake nachzudenken.

Alles, was er zur Antwort bekam, war ein Klicken und das Tuten, das einen beendeten Anruf anzeigte. Liam hatte ihn aus der Leitung geworfen.

Slade lachte in sich hinein. Ja, die Fotografin spielte wohl in Lillys Liga, was *Männer in den Wahnsinn treiben* anbelangte.

Er würde nur allzu gern wissen, wer genau diese Frau war, aber was sie anbelangte, schwieg Liam sich beharrlich aus.

LILLY

Der Tag hatte Lilly mitgenommen. Die Arbeit und auch das Treffen mit Mr. Drake. Eigentlich wollte sie nichts mehr, als sich einfach nur in ihr Bett zu werfen und zwei Tage zu schlafen.

Du willst Slade aus dem Weg gehen, zischte ihr Unterbewusstsein.

Und es hatte vielleicht ein klein wenig recht. Lilly hatte die Befürchtung, dass Liam bereits mit Slade gesprochen haben könnte. Wer wusste schon so genau, was Liam in diese Situation hineininterpretiert hatte?

Leider kam es nicht infrage, sich einfach vor einer Auseinandersetzung zu drücken. Sie hatte sich für eine Beziehung mit Slade entschieden, also konnte sie nicht beim kleinsten Problem den Schwanz einziehen.

Also machte sie sich auf den Weg zum Boxclub, anstatt zu Faith nach Hause.

Der Parkplatz war gerammelt voll, das hieß, dass die Trainings noch voll im Gange waren.

Ein kleiner Teil in ihr spekulierte darauf, dass Slade keine Zeit haben würde. Das war eigentlich

Blödsinn, weil er immer aufhörte zu trainieren, wenn Lilly zu ihm kam. Seufzend drückte sie die große, gläserne Flügeltür auf und ging hinein.

Der Tresen beim Empfang war wie immer leer. Slade hatte ihr erklärt, dass der Club nur für spezielle Mitglieder geöffnet sei und sie daher keinen Wert auf Laufkundschaft legen würden.

An den Fitnessgeräten im vorderen Bereich sah sie einige bekannte Gesichter und nickte ihnen freundlich zu.

Einer der Trainer, Lilly hatte seinen Namen vergessen, winkte ihr von weitem zu. "Der Boss ist oben."

Sie erwiderte die Geste und rief: "Danke!", ehe sie sich auf den Weg zum Treppenhaus machte.

Kurz bevor sie im ersten Stock ankam, hörte sie ein lautes Schreien, gefolgt von einem Hämmern.

Sie beeilte sich, in Slades Büro zu kommen, und sah von der Tür aus, wie Slade die Tastatur auf den Tisch schlug.

"Hey! Was ist los?", fragte sie laut genug, um sein Fluchen zu übertönen.

Die Tastatur noch zum Schlag über dem Kopf erhoben, erstarrte er.

"Oh … ähm … hi", murmelte er. Und dann geschah etwas, das Lilly nicht für möglich gehalten hätte: Er wurde rot.

Als er dann anfing, die Papiere auf seinem Schreibtisch zu sortieren, nur um sie nicht ansehen zu müssen, konnte sie ein Lachen kaum unterdrücken.

"Kann ich dir … irgendwie behilflich sein?", fragte sie grinsend.

Er hob den Blick und zog drohend die Augenbrauen zusammen. "Mach dich nicht über mich lustig, wenn ich kurz vor dem Verzweifeln bin!", brummte er.

"Und was bringt dich zum Verzweifeln?" Langsam ging sie auf ihn zu und genoss es, wie sein Blick über ihren Körper wanderte.

"Außer dir?" Er legte den Kopf schief und musterte sie eingehend.

"Ja." Sie blieb so nah vor ihm stehen, dass er den Kopf in den Nacken legen musste, um ihr in die Augen zu sehen.

Das Verlangen, das sie darin sah, war Balsam für ihre Seele, machte diesen durch und durch beschissenen Tag irgendwie ein klein bisschen besser.

"Diese scheiß Visitenkarten, die sich nie in die richtige Größe bringen lassen wollen." Er klang immer noch genervt, aber nicht mehr halb so kurz vor dem Platzen wie noch vor wenigen Minuten.

Sie streckte eine Hand nach ihm aus und streichelte über seine Wange. Dass er die Augen schloss und ihre Berührung so offensichtlich zu genießen schien, hätte sie nicht erwartet.

Mühsam schluckte sie gegen den Klos in ihrem Hals an.

"Ich könnte dir behilflich sein", sagte sie leise und erschauerte, als er seine Hände auf ihre Knie legte und dann die Außenseiten ihrer Oberschenkel streichelte.

"Photoshop?", fragte er, als wüsste sie nicht, worauf sie sich gerade einließ.

"Beherrsche ich tatsächlich", antwortete sie zwinkernd, als er sie forschend musterte. Auffordernd wedelte sie mit einer Hand. "Mach mir mal Platz, dann haben wir das gleich."

Slade packte sie an den Hüften und zog sie einfach auf seinen Schoß. "Lass uns das Nützliche mit etwas Schönem verbinden", brummte er, schlang seine Arme fester um ihre Mitte und drehte sie zum Bildschirm.

"Was genau hattest du denn vor?", fragte sie, obwohl sie sich schwer tat, sich zu konzentrieren, wenn Slade seine Nase an ihrem Hals vergrub, und sie spürte, wie er tief ein- und ausatmete.

"Visitenkarten."

Lachend schüttelte sie den Kopf und versuchte, ihn über die Schulter hinweg anzusehen. Gar nicht so einfach, wenn er sich so eng an sie drückte.

"Ja, aber für was? Was sollen sie aussagen? Und was sollen die schwarzen Flecken hier drauf?", fragte sie und deutete auf das Rechteck auf dem Bildschirm.

"Die schwarzen Flecken sagen aus, dass sie die erste Vorlage im Programm waren."

Ungläubig blinzelte sie. "Ist das dein Ernst?"

Seufzend lehnte er sich zurück, ohne die Hände von ihrem Bauch zu nehmen. "Das ist nicht meine Welt, Babe. Und ganz ehrlich, eigentlich nervt es mich nur. Ich brauche einfach nur ein paar Karten, die ich interessanten Kämpfern und Partnern nächste Woche in die Hand drücken kann. Das ist alles."

"So funktioniert das aber nicht", entgegnete sie und wandte sich wieder dem Computer zu. Slade hatte definitiv keine Ahnung, was er da tat.

"Babe?" Er klang genervt und auch ein klein wenig erschöpft.

"Hm?", fragte sie, während sie schon in das Design für die Karten vertieft war.

"Solang da keine rosa Herzen oder glitzernde Einhörner drauf sind, ist es mir echt scheißegal."

Lilly verdrehte die Augen und setzte unter Slades Namen dynamische Striche, die farblich perfekt zum Logo des Clubs passten.

"Die Visitenkarte ist dein Aushängeschild, Slade", sagte sie abwesend und variierte ein wenig mit den Transparenzen.

"Das sagt Liam auch immer", murmelte er und fuhr mit den Lippen über ihren Nacken.

Bei der Erinnerung an ihre Begegnung mit Liam versteifte sie ganz automatisch ein wenig. Leider schien das auch Slade nicht zu entgehen.

Dennoch versuchte sie, einfach weiter zu arbeiten, als sei nichts gewesen.

"Liam hat mich heute angerufen", sagte Slade nach einigen Minuten, in denen er nur schweigend ihre Hüfte gestreichelt hatte.

"Ach ja?" Sie schloss die Augen. Irgendwie hatte sie ein ganz schlechtes Gefühl in der Magengegend.

"Ja. Er sagt, du warst bei Andrew."

Lilly nickte. "Ja, wegen einem Projekt."

Wieder schwieg er einen Moment, dann sagte er: "Allein?"

Innerlich verdrehte sie die Augen. Subtilität war nicht gerade Slades Stärke und mit Eifersucht wusste sie nicht wirklich umzugehen. Christopher war nie eifersüchtig auf irgendjemanden gewesen. Wenn überhaupt, war er sauer auf sie geworden, weil sie sich angeblich irgendjemanden an den Hals geworfen hätte.

"Ja, Mr. Drake und ich haben ein Projekt besprochen."

"Mr. Drake", äffte Slade nach, als hätte sie gesagt: "Der heiße Typ mit dem breiten Rücken."

"Slade?"

"Hm?", brummte er hörbar widerwillig.

"Könntest du das bitte lassen?"

Er versteifte sich ein wenig in ihrem Rücken und fragte dann: "Was?"

"Mr. Drake", äffte sie seinen Ton nach.

"Ich werde wohl nachfragen dürfen, wenn meine Frau mit einem anderen Mann essen geht."

Sie drückte auf Speichern und drehte sich dann, soweit es ging, zu ihm um.

"Ich war nicht mit ihm essen …"

"Da hat Liam etwas anderes erzählt", unterbrach er sie und sah sie finster an.

Seufzend rieb sie sich über die Stirn und schloss die Augen. Sie hatte keine Ahnung, wie sie ihm erklären sollte, wie absurd diese ganze Situation war. Immerhin war es ihr Job und Drake war ihr in erster Linie unheimlich.

Erschrocken quietschte sie, als Slade sie plötzlich an den Hüften packte und auf den Schreibtisch setzte. Die Nähte ihres Rocks knackten protestierend, als er sich zwischen ihre Beine drängte und den Rock damit nach oben schob.

"Was …?"

Slade griff in ihre Haare und zwang ihren Kopf zurück in den Nacken, bis sie ihm in die Augen sah. "Du gehörst mir, Lilly", sagte er rau und sein Blick flog zwischen ihren Lippen und ihren Augen hin und her.

Sie griff in seinen Nacken und zog ihn zu sich, bis sie seine Lippen küssen konnte. Sanft und süß versuchte sie, ihn zu locken.

Es dauerte einen Moment, dann entspannte er sich und seine Hände strichen über ihren Rücken.

Als er den Kuss schließlich unterbrach, lag etwas in seinem Blick, das sie nicht deuten konnte.

"Das heute … es ist mein Job, Slade."

Er nickte und lehnte dann die Stirn an ihren Hals. "Du solltest ihn nicht herausfordern, Lilly."

Verwirrt runzelte sie die Stirn. "Das hatte ich auch nicht vor."

Er richtete sich ein klein wenig auf und strich mit seinen Lippen über ihre.

"Geh nicht mehr hin …", flüsterte er so nah bei ihr, dass seine Lippen die ihren streiften.

"Ich muss. Am Freitag ist dieser Empfang und …" Sie unterbrach sich, als sie sein fast schon schelmisches Lächeln bemerkte. "Was?"

"Nimm mich mit."

"Slade … ich glaube nicht, dass das etwas für dich ist", sagte Lilly vorsichtig.

Sie wollte ihn nicht vor den Kopf stoßen, aber sie konnte sich Slade bei Gott nicht den ganzen Abend vorstellen, wie er Smalltalk mit irgendwelchen Möchtegern-Promis hielt.

"Es ist ganz bestimmt sogar nichts für mich, aber mir wäre einfach wohler dabei."

Lilly auch, denn sie war sich sehr sicher, dass auch Christopher da sein würde.

Wenn Slade an ihrer Seite wäre, würde Christopher es nicht wagen, ihr zu nahe zu treten. Oder er würde vollkommen austicken. Mittlerweile hatte sie nicht mehr das Gefühl, seine Schritte vorhersehen zu können. Christopher war für sie undurchschaubar geworden, was ihn noch unheimlicher und gefährlicher machte.

"Okay", stimmte sie dennoch zu. Mit Slade an ihrer Seite schien einfach alles ein klein wenig leichter zu sein.

"Okay?" Er zog eine Augenbraue nach oben, als hätte er eine ganz andere Reaktion erwartet.

"Ja, wenn du unbedingt möchtest, kannst du mitkommen", gab sie lächelnd zurück.

"Ich möchte unbedingt, dass du nicht hingehst, aber ich werde dich lieber begleiten, als zu riskieren, dass du auf Drakes Radar auftauchst", gab er missmutig zurück.

Lilly lachte. In dem ganzen Desaster war Drake nun wirklich ihr kleinstes Problem. "Du wirst aber einen Smoking tragen müssen, Mister."

Slade verzog fast schon angewidert das Gesicht. "So eine Veranstaltung?"

"Mhm ..." Lilly biss sich auf die Unterlippe, um ein Lächeln zu unterdrücken.

"Dafür bist du mir ganz schön was schuldig, Fräulein", sagte er gequält.

Laut lachte Lilly auf. "Du wolltest mitgehen, ich habe dich nicht darum gebeten."

Mit einer Handbewegung wischte Slade ihren Einwand beiseite.

"Das tut nichts zur Sache. Am besten fängst du sofort an, deine Schulden zu begleichen." Er packte sie fester um die Hüfte und zog sie mit einem Ruck an den Schreibtischrand.

"Und ich weiß auch schon, wie", flüsterte er dann und presste seine Lippen leidenschaftlich auf ihre.

Als er sie für einen Moment zu Atem kommen ließ, raunte sie: "Kann ich deine Visitenkarten als Anzahlung ansetzen?"

Slade grinste. "Die und Sex auf diesem Schreibtisch sollten deine Schulden begleichen."

"Na dann ...", flüsterte sie und zog ihn am Nacken zu sich, um sich in seinem Kuss zu verlieren.

13 Shoreless

SLADE

Zum gefühlt eintausendsten Mal zog er am Kragen seines Hemdes. Irgendwie war es im letzten halben Jahr enger geworden. Oder sein Hals breiter oder er hatte schlicht verdrängt, wie beschissen sich ein Smokinghemd anfühlen konnte.

"Du hättest nicht mitgehen müssen", sagte Lilly und lächelte dabei nachsichtig.

Natürlich hätte er nicht mitgehen müssen … oder doch, wenn er vermeiden wollte, dass Lilly allein auf Drake traf.

"Klar, ich bin total scharf drauf", antwortete er und spielte mit dem Lippenpiercing.

Eigentlich hätte er es für so eine Veranstaltung rausnehmen sollen, da er Andrew aber kannte und wusste, dass dieser nicht halb so konservativ war, wie er andere gern glauben ließ, hatte Slade sich dagegen entschieden.

Lilly sah in dem hellgrauen, bodenlangen Kleid einfach atemberaubend aus. Sie passte sehr wohl hier her. So elegant und herrschaftlich, wie sie mit dem aufgesteckten, blonden Haar und dem feinen Schmuck wirkte, hätte sie auch die Königin dieser Bande sein können.

Natürlich würde Slade das niemals zugeben, aber auch das verunsicherte ihn ein klein wenig. Manchmal hatte er das Gefühl, dass er nicht gut genug für Lilly war. Sie war einfach zu perfekt für einen Typen wie ihn.

Er hob ihre Hand an seine Lippen und küsste ihre Knöchel. Das Lächeln, das sie ihm daraufhin schenkte, gab ihm das Gefühl, etwas ganz besonderes geleistet zu haben. Nur sie ließ sich von solchen Kleinigkeiten verzaubern, obwohl sie es wert war, dass man ihr die ganze Welt zu Füßen legte.

Er richtete seinen Blick zurück auf die Straße, als die Ampel auf Grün wechselte, und steuerte die Viper weiter in Richtung Shoreless.

Den Wagen fuhr er fast ausschließlich zu besonderen Anlässen. Für die alltäglichen Erledigungen und zu Kämpfen fuhr er meist mit dem kleinen Ford seines Dads.

Schon von weitem sah er die Blitzlichter der Fotografen und die Männer vom Parkdienst, die sein Baby gleich in die Tiefgarage bringen würden. Der Gedanke an einen Kratzer oder eine Beule verursachte ihm Magenschmerzen. Immerhin konnte er sich bei Andrew sicher sein, dass dieser für jeden Schaden aufkommen würde.

Wieder zerrte er an seinem Kragen. Das scheiß Ding war definitiv zu klein geworden. Als er den Wagen zum Stehen brachte, riss er sich die Fliege vom Hals und öffnete ungeachtet Lillys Protests den obersten Knopf. Beim Aussteigen seufzte er erleichtert.

Zwar würde er jetzt noch weniger zu diesem Verein passen, aber zumindest hatte er die Chance, sich ansatzweise wohlzufühlen.

Die Augen des Typen funkelten, als er die Viper in Augenschein nahm.

"Pass gut auf sie auf", sagte Slade grinsend und warf ihm die Schlüssel zu. Der Mann nickte eifrig und war schon auf der Fahrerseite, als Slade bei Lillys Tür ankam. Grinsend öffnete Slade sie und reichte Lilly eine Hand.

"Das Grinsen wird dich auch nicht retten", murmelte sie und lächelte dabei so, als hätte er etwas furchtbar Süßes getan.

"Das ist irgendwie unheimlich, Babe", sagte er leise und reichte ihr seinen Arm.

Sie legte ihre Hand in seine Ellenbeuge. "Was genau?"

"Dass du so süß aussehen kannst, obwohl ich genau weiß, dass du sauer bist."

Während er sie nach drinnen führte, streichelte sie über seinen Arm. "Weißt du, eigentlich beneide ich dich sogar dafür, dass es dich einfach nicht interessiert, was andere von dir denken."

"Aber?", hakte er nach und nickte Tony, einem ihm gut bekannten Türsteher freundlich zu.

Tony schüttelte grinsend den Kopf, machte aber keine Anstalten, ihn aufzuhalten. Er wusste nur zu gut, dass Andrew Slade so oder so hinein lassen würde, egal was für den Rest als Dresscode galt.

"Heute geht es um meinen Job, da wäre anpassen einfach besser gewesen."

Je nachdem wie sein Aufeinandertreffen mit Andrew verlaufen würde, konnte er ein gutes Wort für Lilly einlegen. Oder es zumindest versuchen. Wenn es um sein Geschäft ging, kannte Andrew keine Freunde. Er würde zwar einen Freund nicht verraten, aber er würde definitiv Geschäfte mit dem Teufel machen.

"Daraus dreht dir Drake keinen Strick, Babe. Versprochen", beruhigte er sie und küsste sie leicht auf die Schläfe.

Als sie in den großen Empfangsbereich kamen, organisierte er für Lilly einen Champagner. Sie zitterte und Slade war sich sicher, dass es Nervosität, nicht Kälte war.

Der Raum füllte sich zusehends mit Menschen, die nur zum Gesehen werden da waren. Das war etwas, das Slade nie verstehen würde. Noel hatte ihn dazu erzogen, dass Leistung zählte, alles andere war unwichtig.

Aber für diese Menschen schien genau das Gegenteil zu gelten. Sie ließen sich ihres Namens wegen bejubeln, oder noch schlimmer, wegen ihren Familien.

Manche von ihnen hatten durchaus auch selber erarbeitet, was sie nun waren, aber auch sie suhlten sich so in der Aufmerksamkeit, dass Slade nur angewidert den Kopf schütteln konnte.

Er versuchte, sich auf Lilly zu konzentrieren und sie abzulenken, was ihm nur teilweise gelang. Doch jedes kleine Lächeln, das er ihrem angespannten Gesicht entlocken konnte, war für ihn wie ein sehr großer Sieg.

Als er schon dachte, es konnte nicht mehr schlimmer werden, begannen die Reden.

Der dritte Redner war Drake selbst, der seine Ansprache Gott sei Dank kurz hielt, im Gegensatz zu seinen Vorrednern, und leider auch zu denen, die noch kommen würden, da war Slade sich sicher.

Als der Applaus einsetzte, hob Slade sein Glas in Richtung Bühne und prostete Andrew zu. Dieser tat es ihm gleich und schüttelte dann lächelnd den Kopf.

"Musste das sein?", murmelte Lilly.

Slade legte einen Arm um ihre Mitte und zog sie ganz nah an sich.

"Ich weiß, was ich tue, Babe. Keine Sorge", raunte er und küsste sie dann deutlich heißer, als es für diesen Anlass schicklich gewesen wäre.

Gern würde er behaupten, dass er es nur getan hatte, um Lilly abzulenken, aber um ganz ehrlich zu sein, hatte er gewusst, dass Andrew auf dem Weg zu ihnen war.

Die Fronten sollten geklärt sein, ohne dass Slade vor Lilly eine Diskussion mit Drake anfangen musste.

"Ich hab es schon verstanden, als Liam bei mir war", sagte Andrew lachend und klopfte Slade auf die Schulter.

Erschrocken machte sich Lilly von ihm los. "Mr. Drake", stotterte sie und ihre Wangen nahmen diese entzückende Rosafärbung an.

Slade hätte am liebsten selbstgefällig gegrinst und sie gleichzeitig aus Drakes Blickfeld gebracht.

"Miss Lexington", sagte Andrew mit diesem Unterton, den Slade nur allzu gut kannte. Ihm gefiel eindeutig, was er sah, und das wiederum gefiel Slade überhaupt nicht.

"Drake ...", knurrte er und Andrew lachte.

"Wie sollte ich mir die einmalige Chance entgehen lassen, dich ein wenig aus der Ruhe zu bringen?"

Lilly machte sich von ihm los, was Slade finster die Brauen zusammenziehen ließ.

"Du könntest auch einfach dankbar sein, dass ich deine Party ein wenig aufwerte", antwortete Slade, beobachtete dabei aber Lilly, die sich sichtlich unwohl zu fühlen schien.

"Ja, und du hast dich fast schon in Schale geworfen. Miss Lexington hat einen guten Einfluss auf dich."

Slade grinste. "Ja, es war noch besser, leider hat nicht das ganze Outfit die Fahrt überlebt."

Lilly wurde zunehmend unruhiger neben ihm, was Slade dem lockeren Umgang zwischen Drake und ihm zuschrieb.

"Ihr entschuldigt mich für einen Moment?", fragte sie dann.

Beide Männer nickten fast schon mechanisch und beobachteten, wie sie sich mit einem falschen Lächeln durch die dichte Menge in Richtung der Toiletten schob.

Slade wäre ihr gern gefolgt, aber er wollte Lilly nicht in eine noch unangenehmere Situation bringen.

Als sie im Flur verschwunden war, wandte er Andrew den Blick wieder zu.

Dieser starrte mit grüblerisch zusammengezogenen Augenbrauen in die Richtung, in die Lilly verschwunden war.

"Drake?"

Wie tief aus seinen Gedanken gerissen schüttelte Andrew den Kopf und sah dann Slade an.

"Hör zu … es geht mich eigentlich nichts an, aber irgendwas stimmt da nicht!", begann Andrew.

Slade verschränkte die Arme vor der Brust. "Du hast recht. Alles, was mit Lilly zu tun hat, geht dich nichts an. Job und Privates trennen hast du doch eigentlich drauf."

Andrew lächelte, aber nicht so durchtrieben, wie Slade es erwartet hätte. Er war ernst und wirkte wirklich ein wenig besorgt.

"Ich mag dich, Slade, das weißt du. Deshalb sag ich das. Irgendwas läuft zwischen diesem Christopher Cotton und deinem Mädchen."

"Er ist ihr Ex", unterbrach Slade ungeduldig.

Andrew zog eine Augenbraue nach oben. "Ein eiskalter Typ und wenn er nur ihr Ex ist, warum sind die beiden dann zusammen nach hinten gegangen?"

Augenblicklich versteifte Slade sich. Das konnte nicht wahr sein! Anderseits hatte Andrew ihn noch nie belogen und Lilly machte immer sofort dicht, wenn er irgendetwas über ihre Vergangenheit erfahren wollte.

Slades Blick schoss zu der Tür, durch die Lilly verschwunden war, dann zurück zu Andrew. Dessen beinahe mitleidige Miene sorgte für einen gewaltigen Knoten in Slades Magen.

"Ich muss los", murmelte Slade und spürte Andrews Schulterklopfen nur ganz gedämpft, wie durch eine dicke Schicht Watte.

Es konnte nicht wahr sein, Lilly würde ihn niemals hintergehen … oder?

Wie gut kannte er sie denn wirklich?

LILLY

In einem Raum mit Mr. Drake, Christopher und Slade zu sein, trieb sie in den Wahnsinn. Da sie nicht einfach gehen konnte, schien die Flucht auf die Toilette die einzige wirkliche Alternative zu sein.

Sich einen Weg durch den gut besuchten Raum zu bahnen, war schwerer als gedacht. Erleichtert betrat sie den deutlich ruhigeren Flur.

Auf der einen Seite war sie sehr froh, dass Slade sie an diesem Abend unterstützte. Allein seine Anwesenheit machte sie ruhiger.

Auf der anderen Seite hatte sie ständig das Gefühl, von jedem beobachtet zu werden. Slade machte da keine Ausnahme.

Auf dem Weg zu den Toiletten hörte sie, wie sich die Tür zum Vorraum erneut öffnete. Das kurze Anschwellen des Lärmpegels verriet es ihr. Das war aber auch alles, was sie an Vorwarnung bekam.

Die kalte Hand, die sich so vertraut um ihrem Oberarm legte, ließ ihr Herz einen Moment aussetzen.

"Lillian." Christophers Stimme war nicht anzuhören, ob er wütend war oder nicht.

Sie straffte die Schultern und drehte sich zu ihm um. Nicht, weil sie ihn wirklich sehen wollte, sondern mehr, weil sie sich durch diese Drehung unauffällig aus seinem Griff wenden konnte.

Ausdruckslos sah sie in sein kalt lächelndes Gesicht.

"Christopher."

"Wie schön, dich hier zu treffen", fuhr er unbeirrt fort.

"Kaum verwunderlich, da wir beide vom Kunden eingeladen wurden, oder?" Innerlich klopfte sie sich für ihre Antwort selbst auf die Schulter.

"Ja, da hast du natürlich recht", gab er zurück und strich ihr dann beinahe zärtlich eine verirrte Haarsträhne aus dem Gesicht. Die Geste war vertraut und unheimlich zugleich.

Sie war mehr als nur eine Hilfe. Christopher schaffte es mühelos, mit einer für Außenstehende scheinbar zärtlichen Geste, sie auf ihre Fehler hinzuweisen.

Dennoch schaffte sie es nicht, einen Schritt zurückzutreten, als er näher kam.

"Worüber ich mich allerdings sehr gewundert habe, ist deine ungewöhnliche Begleitung." Er zupfte ihr Schultertuch in Position und trieb sie damit in den Wahnsinn.

"Dass du überhaupt in Begleitung gekommen bist, ist unverschämt genug. Nicht nur mir, sondern auch Mr. Drake gegenüber. Aber dann noch so einen … wo hast du den denn überhaupt aufgegabelt? In dieser furchtbaren Bar, über der du wohnst?"

Übelkeit stieg in ihr auf, als ihr bewusst wurde, wie gut Christopher über ihr neues Leben Bescheid wusste.

"Ich glaube nicht, dass dich das etwas angeht", antwortete sie mühsam beherrscht und laut genug, um das erneute Anschwellen des Lärmpegels zu übertönen.

Plötzlich griff er nach ihren Oberarmen und zog sie ganz nah zu sich. "Alles, was dich betrifft, geht mich etwas an!", stieß er hervor.

"Wirklich? Das ist mir neu." Slades Stimme klang leise und bedrohlich.

Lilly war sich nicht sicher, ob sie erleichtert sein sollte, dass Slade da war, oder ob die Situation nun endgültig eskalieren würde. Bei beiden Männern war alles möglich.

"Sieh an, dein Straßenköter möchte auch mitreden", sagte Christopher, ohne sich umzudrehen.

"Nimm sofort deine Hände von ihr", knurrte Slade und kam mit großen Schritten auf sie zu.

Er packte Christopher an der Schulter, doch dieser wischte Slades Arm mit einer Hand und einer leichten Drehung zur Seite.

Lillys zweiten Oberarm ließ er leider nicht los, wodurch sie unsanft nach hinten gerissen wurde. Sie stolperte gegen ein Sideboard und stieß sich dabei Hüfte und Knie schmerzhaft an.

Der Schmerz kreischte wie eine Sirene durch ihren Körper. Angetrieben vom Adrenalin rauschte ihr Blut so laut in ihren Ohren, dass sie die Worte kaum verstand, die die beiden Männer wechselten.

Slade packte Christopher am Kragen, schleuderte ihn gegen die Wand, wodurch Lilly zu den beiden Männern gerissen wurde.

Erschrocken schrie sie auf, als sie einen Arm um ihre Hüfte spürte und Christophers Hand grob von ihr gerissen wurde.

"Schluss jetzt!" Drakes scharfe Worte ließen sie augenblicklich erstarren.

Auch Christopher nahm sofort die Hände nach oben, die sich gerade noch an Slades Hals befunden hatten.

Nur Slade rührte sich keinen Millimeter, presste ihn nur weiter gegen die Wand.

Die Blicke, die Slade Christopher zuwarf, waren mörderisch. Lilly war sich sicher, dass er ihn jeden Moment in Stücke reißen würde.

"Slade … Mann, beruhige dich." Mr. Drakes Stimme klang ruhig, aber so bestimmend, dass Lilly sich nicht traute, sich auch nur einen Millimeter zu bewegen. Sein Arm lag noch immer um ihre Taille, die zweite Hand hatte er Slade entgegengestreckt.

Slades Kiefermuskel zuckte und nur sehr widerwillig löste er seine Hände von Christophers Hemd. Dann trat er zwei Schritte zurück, ohne sein Gegenüber aus den Augen zu lassen.

"Mr. Cotton, es wäre besser, wenn Sie sich für den heutigen Abend zurückziehen." Christopher versteifte sich deutlich, nickte aber und strich sich dann das Hemd glatt.

Mit einem aalglatten Lächeln drehte er sich zu Mr. Drake um. Nur weil Lilly ihn so gut kannte, sah sie das Zucken der Muskeln an seinem Hals, als sein Blick missbilligend über sie glitt. Er registrierte Lillys derangiertes Erscheinungsbild und Drakes Arm um ihre Taille.

Dass das alles größtenteils sein Verschulden war, spielte dabei keine Rolle.

"Natürlich, Mr. Drake. Das ist etwas ..." Sein Blick zuckte für eine Sekunde abschätzig zu Slade. "... das nun wirklich nicht hierher gehört." Dann lächelte er kalt und trat einige Schritte zurück.

Bevor er sich zum Gehen wandte, ging sein Blick noch einmal zu Lilly.

"Du solltest dich frisch machen", sagte er und wandte sich ab.

Ein Zusammenzucken konnte sie bei Christophers Tadel nicht vermeiden, bereute es aber sofort, als Drake sich anspannte.

Als die Tür hinter Christopher ins Schloss fiel und der Gang in eine fast schon gespenstische Ruhe getaucht wurde, hörte Lilly ihren eigenen viel zu schnellen Pulsschlag überdeutlich.

Slades tiefes, angestrengtes Durchatmen war unendlich laut in der Stille. Dann wandte er sich um und sein Blick fixierte augenblicklich Drakes Hand auf ihrer Hüfte.

Als schien diesem erst da wieder aufzufallen, dass er sie noch immer fest an sich gepresst hielt, räusperte er sich und löste sich von ihr.

Lillys Augen brannten. Jetzt, wo die Aufmerksamkeit beider nur auf ihr lag, fühlte sie sich bloßgestellt und irgendwie ein klein wenig angeklagt.

Aus einem ihr nicht ganz erklärbaren Grund fühlte sie sich nicht dazu in der Lage, Slades Blick zu erwidern. Also suchte sie Drakes, der sie mit zusammengezogenen Augenbrauen musterte.

Er deutete mit der Handfläche nach oben in Richtung der Toiletten. "Vielleicht möchten Sie sich einen Moment zurückziehen."

Die Aufforderung fühlte sich an wie ein Schlag in die Magengrube. Sie hätte genauso gut von Christopher selbst kommen können.

Sie biss sich auf die Unterlippe, um ihn den Schmerz nicht sehen zu lassen.

Dann drückte sie die Schultern durch und ging, so elegant, wie es humpelnd nun einmal möglich war, zu den Toiletten.

Die Blicke beider brannten sich in ihren Rücken und sie war sich nicht sicher, ob sie sich schon einmal mehr gedemütigt gefühlt hatte.

SLADE

Es kostete ihn alle Mühe, nicht zu ihr zu laufen und sie einfach in seine Arme zu reißen. Aber er war noch viel zu wütend. Nicht auf sie, aber auf diesen Kerl und auch auf Andrew.

Er würde nur fluchen und sie viel zu grob anfassen, wenn er jetzt in ihrer Nähe wäre.

Andrew hatte recht, sie brauchte einen Moment für sich. Sie alle mussten erstmal zur Ruhe kommen.

Drake zog sich auf die für ihn so typische Art die Manschetten zurecht und räusperte sich. "Ich habe dich gewarnt", sagte er dann.

"Wie kannst du mit so einem Psychopathen zusammenarbeiten?", knurrte Slade und deutete auf die Tür zum Restaurant.

Drake hob eine Augenbraue. "Das Gleiche würde sich so mancher bei dir fragen."

Slade schnaubte, musste ihm aber zumindest innerlich ein klein wenig zustimmen. "Er ist ein krankes Arschloch!"

"Und er hat einen hervorragenden Ruf in der Branche." Drake zuckte die Schultern. "Mir geht es nur um dich, Slade. Da sie dir ja anscheinend so viel bedeutet. Was auch immer zwischen den beiden ist, geht mich nichts an, aber ich denke dich schon. Deshalb die Warnung."

Zähneknirschend nickte Slade. Er hatte gewusst, dass Andrew genauso denken würde, wenn es um sein Geschäft ging.

"Ich denke, du solltest sie nach Hause bringen", fuhr Andrew darauf hin fort.

Dann ging er an Slade vorbei und klopfte ihm auf die Schulter, ehe er zurück zu seiner Party ging, als wäre überhaupt nichts gewesen.

Slade atmete einige Male tief durch, versuchte, sich zu beruhigen und die Anspannung in seinem Körper zu lösen. Er sprang einige Male auf der Stelle und rollte die Schultern, ehe er seinen Smoking richtete.

Dann endlich öffnete sich die Tür zu den Waschräumen. Lilly trat heraus und bis auf ein minimales Humpeln und die immer noch viel zu weit aufgerissenen Augen sah man nichts mehr von der Auseinandersetzung.

Schnell ging er zu ihr, um sie zu stützen, doch sie wich ihm aus.

"Es geht schon", sagte sie leise.

Verhalten fluchend griff er nach ihrem Arm und legte ihn in seine Ellenbeuge.

"Du humpelst, es geht nicht. Wo hast du dir überhaupt wehgetan?", fragte er und öffnete die Tür zum Restaurant.

Sofort waren sie umgeben vom Lärm der vielen Menschen, angeregten Unterhaltungen und der leisen Hintergrundmusik.

Lilly antwortete ihm nicht, aber das hatte er auch nicht erwartet. Erst als er sie in Richtung Ausgang zog, schenkte sie ihm wieder ein wenig Aufmerksamkeit. "Wohin willst du?"

"Nach Hause", antwortete er genauso knapp.

Lilly schüttelte den Kopf. "Das geht nicht. Ich bin hier, um zu arbeiten …"

"Andrew hat gesagt, dass ich dich nach Hause fahren soll."

Sie wurde kalkweiß und Slade bereute seine unüberlegten Worte sofort.

"Es hat nichts mit dem Job zu tun, oder ob du das Projekt bekommst oder nicht. Er hat deutlich gemacht, dass es ihm egal ist, was das Problem zwischen dir und deinem Ex ist."

Sie entspannte sich ein wenig und ihr war deutlich anzumerken, dass sie sich deshalb große Sorgen gemacht hatte.

Slade winkte Andrew über die Menge hinweg zu und verabschiedete sich noch kurz von Tony, der in der Zwischenzeit die Viper bringen ließ.

Lilly war auffällig still und gefügig an seiner Seite. Sie ließ sich von ihm in den Wagen helfen und sah geradeaus, als er selbst einstieg und losfuhr.

"Sollen wir ins Krankenhaus fahren?", fragte er nach wenigen Minuten.

Mit gerunzelter Stirn wandte sie sich ihm zu. "Warum sollten wir?"

Trocken lachte Slade auf. "Du humpelst und willst mir ja nicht sagen, was passiert ist, also kann ich nicht einschätzen, ob du untersucht werden musst oder nicht."

Ein winziges Lächeln umspielte ihre Mundwinkel. Ein kleines Zeichen, dass seine Lilly noch irgendwo in diesem viel zu stummen Frauchen war.

"Ich hab mir nur die Hüfte gestoßen. Wird wohl ein blauer Fleck, aber wirklich nichts, was mich umbringt."

Erleichtert nickte er und steuerte den Boxclub an. Sie würden reden müssen, über sehr vieles, und es wurde Zeit, dass Lilly endlich auspackte. Slade brauchte ein paar Antworten. Nach diesem Abend war klar, dass zwischen ihr und ihrem Ex nicht alles geregelt war, also kamen sie um ein klärendes Gespräch nicht herum.

Wenn ihre Vergangenheit mit diesem Typen nicht in der Vergangenheit blieb, musste sie ihm sagen, was zwischen ihr und diesem Christopher Cotton noch offen war.

Den Rest der Fahrt legten sie schweigend zurück. Es war ihm nicht unangenehm, so hatte er Zeit, seine Gedanken zu sortieren.

Er parkte die Viper in der Garage hinter dem Club und wies Lilly an, vor ihm die Treppe hinaufzugehen. Noch einmal würde er ihr seine Hilfe nicht anbieten. Die Zurückweisung hing noch immer mit kleinen, fiesen Stacheln in seinem Fleisch.

In seinem Apartment angekommen, steuerte Lilly direkt auf das Badezimmer zu.

"Das war also dein Ex?", fragte Slade und bereute sofort, dass die Frage einfach so aus ihm herausgebrochen war.

Lilly war mit dem Rücken zu ihm stehen geblieben, sah ganz steif aus, als hätte Slade sie gerade auf die Anklagebank geschubst.

Um es ihr … und vielleicht auch sich selbst, ein wenig leichter zu machen, setzte er sich aufs Sofa.

"Ja, das ist Christopher", antwortete sie und drehte sich langsam zu ihm um.

Slade versuchte, die Eifersucht, die in ihm brodelte zurück zu kämpfen. Es machte keinen Sinn, sich vorzustellen, wie gut die beiden zusammen gepasst hatten. Das perfekte Team für die New Yorker Highsociety.

"Es sah nicht so aus, als würdet ihr euch hassen", sagte er schließlich.

Lillys Kiefer wurde ein wenig verspannter. "Ich möchte nicht über ihn reden."

Sein Herz schlug härter, immer schneller und beinahe schmerzhaft gegen seinen Brustkorb. Das war hoffentlich nicht ihr Ernst. "Wir werden darüber reden müssen, Lilly."

"Nein." Endgültig. Als wäre es vollkommen egal, was er dazu sagte.

"Da ist Mr. Niceguy persönlich in der Stadt und es sieht danach aus, als hätte er seine Dame gern zurück. Meinst du nicht, dass wir sehr wohl etwas zu bereden haben?"

"Nein. Und ich denke, es ist besser, wenn wir morgen in Ruhe weitersprechen." Langsam wandte sie sich in Richtung der Wohnungstür, als wollte sie jetzt einfach gehen.

Slade sprang vom Sofa auf. Sein Herz raste mittlerweile und die Muskeln in den Armen krampften, so angespannt waren sie.

"Du wirst verdammt nochmal nicht schon wieder abhauen, Lilly! Nicht nach dieser Nummer mit deinem Freak-Ex!", brülle er.

"Ich werde mit dir nicht über ihn diskutieren. Er ist hier wegen diesem Projekt und ich hoffe, dass er bald wieder verschwindet. Mehr gibt es dazu nicht zu sagen." Ihre Stimme war so verdammt kalt, so fremd.

Slade lachte auf. "Er ist verdammt nochmal nicht nur wegen dem Projekt hier, sondern wegen dir, und das weißt du, nicht wahr? Du wusstest es von Anfang an!"

Lilly winkte ab. Die Geste war so fremd, so überhaupt nicht seine Lilly, dass es ihm eiskalt den Rücken hinunterlief.

"Es tut nichts zur Sache."

Er ging auf sie zu, wollte sie schütteln, bis sie aufwachte und mitbekam, was hier gerade schief lief. Aber er stoppte abrupt, als Lilly vor ihm zurückwich. Vor ihm … genauso, wie sie vor ihrem Ex zurückgewichen war.

Für Slade fühlte es sich an wie ein Schlag in die Magengrube.

"Das kann nicht dein Ernst sein, Lilly", sagte er leiser diesmal, beinahe ruhig.

"Was soll nicht mein Ernst sein, Slade?" Sie sah ihn herausfordernd an.

"Du willst das, was heute passiert ist, totschweigen? Wieder einmal?" Er rieb sich mit einer Hand über die Brust, um den unangenehmen Druck zu vertreiben, der sich hartnäckig dort festsetzen wollte.

"Ich werde nicht darüber reden. Es gibt nichts zu bereden."

Lillys Augen funkelten angriffslustig. Sie schnappte um sich, als hätte er sie in die Enge getrieben.

Aber Slade wusste sich einfach nicht mehr zu helfen. Was sollte er schon groß tun? Einfach abwarten, bis alles erneut eskalierte?

Es fühlte sich an, als würden sie sich seit Wochen nur im Kreis drehen.

Immer wieder stieß sie ihn von sich, ohne den kleinsten ersichtlichen Grund.

Und sie tat es schon wieder. Machte einfach dicht und ließ ihn mit seinen Gedanken allein zurück.

Seine Atmung kam ihm viel zu flach vor.

Er spürte, dass er gerade auf eine Katastrophe zusteuerte und er konnte absolut nichts dagegen tun.

"Tu das nicht, Lilly."

Ihre Miene war kalt, fast schon ausdruckslos. "Ich gehe jetzt. Bis morgen hast du dich vielleicht ein bisschen beruhigt."

Sie wandte sich ab und ging die wenigen Schritte zurück zur Tür. Seine Beine waren schwer. Selbst wenn er gewollte hätte, die wenigen Schritte bis zu ihr wären zu viel gewesen.

"Lilly", sagte er warnend, als sie die Hand auf die Klinke legte.

"Nein, Slade." Sie öffnete die Tür. Sein Herz schlug langsamer, als müsste es sich seine Kräfte für das nun unvermeidlich Kommende aufsparen.

"Ich schwöre dir, wenn du jetzt durch diese Tür gehst, ist es vorbei, Lilly. Ich werde dir nicht mehr nachlaufen. Ich kann verdammt nochmal nicht mehr!", schrie er, die Stimme rau vor Verzweiflung.

Sein Brustkorb hob und senkte sich heftig mit jedem Atemzug.

Der stechende Schmerz in seinem Herzen brachte ihn um den Verstand.

Für einen winziges Moment meinte er so etwas wie Schmerz oder Verzweiflung in ihren Augen aufblitzen zu sehen, dann schüttelte sie langsam den Kopf und wandte sich ab.

"Tu das nicht, Lilly", beschwor er sie, obwohl er genau wusste, dass er verloren hatte.

Als die Tür sich hinter ihr schloss, taumelte er rückwärts, bis seine Kniekehlen gegen das Sofa stießen. Sein Herz schlug unregelmäßig, dabei viel zu schnell und viel zu hart. Das tonnenschwere Gewicht auf seiner Brust machte es ihm schwer, einfach normal weiterzuatmen.

Er hatte es nicht für möglich gehalten, aber sie war gegangen. Weg, als würde es sie einen Scheißdreck interessieren, was sie im Begriff waren zu verlieren.

Je länger die Tür geschlossen blieb, desto klarer wurde ihm, dass es endgültig war.

Lilly war nicht bereit, auch nur einen einzigen Schritt auf ihn zuzugehen. Sie hatte es ihm prophezeit, hatte ihm immer wieder gesagt, dass sie für das hier nicht bereit war.

Er war nur einfach zu naiv, zu sehr von sich selbst überzeugt oder einfach nur zu verdammt nochmal verliebt in eine Frau gewesen, für die er nie mehr als ein guter Fick gewesen war.

Seine Atemzüge waren nur noch kurze Stöße, als würde er jeden Moment losheulen, was natürlich nicht infrage kam.

Er musste sich nur ein paar Minuten zurücklehnen und die Augen schließen, damit sie aufhörten zu brennen.

Erneut rieb er über die Stelle, unter der sein Herz gerade im Begriff war, einfach aufzugeben. Dann stahl sich eine verflixte Träne aus seinem Augenwinkel.

"Fuck!", fluchte er leise. Das erste Wort einer ganzen Reihe, die das alles zwar nicht besser machte, aber irgendwie weniger armselig.

14 Allein

LILLY

Die alles dominierende Leere in ihrem Inneren drohte sie beinahe zu ersticken.

Dass das widersprüchlich war und keinen Sinn ergab, war ihr durchaus klar, aber wann ergaben Gefühle schon einen Sinn?

Schließlich sagten ihr eben diese bescheuerten Gefühle gerade gleichzeitig, dass sie weglaufen sollte und zurück zu Slade gehen musste.

Seit endlos vielen Stunden lag sie in ihrem Bett auf dem Rücken und starrte an die Decke.

Die Heimfahrt von Slade bis zu Adams Bar hatte sie kaum bewusst wahrgenommen. Sie hatte sich durch die Hintertür in ihr Zimmer geschlichen und sich damit ein paar Stunden ohne Fragen erkauft.

Dass Faith spätestens dann hier auftauchen würde, wenn Adam mit Slade gesprochen hatte, war ihr absolut klar.

Eigentlich sollte sie aufstehen, das Kleid ausziehen und ihre Frisur lösen. Aber sie fühlte sich zu nichts anderem in der Lage, als ausgestreckt auf ihrem Bett zu liegen und über den Schmerz nachzudenken, der durch ihren Körper tobte.

Der Druck auf ihren Brustkorb, sobald sie daran dachte, dass sie Slade verloren hatte, war kaum zu ertragen. Sie wollte sich zusammenrollen und heulen, konnte sich aber nicht bewegen.

Es war, als wäre mit Slade sämtlicher Antrieb verloren gegangen.

Sie hatte ihm einmal versprochen, dass sie versuchen würde, erneut zu lieben. Nun, das gebrochene Herz, das sie sich am Abend zuvor selbst zugefügt hatte, sprach ganz eindeutig dafür, dass das hervorragend geklappt hatte.

Sie liebte Slade. Nicht nur ein bisschen. Es war auch keine naive Verliebtheit. Sie liebte ihn von ganzem Herzen.

Diese Erkenntnis war wunderschön und furchteinflößend zugleich.

Sie hatte einen Mann gefunden, der ihr kaputtes Herz erobert hatte, und hatte ihn beinahe im gleichen Atemzug wieder verloren.

War es das wert? War es wert, so sehr zu leiden, nur um ein klein wenig lieben zu können?

Sie wusste es nicht, aber in diesem Moment wünschte sie sich nichts sehnlicher, als dass all das einfach aufhörte. Und wenn sie dafür aufhören müsste zu atmen.

SLADE

Ein lautes Klopfen an seiner Tür riss ihn aus dem Schlaf. Es konnten maximal dreißig Minuten gewesen sein, die er vor Erschöpfung eingeschlafen war. Die ganze Nacht über hatte er auf die Tür gestarrt, in der Hoffnung, dass Lilly doch noch zurückkommen würde.

Jetzt machte er sich nicht die Illusion, dass sie es war. Das Klopfen passte einfach nicht zu ihr.

Er überlegte noch, ob er überhaupt auf das Klopfen reagieren sollte. Die Entscheidung wurde ihm abgenommen, als die Tür sich öffnete.

Mit den Handballen rieb er sich über die Augen, die sich irgendwie verklebt und geschwollen anfühlten.

Fuck!

Egal wer von den Jungs ihn so sehen würde, das würde er sich noch ewig anhören müssen.

"Slade?" Liams Stimme ertönte, ehe er seinen dunklen Schopf zur Tür hineinsteckte. "Wo zum Teufel steckst du? Unten sind schon … Oh verdammt!" Er unterbrach sich selbst, als ihre Blicke sich trafen.

"Heute nicht, Liam", sagte Slade ruhig und versuchte, eine etwas bequemere Position zu finden. Er saß noch genauso da wie in dem Moment, in dem Lilly ihn verlassen hatte.

Lilly. Seine Lilly, die einfach gegangen war, als wäre er nicht mehr als ein Postbote oder der Mann von nebenan.

Sofort krampfte sich sein Magen wieder zusammen. Er schloss die Augen und legte sich der Länge nach aufs Sofa.

Der Positionswechsel brachte Erleichterung für seine protestierenden Muskeln, die Schmerzen in seinem Inneren änderte es aber nicht.

"Slade?"

Ihm wurde erst klar, dass Liam gegangen war, als er Adams Stimme hörte. So ziemlich der Letzte, den er hatte sehen wollen, aber was sollte er schon tun?

"Lass mich in Ruhe, Adam."

Es wurde dunkler, als Adam neben ihn trat und dessen Schatten auf ihn fiel.

"Was ist passiert?", fragte Adam.

Slade lachte trocken auf. Als würde Adam sich das nicht denken können.

"Sie ist weg", antwortete er schließlich und augenblicklich schnürte sich ihm die Kehle zu. Das letzte Wort war nicht viel mehr als ein unverständliches Krächzen.

"Fuck!", fluchte Adam.

Und ja, viel treffender hätte Slade es auch nicht ausdrücken können.

LILLY

Es musste bereits mittags gewesen sein, als Faith an ihre Tür klopfte. Als Lilly nicht antwortete, öffnete sich die Tür einen Spaltbreit.

"Hey", flüsterte Faith und kam langsam zu Lilly hinüber.

Der vorsichtige, aber deutlich mitleidige Ausdruck auf ihrem zarten Gesicht ließ Lilly hart schlucken. Sie wusste, dass sie Faith verunsicherte. Sie wusste, dass sie eigentlich die Starke sein sollte, diejenige, die Faith Halt geben müsste, nach allem, was ihrer besten Freundin zugestoßen war.

Aber dieses eine Mal konnte sie nicht stark sein. Sie konnte den Kopf einfach nicht mehr aufrecht halten.

Christopher hatte ihr Leben, ihr Ego zerstört, aber Slade hatte sie bis auf die Grundfeste erschüttert. Egal wie sehr sie es wollte, sie konnte das Lächeln vor Faith nicht mehr aufrecht halten.

Als Faith sich wortlos neben ihr auf das Bett legte und sie in ihre Arme zog, brach Lilly endgültig zusammen.

Mehr Schmerz konnte sie nicht mehr ertragen.

SLADE

Bevor er Lilly getroffen hatte, war er fest davon überzeugt gewesen, dass er alles hatte, was er zum Leben brauchte. Er hatte einen gut laufenden Boxclub, die besten Freunde, die man sich vorstellen konnte, und genügend Frauen, die ihm ein angenehmes Sexleben garantierten.

Dann kam *sie.* Die eine Frau, die alles auf den Kopf gestellt hatte.

Er hatte lange gebraucht, um nach Adams Verrat und Noels Tod wieder auf die Beine zu kommen. Es war schwer gewesen, den Fokus auf dem Sinn des Lebens zu halten, wenn alles irgendwie sinnlos erschien.

Und dann, als alles wirklich rund gelaufen war und Slade wieder Farben statt tristem Grau entdecken konnte, hatte *sie* alles kaputt gemacht.

Immer wieder hatte sie sein Herz in Stücke gerissen, bis er zu schwach geworden war, um zu kämpfen.

Schwach. Er! Wäre es ihm nicht so verdammt beschissen gegangen, hätte er laut aufgelacht.

Wieder wanderte sein Blick über die weiße Decke, die er seit Tagen anstarrte. Das Weiß war kalt wie sein Innerstes. Er fühlte sich ausgebrannt und jeden Gedanken, den er an sie zuließ, schien alles irgendwie nur noch schlimmer zu machen.

Noel hatte ihm einmal gesagt, dass die Liebe allen Schmerz wert war. Slade glaubte das nicht. Vielleicht bereute er sogar ein klein wenig, dass er so viel um *sie* gekämpft hatte. Hätte er früher aufgegeben, wäre vielleicht noch ein klein wenig von seiner Seele unversehrt. So fühlte er sich einfach nur leer.

Die Leere und die Kälte trieben ihn in den Wahnsinn.

Wäre er nicht ganz so antriebslos, hätte er die Heizung angeschaltet, aber so blieb ihm nur der Blick auf die Tür, durch die *sie* verschwunden war.

Zwischendurch überlegte er sich tatsächlich, einfach zu ihr zu gehen, sie ein weiteres Mal anzuflehen, doch er schaffte es einfach nicht. Er hatte sich ihr auf dem silbernen Tablett geliefert und sie hatte sein Herz in Stücke gerissen. Ein weiteres Mal wäre einfach zu viel.

LILLY

"Hast du mit deiner Therapeutin gesprochen?", fragte Faith und setzte sich neben Lilly aufs Bett.

Am Sonntag hatte Lilly Faith schließlich alles erzählt. Bestürzt war überhaupt kein Ausdruck gewesen.

Lilly war sich auch nicht ganz sicher, ob Faith wirklich verstanden hatte, warum Lilly ihr nichts von alldem erzählen hatte können, was zwischen Christopher und ihr vorgefallen war.

"Nein." Faith hatte sie dazu überredet, zu duschen und sich umzuziehen, doch zu mehr war sie einfach nicht in der Lage gewesen. Seit sie zurück in ihrem Zimmer war, saß sie vor dem Fenster und beobachtete den Regen.

Es gefiel ihr. Wenn es regnete, waren kaum Menschen auf den Straßen. Keine Menschen gaben ihr auch keinen Grund, in jedem zweiten Slade zu erkennen, der zu ihr kam, um sie zurückzunehmen.

Denn jedes Mal, wenn er es doch nicht war, schnürte ihr die Enttäuschung die Kehle zu.

Sie wusste noch nicht einmal weshalb. Slade hatte sie gewarnt.

"Ich schwöre dir, wenn du jetzt durch diese Tür gehst, ist es vorbei, Lilly. Ich werde dir nicht mehr nachlaufen. Ich kann verdammt nochmal nicht mehr!"

Schon wieder rollte ihr bei der Erinnerung eine Träne über die Wange.

Sie war so erledigt, dass sie noch nicht einmal zum Arbeiten hatte gehen können. Mit aller Willenskraft hatte sie eine Mail geschickt, dass sie die nächsten Tage von Zuhause aus arbeiten würde, um die Präsentation fertig zu bekommen.

"Mach es, Lilly. Dir wird es danach besser gehen", flüsterte Faith und ihre Stimme war dabei so unglaublich einfühlsam.

Mühsam drehte Lilly ihr den Kopf zu. Niemals hätte sie gedacht, wie viel Kraft eine so einfache Bewegung kosten konnte. Vielleicht verstand sie erst jetzt, wie viel Willen Faith hatte aufbringen müssen, um immer wieder aufzustehen, um sich nicht unterkriegen zu lassen.

"Ich kann nicht", flüsterte Lilly und konnte nicht verhindern, dass die Tränen über ihre Wangen liefen.

Faith nahm sie in die Arme und presste sie so fest an sich, als wollte sie Lilly in sich hineindrücken. Es erdete Lilly ein klein wenig, gab ihr das Gefühl, nicht ganz verloren zu sein in dieser Welt, die sich auch ohne Probleme und ohne sie weiter drehen würde.

"Wir sind zu stark um aufzugeben, erinnerst du dich?", fragte Faith leise nach einigen Minuten, in denen sie sich einfach nur aneinander festgeklammert hatten.

Lilly erinnerte sich nur allzu gut an diesen Satz, den sich Faith einmal gesagt hatte, obwohl sie selbst schon am Boden gewesen war. Lilly hatte sich daran festgehalten, als wäre es ihr rettender Strohhalm. Sie weinte noch heftiger, als sie begriff, dass er für Faith das gleiche gewesen war.

Sie drückte Faith noch fester an sich und flüsterte: "Hilf mir."

SLADE

Deacon war zum dritten Mal vorbeigekommen, also musste es Montag sein. An diesem Morgen war er nur wieder gegangen, weil Slade sich zu einer Dusche hatte überreden lassen.

Insgesamt hätte er auf die täglichen Besuche gut und gern verzichten können, erinnerten sie ihn doch nur daran, dass er sie nie wiedersehen würde.

Die anderen hatten aufgegeben. Sei es, weil sie mit Slade als Trauerklos nicht klar kamen, oder weil er ihnen immer wieder gesagt hatte, dass er sie nicht sehen wollte. Er wollte verdammt nochmal allein sein. Seit *sie* weg war, war er gern allein.

Adam und die Jungs hielten den Club problemlos am Laufen, daran hatte Slade auch nicht gezweifelt.

Natürlich wusste er, dass nur der öffentliche Betrieb lief und der Rest liegen blieb, aber er fand einfach nicht den nötigen Antrieb, um sich aufzuraffen.

Gegen Abend kam ihm kurz der Gedanke, dass *sie* jeden Moment von der Arbeit kommen müsste, bis ihm wieder einfiel, dass *sie* nie wieder vorbeikommen würde.

Er verwünschte sich selbst, dass er die Rollläden nicht geschlossen hatte, denn nur die untergehende Sonne hatte ihn daran erinnert, dass er *sie* nie wieder sehen würde.

Dass er *sie* verloren hatte. *Sie*, die Liebe seines Lebens.

15 Du musst kämpfen!

LILLY

"Hast du mit deiner Therapeutin gesprochen?", fragte Faith, nachdem Lilly den ersten Schluck von dem Kaffee genommen hatte.

Lilly nickte. Sie hatte über zwei Stunden mit Dr. Linken telefoniert. Ob sie sich jetzt wirklich besser fühlte, konnte Lilly nicht sagen.

Frau Doktor würde ihr einreden, dass sie sich besser fühlte, weil sie erkannt hatte, dass Menschen, die man liebte, eine Schwäche zu zeigen, nicht gleichbedeutend mit aufgeben war.

Sie meinte außerdem, dass Lilly lernen müsste, wieder zu vertrauen, auch auf die Gefahr hin, dass sie ihr Vertrauen den falschen Menschen schenkte.

Ein Thema, auf dem sie beinahe endlos herumgeritten waren. Bis Lilly schließlich zugegeben hatte, dass sie Slade als vertrauenswürdig erachtete.

Und wenn nicht?, flüsterte die kleine, hässliche Stimme in ihr.

Hatte sie nicht schon Menschen Vertrauen geschenkt, die sie länger kannte, und war dennoch auf die Schnauze gefallen?

"Und? Wirst du zu ihm gehen?", hakte Faith hoffnungsvoll nach.

Faith hatte ihr gesagt, dass es Slade nicht gut gehe, dass er sich genauso quälen würde wie Lilly selbst.

Es tat ihr unendlich leid. Sie wollt nicht, dass es ihm schlecht ging. Und doch gab es ihr ein klein wenig Hoffnung.

Hoffnung darauf, dass er ihr zuhören würde, dass er ihr vielleicht sogar eine zweite … oder fünfte Chance geben würde. Hoffnung, dass er es wirklich ernst mit ihr meinte und nicht nur leere Worte für sie hatte.

Ganz langsam nickte Lilly. Sie musste zu Slade gehen. Sie wollte kämpfen, und selbst wenn er sie ablehnen würde, konnte sie so zumindest einen klaren Strich ziehen.

SLADE

Tag fünf ohne *sie* musste es sein, zumindest wenn er dem Klopfen an seiner Tür glauben durfte, das ihn aus dem Schlaf riss.

Stöhnend drehte er sich auf den Rücken und legte sich einen Arm über die Augen, da er die Sonne nicht ertragen konnte.

Er lag noch immer an der gleichen Stelle, an der *sie* ihn verlassen hatte. Zwar hatte er sich zwischenzeitlich von Deacon nötigen lassen, zumindest einmal zu duschen, aber besser fühlte er sich deswegen nicht.

Liam und Nick waren ebenfalls da gewesen, hatten aber im Gegensatz zu den anderen beiden Idioten nicht versucht, mit ihm zu reden.

Nach einem kurzen "Das ist scheiße!" hatten sie das Bier aufgemacht und die Schnauze gehalten. Genau so, wie Slade es wollte.

Die Gespräche … oder besser gesagt die Predigten von Adam und Deacon trieben ihn nur in den Wahnsinn.

Erneut klopfte es und hämmerte dabei umso lauter in seinem Kopf wieder. Warum zum Teufel kam der Idiot, wer auch immer es war, nicht endlich zu dieser scheiß Tür herein?

Oder war das ein neuer Teil des: "Es kann so nicht weiter gehen, Slade!"-Plans?

"Komm schon rein!", rief er, als das Klopfen erneut ertönte.

Den Arm nahm er deshalb nicht von seinen Augen. Er wollte niemanden sehen.

Nein … falsch … er wollte niemanden außer *ihr* sehen. Da *sie* aber niemals vorbeikommen würde, war dieser Gedanke irrelevant.

Sofort begann sein Herz wieder zu schmerzen. Eine Sekunde nicht aufgepasst und schon war er am Arsch!

"Slade?" Lillys vorsichtige Frage riss ihn katapultartig aus seiner Starre. Schnell rappelte er sich zum Sitzen auf und sah ungläubig zur Tür, durch die seine Lilly ihren Kopf hineinschob.

Er schwankte ein wenig, war sich nicht sicher, ob er es sich nur einbildete, oder ob er schlichtweg genug getrunken hatte, um nicht mehr bei klarem Verstand zu sein.

Ungläubig öffnete er den Mund, doch die Frage, was sie hier tat, kam nicht über seine Lippen. Zu groß war die Angst, dass sie nur hier sein könnte, weil sie etwas vergessen hatte … wie zum Beispiel das Shirt, das sie getragen hatte und das er seit Tagen unter dem Couchkissen versteckt hielt. Es roch nach ihr und er würde es niemals zurückgeben.

Stumm sah er ihr entgegen. Sein Magen verkrampfte sich, als er bemerkte, dass sie seinem Blick auswich. Dabei wollte er nichts mehr, als ihre Augen zu sehen.

Er wollte noch einmal dieses Funkeln entdecken, das in ihre Augen trat, kurz bevor sich die kleinen Fältchen an ihren Augenwinkeln bildeten.

Mehrfach musste er sich räuspern, ehe er ein krächzendes "Hi" zustande brachte. Wann genau hatte er eigentlich zuletzt gesprochen? War es wirklich schon so viele Tage her?

Sie schloss die Tür hinter sich und lehnte sich dann gegen die Wand daneben. Noch immer wich sie seinem Blick aus und rieb sich mit den Handflächen über die Oberschenkel, als wäre sie furchtbar nervös.

Aber wie zum Teufel sollte sie schon nervöser sein als er? Immerhin hatte sie ihn verlassen. Er war der armselige Kerl, der seit Tagen vor sich hin vegetierte und es kaum schaffte, irgendwie zu überleben.

Lilly hingegen sah zum Anbeißen aus, wie immer. Das schwarze, knielange Kleid lag wie eine zweite Haut an ihrem wohlgeformten Körper. Die langen, blonden Haarsträhnen hingen elegant auf ihren Schultern.

Nur die dunklen Schatten unter ihren normalerweise leuchtend grünen Augen, die nicht einmal das Make-up verdecken konnte, zeugten davon, dass die Trennung auch an ihr nicht ganz spurlos vorbeigegangen war.

Im Gegensatz zu ihm sah sie aber noch immer wie eine Schönheitskönigin aus. Das würde sie immer, weil sie einfach verdammt nochmal perfekt war. Seine Lilly, die perfekte Herzensbrecherin.

Er machte sich darüber keine Illusionen. Sie war nicht hier, um ihn aus seinem Elend zu erlösen. Den Gedanken durfte er nicht zulassen, sonst würde er bettelnd vor ihr auf den Knien landen, nur um dann endgültig emotional getötet zu werden.

Sie schloss die Augen, als könnte sie nicht mitansehen, wie sie ihm den Todesstoß versetzte.

Wie von selbst stand er auf und taumelte zu ihr hinüber. Er spürte kaum, wie seine Füße den Boden berührten, und hielt erst inne, als er kurz vor ihr stehen blieb.

"Ich …", setzte er an, schaffte es aber nicht, weiterzusprechen. Er hatte sie so verdammt vermisst, dass es ihm für den Moment genügte, sie einfach nur anzusehen.

Vor allem aber war er sich nicht sicher, ob er hören wollte, was sie zu sagen hatte.

"Es tut mir so leid", flüsterte sie und ihre Unterlippe bebte dabei.

"Was?", hakte er nach. Er wollte nicht grausam sein, aber er konnte es sich nicht leisten, zu hoffen und schlussendlich doch auf die Schnauze zu fallen. Nicht schon wieder. Sein Herz hatte den letzten Schlag noch nicht verarbeitet.

"Alles … dass ich gegangen bin, dass es mir so schwer fällt, das alles zuzulassen." Sie leckte sich über die Unterlippe.

"Du kannst es noch nicht einmal aussprechen?", fragte er und rieb sich unsicher über den Nacken, um das ungute Kribbeln zu vertreiben. "Warum? Warum kannst du mir nicht einfach erzählen, was das Problem ist?" Er ging noch einen Schritt auf sie zu, keilte sie zwischen sich und er Wand ein, indem er seine Arme links und rechts von ihrem hübschen Gesicht abstützte.

Es fühlte sich so unbeschreiblich gut an, ihr so nahe zu sein, dass er am liebsten auf die Knie gegangen wäre.

Sie blinzelte mehrfach, als versuchte sie erfolglos, die Tränen in ihren Augen zu vertreiben. "Es ist nicht so einfach, Slade. Ich will, aber …" Hilflos zuckte sie mit den Schultern.

Egal wie schwer es sein würde, er wollte Lilly für sich, er wollte, dass sie sich ihm öffnete und ihnen damit eine echte Chance gab.

Doch im Moment sah es nicht danach aus. Im Gegenteil, irgendwie schienen sie sich wieder einmal im Kreis zu drehen.

Beinahe verzweifelt schüttelte er den Kopf. "Babe, ich verstehe dich einfach nicht. Ich liebe dich. Warum kannst du mir nicht glauben? Warum kannst du mir nicht vertrauen?"

Ihr so nah zu sein, aber sie nicht berühren zu dürfen, brachte ihn beinahe um den Verstand. Doch wenn er jetzt nachgab, würde er wieder weich werden. All der Schmerz der letzten Tage und die vielen Geheimnisse wären vergessen. Er würde sie in seine Arme ziehen und sie beruhigen.

Zu sehen, wie schwer sie atmete und wie ihr die Tränen über die Wangen liefen, tat ihm unglaublich weh. Warum tat sie sich das an?

Er hatte keine Ahnung, was dieser Typ ihr angetan hatte, aber wie konnte es sein, dass er noch immer so viel Macht über sie hatte?

Ihre Unterlippe zitterte. "Es ist … es ist schwer zu erklären", flüsterte sie schließlich, und der Schmerz in ihrer Stimme brach ihm das Herz.

"Versuch es … Lilly, ich liebe dich … bitte", versuchte er, sie zu ermutigen. Nicht nur sie, auch sich selbst, damit er durchhielt. "Ich kann so nicht weitermachen. Diese Unsicherheit … ich weiß nicht, was zwischen uns steht und das macht mich verrückt, Babe!"

Er rieb sich mit einer Hand über den Nacken, um sich davon abzuhalten, nach ihr zu greifen.

"Es ist, als müsste ich ständig gegen eine unsichtbare Macht kämpfen, gegen die ich nicht gewinnen kann, verstehst du das, Lilly?"

Er streckte die Hand aus und strich ihr federleicht über die Wange. Er hatte es so sehr vermisst, sie zu berühren, konnte sich diese kleine Geste einfach nicht länger verwehren.

"Ich will kämpfen. Sag mir nur, wofür und gegen was. Ich bin bereit", flüsterte er.

Ihre Unterlippe begann zu zittern und Tränen rollten so schnell über ihre Wangen, dass er sie kaum mit seinen Fingern aufhalten konnte.

"Du bist zu gut für mich", sagte sie schließlich kaum hörbar und schloss die Augen.

Sanft fuhr er mit seinen Lippen über ihre, dann ihre Wange entlang bis zu ihrem Ohr. "Niemals! Verstehst du das? Du bist perfekt, Babe. Wenn du es zulassen würdest, würde ich es dir jeden verdammten Tag beweisen."

Vorsichtig zog er sie näher an sich, bis sie mit ihrer Stirn an seine Brust gelehnt da stand. Dann flüsterte er: "Wenn du mir gehören würdest, würde ich jeden Zweifel auslöschen. Ich würde dich jeden Tag auf Händen tragen und dich jede Nacht so lange lieben, bis du mir glaubst."

Sie zitterte, so angespannt war jeder einzelne Muskel.

Es brach ihm das Herz, auch wenn sie ihm zumindest nicht mehr widersprach. Vielleicht sogar anfing, ihm zu glauben.

"Wenn du es zulässt, werde ich der sein, der dir seine Welt zu Füßen legt. Ich werde dich mit jeder Faser meines Seins lieben. Ich werde auf dich aufpassen und dir alles geben, was du brauchst", raunte er leise.

Ihre Hände krallten sich auf eine beinahe verzweifelte Art in sein Shirt.

Sie brachte ihn um. Wie zum Teufel konnte sie nicht wissen, was für eine atemberaubende Frau sie war?

"Ich liebe dich, Lilly. Alles an dir. Ich ... mir fehlen die richtigen Worte, um dir zu beschreiben, wie unglaublich ich dich finde. Du bist so schön und weißt es noch nicht einmal. Du verstehst nicht, wie viel du mir bedeutest, dass ich für jeden noch so kleinen Gedanken aus deinem Kopf, einen Arm geben würde? Wie kannst du nicht wissen, wie unglaublich wertvoll du für mich bist?"

Sie legte den Kopf in den Nacken und sah ihn aus tränennassen Augen an. "Wie kannst du das sagen?", flüsterte sie so leise, dass er sie kaum noch verstehen konnte.

Sanft lächelte er und strich ihr abermals die Tränen von den Wangen.

"Wie kannst du nicht sehen, wie sehr sie dich alle begehren? Du kommst in einen Raum und alle Aufmerksamkeit liegt auf dir. Sogar Drake hat es gesehen. Er ist der heikelste und abgestumpfteste Typ, den ich kenne, und er war scharf auf *dich.*" Ein mit Sicherheit leidgeprüftes Lächeln schlich sich auf seine Züge. "Glaub mir, Babe, sie alle begehren dich. Ob nun Drake oder Aiden oder dein Ex. Und das ist es, was mich in den Wahnsinn treibt."

Sie sah ihn so ungläubig an, dass er beinahe lachen musste. "Egal wo du hingehst, du ziehst alle Blicke auf dich, Lilly. Und das ist verdammt schwer zu akzeptieren."

Er atmete einmal tief durch, dann legte er seine Hände an ihre Wangen. "Wenn du es nur zulassen würdest, dass ich dich liebe … ich würde alles dafür tun", sagte er leise.

Sie wandte den Blick ab, entzog sich ihm aber sonst nicht, also ließ er sie gewähren.

Es dauerte einen Moment, dann leckte sie sich über die Unterlippe und flüsterte: "Er hat immer gesagt, ich könne froh sein, dass er sich mit mir abgibt. Wer sonst solle jemanden lieben, der so verkorkst ist …"

"An dir ist überhaupt nichts verkorkst!", warf er ein, doch es schien, als wäre Lilly ganz weit weg und würde ihn überhaupt nicht hören.

"Er hat mir immer die Bilder von all den Frauen gezeigt, mit denen er zusammen sein könnte, wenn er sich nicht um mich kümmern müsste."

Slade nahm ihr Gesicht in seine Hände und zwang ihren Blick zurück zu seinem. "Das kannst du nicht ernsthaft glauben!", fluchte er.

Ihr Lächeln war bitter. "Sie waren perfekt und ich weiß, dass sie ihn wollten. Ich habe die Models gesehen, die an seinem Arm gehangen haben. Bei jedem Projekt. Ich habe es gesehen und glaub mir, Christopher hat mir jeden einzelnen Punkt gezeigt, an dem ich nicht so perfekt war wie sie."

Slade fluchte unterdrückt. Wie zum Teufel konnte dieses Arschloch ihr so etwas einreden? Wie konnte man sich dabei gut fühlen, jemand anderen schlecht zu machen? "Das ist krank! Sag mir, dass du dir das nicht angenommen hast. Dass du ihm nicht glaubst! Du hast etwas Besseres verdient, Lilly. Nicht nur von ihm, sondern auch von dir selbst!"

Eben noch bitter, wurde Lillys Lächeln nun traurig. "Ich kenne die Wahrheit, Slade. Ich habe mich kritischer und eingehender betrachtet als jeder andere Mensch. Ich kenne jeden einzelnen meiner Makel. Du musst mich nicht belügen."

Slade packte sie an den Schultern und schüttelte sie. "Hör auf! Hör verdammt nochmal auf damit, dich selbst schlecht zu machen! Alles an dir ist perfekt!"

Lilly lachte auf, zog ihr Shirt nach oben und deutete auf die kleinen Dehnungsstreifen an ihrer Hüfte.

Da konnte Slade wirklich nur die Augen verdrehen. Er griff in seinen Nacken und zog sich das Shirt über den Kopf, dann deutete er auf seine Schulter, die die gleichen Streifen zierten. "Man nennt es Wachstum", sagte er sarkastisch und freute sich insgeheim über das kleine bisschen Wut, das in ihren Augen aufglomm.

Sie griff an ihren Bauch und zog an einer kaum existierenden Speckrolle. "Zu dick!", sagte sie zur Verdeutlichung.

Slade seufzte, zog sie an sich und packte mit einer Hand ihren Arsch und mit der anderen eine ihrer Brüste. "Bist du nicht. Du bist eben zur Abwechslung mal nicht herunter gehungert. Dafür bekomme ich diese beiden in hervorragender Qualität", sagte er mit einem breiten Grinsen. Und bei Gott, er liebte ihre Figur genau so, wie sie war.

Mit großen Augen sah sie ihn an, als könnte sie nicht fassen, dass er sie einfach so anfasste.

"Warum bist du so wunderbar?", fragte sie, nachdem sie ihn einige Minuten einfach nur stumm angesehen hatte.

"Weil ich dich liebe. Alles an dir. Du musst mich nur lassen, Babe."

Sanft streichelte er über ihre Hüfte." Lass es zu, dass ich dich liebe und ich werde alles für dich tun, ich werde dir alles geben, was du brauchst." Er beugte sich näher zu ihr und küsste sie zärtlich auf die Lippen. "Du bist perfekt und du hast verdammt nochmal nicht weniger als das Beste vom Besten verdient."

Nach allem, was sie über ihren Ex erzählt hatte, würde es eine Ewigkeit dauern, bis sie ihm endlich glauben würde, aber er war fest davon überzeugt, dass sie es schaffen konnten.

Da war kein anderer Mann, mit dem er um ihre Gefühle kämpfen musste. Es lag nicht daran, dass sie zu wenig für ihn empfand.

Lilly liebte nur sich selbst zu wenig und das konnte er kompensieren, bis sie es schaffte.

Er strich mit seinen Lippen über ihre, nahm ihr Gesicht in beide Hände und küsste sie unendlich vorsichtig.

Ihre Hände krallten sich um seine Handgelenke, hielten ihn fest, als hätte sie Angst, dass er jeden Moment wieder verschwinden könnte.

Aber er würde nirgendwohin gehen, solange sie es zuließ, würde er bei ihr bleiben und ihr beweisen, wie perfekt sie war.

Als er sich wenige Millimeter von ihr löste, sah sie ihn aus großen, tränennassen Augen an.

"Ich liebe dich", flüsterte sie und Slades Herz blieb einen Moment lang stehen, ehe es mit doppelter Geschwindigkeit weiterschlug.

"Sag das nochmal", bat er, konnte nicht glauben, was sie gesagt hatte.

"Ich liebe dich. Ich habe geglaubt, dass ich es ohne dich schaffen könnte, dass es ohne dich leichter wäre, aber ich habe mich selbst belogen." Sie griff in seinen Nacken und zog ihn näher. Dann küsste sie ihn leidenschaftlich.

Er legte seine Arme um ihre Taille und zog sie an sich, bis sie ihre Beine um seine Mitte schlang.

"Ich habe dich so sehr vermisst", gestand sie und presste ihre Stirn an seine.

"Tu mir das nie wieder an." Er trug sie die wenigen Schritte zum Bett und legte sie dann vorsichtig darauf ab. Er wollte sie einfach nur halten, sie ganz nah bei sich spüren.

"Ich will dich, ich werde kämpfen. Für dich, für uns", flüsterte sie und streichelte seinen Nacken.

Er glaubte ihr, sah diese Entschlossenheit in ihren Zügen, die ihm in den letzten Wochen immer gefehlt hatte.

"Ich liebe dich", flüsterte er und presste seine Lippen dann auf ihre. Er küsste sie voller Leidenschaft und mit all den Gefühlen, die in ihm brodelten.

Es waren zu viele, um es in Worten auszudrücken, aber er konnte ihr zeigen, was er empfand. Seine Lippen strichen über ihre, liebkosten sie, einmal zärtlich und voller Liebe, einmal mit all dem Verlangen, das er für sie empfand.

Lilly war alles, was er sich jemals gewünscht hatte, und zum ersten Mal hatte er nicht das Gefühl, dass ihm dieser Traum jeden Moment durch die Finger rinnen würde.

Einen Arm schob er unter ihren Nacken, hielt sie fest, während er sich fest an sie presste. Er wollte jeden Zentimeter ihres Körpers nah an seinem spüren, wollte ihre Wärme fühlen. Sie würde sein zu Eis erstarrtes Herz auftauen. Gemeinsam würden sie alles schaffen.

Mit den Füßen schob sie seine Jogginghose nach unten. Sein Schwanz berührte die warme, weiche Haut an der Innenseite ihrer Oberschenkel. Sie fühlte sich so verdammt perfekt an, dass er in ihren nicht enden wollenden Kuss hinein stöhnte.

Lilly beendete den Kuss und sah ihn aus tränennassen Augen an. Er konnte deutlich sehen, wie verwirrt sie war, dass sie nicht wusste, wie sie mit dieser Situation umgehen sollte.

Ihm ging es nicht anders. Alles war so zerbrechlich, so fragil. Er wollte alles sofort und doch nichts riskieren.

"Liebe mich", flüsterte sie und presste ihre Mitte gegen seinen harten Schwanz.

"Das tue ich", gab er genauso leise zurück und küsste sich ihren Kiefer entlang zu ihren Lippen vor.

"Zeig es mir", bat sie. Slade wusste, was sie meinte. Er wollte sich keinen Millimeter von ihr lösen, also griff er nur zwischen sie und zerriss die feine Spitze ihres Strings mit einen festen Ruck.

Ihr Keuchen war Musik in seinen Ohren, zeigte ihm, dass er genau das richtige tat.

Langsam schob er sich in sie, genoss jeden Zentimeter, den er tiefer in sie drang. Ihre nasse Hitze umschloss ihn, massierte ihn, während er immer und immer wieder in sie stieß.

Langsam und zärtlich bewegten sie sich miteinander. Ihre Lippen und Zungen spielten im gleichen Rhythmus, wie ihre Körper einander entgegenkamen.

Immer fester umschlossen ihre Arme und Beine ihn und auch er klammerte sich fast schon verzweifelt an sie. Sie fühlte sich so verdammt gut an in seinen Armen. Weich und doch zerbrechlich, dabei so gut, dass er sie nie wieder loslassen wollte.

Er schob eine Hand unter ihr Becken, hob sie sich entgegen, um noch tiefer in sie eindringen zu können.

Immer öfter keuchte sie an seinen Lippen, unterbrach den Kuss für ein Stöhnen.

Auch er spürte bereits das Ziehen in sich, während er ihre Kontraktionen um seinen Schwanz herum fühlen konnte.

Dann stieß er schneller und kräftiger in sie, genoss ihr Wimmern und das Wispern seines Namens, das über ihre Lippen kam.

"Slade!", keuchte sie ein letztes Mal, dann zitterte ihr Körper und riss ihn haltlos mit über die Schwelle zu seinem Orgasmus. Bebend ergoss er sich in ihr, genoss jeden einzelnen brennend heißen Schub.

Schwer atmend kam er auf ihr zum Liegen. Er würde sie nie wieder gehen lassen, um keinen Preis der Welt.

16 Zusammen

LILLY

Erst jetzt, da sie ihn verloren und wieder bekommen hatte, verstand Lilly wirklich, wie viel Slade ihr gab. Es waren mehr als nur seine Worte oder Gesten. Es war seine pure Anwesenheit, wie in diesem Moment, in dem er sie einfach nur in den Armen hielt.

Er schlief noch, dennoch hatte er seine Arme fest um sie geschlungen, als wäre sie etwas Wertvolles, das er festhalten musste, damit es ihm niemand wegnahm. Dieser Gedanke fühlte sich unglaublich gut an.

Zum ersten Mal in ihrem Leben fühlte sie sich wirklich bedingungslos geliebt.

Seine Lippen bewegten sich in ihrem Nacken und drückten kleine Küsse auf die empfindliche Haut.

"Guten Morgen", sagte sie leise und wollte sich zu ihm umdrehen, aber Slade hielt sie einfach fest.

"Bleib so, ich mach das", brummte er mit schläfriger Stimme.

"Ich auch", sagte sie und dachte daran, wann Christopher sie zum letzten Mal so gehalten hatte. Eigentlich nie. Kurz vielleicht, aber auch dann nur, wenn sie ihn darum gebeten hatte, wenn sie für einen kurzen Moment einfach nur das Gefühl von Geborgenheit genießen wollte.

"Ich kann dich fast schon denken hören."

Lilly lächelte. "Kannst du Gedanken lesen?"

Seine Hand schob sich von ihrem Bauch auf ihren Oberschenkel, den er sanft streichelte.

"Noch nicht, aber deine Körpersprache beherrsche ich mittlerweile ganz gut. Also, an was denkst du?"

Sie gab sich einen Ruck, weil sie sich fest vorgenommen hatte, offen zu Slade zu sein und so einen Streit wie den letzten nie wieder zu riskieren. "Christopher mochte es nicht, mich so zu halten."

Slade schnaubte. "Dann ist er ein Idiot. Es gibt überhaupt nichts Besseres, als genau so aufzuwachen!", sagte er ernst.

Er fuhr mit seiner Nase über ihren Nacken. "Ich kann dich riechen, dich spüren." Seine Hand nahm ihr Streicheln wieder auf. "Ich kann dich anfassen, ohne dass deine Hände auf mir mich ablenken können." Dann schob er seinen Arm um ihre Mitte und zog sie ganz fest an ihn.

Sie spürte seinen harten Schwanz an ihrem Hintern und erschauerte. "Wenn ich heiß bin, kann ich mich einfach in dir versenken", raunte er in ihr Ohr. Dann schob er sie ein Stück von sich, was Lilly enttäuscht aufseufzen ließ.

Slade lachte. "Oder ich kann dich einfach nur im Arm halten und deiner Stimme lauschen, während ich aufwache." Seine Lippen pressten sich erneut auf ihren Nacken und eine wohlige Wärme durchströmte ihren Körper.

Mit Christopher war es nie so gewesen. Nie so verspielt, so verliebt. Sie hatten wenig Zärtlichkeit ausgetauscht. Er war immer eher kühl gewesen, wenn sie nicht gerade Sex gehabt hatten.

"Danke", flüsterte sie.

"Wofür?" Er fuhr mit seiner Nase den Bogen vom Hals zur Schulter.

"Dafür, dass du mir all das hier gibst, dass du mich liebst", sagte sie leise, war sich nicht sicher, ob sie ihm diesen Teil ihres Selbst wirklich schon zeigen wollte.

Slade zog sie noch näher an sich, hielt sie fest umschlungen. Sein gleichmäßiger Atem und das Schlagen seines Herzens in ihrem Rücken gaben ihr Kraft.

Leise, erst zögernd, dann immer flüssiger begann sie ihm von ihrer Beziehung zu erzählen. Davon, wie aus einem emotional eher zurückhaltenden Menschen, wie Christopher es nun einmal war, dieser gemeine Mann geworden war.

Sie versuchte, sachlich zu beschreiben, wie der Wandel schleichend gekommen war. Genauso, wie sie es mit ihrer Therapeutin aufgearbeitet hatte.

Slade hielt sie während der ganzen Zeit im Arm, gab ihr Halt und Stärke, die sie so sehr brauchte.

Zwischendurch war sie sich nicht sicher, ob sie ihm wirklich alles erzählen sollte. Sie wollte ihn nicht endlos damit vollquatschen und hatte vor allem ein wenig Bedenken, was Slade von ihr denken würde.

Die letzten Monate vor ihrer Trennung waren besonders heftig gewesen. Es war, als wäre nach Faiths Prozess gegen ihren Exfreund irgendein Schalter in ihrem Kopf umgelegt worden.

"Warum hörst du auf?", fragte Slade mit rauer Stimme.

Sie drehte ihren Kopf so, dass sie ihn über die Schulter hinweg anlächeln konnte. "Reicht das noch nicht?"

Seine Miene war finster, so als würde er jeden Moment jemanden in Stücke reißen wollen.

"Erzähl mir alles. Ich will wissen, was passiert ist, damit ich jede noch so kleine Verletzung wiedergutmachen kann."

Zögerlich nickte sie, legte den Kopf zurück aufs Kissen und war froh darüber, dass sie ihm während dieser Beichte nicht in die Augen sehen musste.

Dann erzählte sie ihm von den letzten Monaten, wie Christopher sie dazu gezwungen hatte, immer mehr Sport zu machen, immer weniger zu essen. Wie er mit all den Frauen auf den Shootings geflirtet hatte und ihr beim Nachhausefahren aufgezählt hatte, was an ihnen besser war und wie froh sie sein konnte, dass er sich dennoch mit ihr abgab.

Bis zu der Woche, in der sie zusammen mit einem Kunden ein Strategiemeeting auf einer Berghütte gehabt hatte.

Christopher hatte angefangen, sie auch vor anderen und schlussendlich sogar vor den Kunden zu beleidigen.

Irgendwie war sie schon so abgestumpft gegenüber seinen Seitenhieben gewesen, dass sie es noch nicht einmal wirklich mitbekommen hatte. Zumindest nicht das Ausmaß dessen, was zwischen ihr und Christopher geschah. Sie überging es einfach, wie all die Zeit zuvor.

"Beim gemeinsamen Abendessen mit dem Kunden hatte er wieder ständig mehr oder weniger schön verpackte Beleidigungen für mich parat." Sie wusste noch genau, dass sie an diesem Abend noch nicht einmal mehr betroffen war, von seinen Spitzen, sondern eher genervt.

"Ich bin nach draußen gegangen, um eine Zigarette zu rauchen." Sie lachte leise auf. "Dagegen hatte er komischerweise nie offen etwas einzuwenden gehabt." Kopfschüttelnd kehrte sie wieder an diesen Abend zurück.

"Einer der Mitarbeiter unseres Kunden kam ebenfalls nach draußen. Ein stiller junger Typ. Ein Nerd, der seine Nase eigentlich nur in seinem Laptop hatte. Er hat mich angesehen und mich gefragt, warum ich mir das alles gefallen lasse. Ich wusste erst gar nicht, was er meinte, bis er mir ein paar wirklich ätzende Kommentare von Christopher aufzählte. Ich bin knallrot geworden und es war mir unglaublich peinlich, wie offensichtlich alle anderen das mitzubekommen schienen, was bei mir alles falsch licf."

Lilly atmete tief durch. "Siehst du das? Und das ist das wirklich Schockierende, Slade. Er hat mich über Monate hinweg so manipuliert, dass mir nicht sein Verhalten peinlich war, sondern meine Macken", flüsterte sie.

Es hatte sehr lange gedauert, bis sie verstanden hatte, wie falsch das alles war, wie unglaublich ekelhaft Christophers Verhalten war.

"Sag mir, dass du dann endlich hineingegangen bist und ihm eine gescheuert hast, wie ich es mir schon die ganze Zeit wünsche!", knurrte Slade und erst jetzt fiel ihr auf, wie sich seine Körperspannung verändert hatte.

Zögerlich schüttelte sie den Kopf. "Ich habe versucht, ihn zu rechtfertigen, und habe Entschuldigungen für ihn gesucht. Der Nerd hat mich auf diese ganz spezielle mitleidige Art angelächelt und dann eine Visitenkarte aus seinem Portemonnaie geholt."

Lilly konnte sich genau daran erinnern, wie er ihr die Karte in die Hand gedrückt hatte. "Meine Schwester. Sie ist Psychologin." Lilly lachte auf. "Kannst du dir vorstellen, wie viele Beleidigungen ich diesem Bengel gern an den Kopf geworfen hätte?"

Slade nickte. "Und dann?", forderte er.

"Hat es noch über eine Woche gedauert, in der ich bei jeder einzelner von Christophers Spitzen an den Nerd und sein mitleidiges Lächeln denken musste, ehe ich seine Schwester angerufen habe."

Lilly schluckte schwer, weil sie sich sicher war, dass Slade den nächsten Teil nie im Leben würde verstehen können.

Aber sie war schon so weit gekommen, nun wollte sie nichts mehr vor ihm verbergen.

"Zwei Monate später habe ich ihn endgültig verlassen."

Wo Slade bislang steif gewesen war, war er jetzt bis zum Zerreißen gespannt. "Warum hast du immer noch gewartet?"

Obwohl sein Griff so fest war, drückte sie solange gegen ihn, bis sie ihn ansehen konnte. Seine Augen waren dunkel und die Wut, die darin lag, beinahe übermenschlich.

"Trotz der Therapie habe ich ihm geglaubt. Vieles glaube ich ihm heute noch, Slade", sagte sie ehrlich, weil ihr wichtig war, dass er sie wirklich verstand.

"Das ist verrückt!", fluchte er und sah sie böse an.

Lilly lächelte. "Ich weiß." Sanft streichelte sie über seine Wange, um ihn ein klein wenig zu beruhigen. Sie konnte nicht glauben, dass dieser wunderbare Mensch sie liebte.

"Was ist passiert, dass du endlich den Absprung geschafft hast?"

Ihr Lächeln wurde bitter. "Er hat mich betrogen. Das hat selbst mein Herz nicht mehr ausgehalten."

Slade schüttelte den Kopf. "Er ist ein Arschloch. Ein unglaublich widerlicher Bastard. Wenn ich ihn in die Finger bekomme, werde ich ihn umbringen, Lilly", knurrte Slade.

Sie streckte sich ihm entgegen und küsste ihn sanft auf die Lippen. Es tat ihr gut zu sehen, wie viel sie Slade bedeutete, aber gleichzeitig wollte sie nicht, dass er sich so ärgerte.

"Es ist vorbei", flüsterte sie und kratzte sanft mit den Nägeln über seinen Nacken.

"Er sollte für jede verdammte Narbe auf deiner Seele bezahlen."

Lilly lächelte. "Karma, Baby. Karma."

Slades Arme schlossen sich fest um sie. Er presste sie so fest an seine Brust, dass sie beinahe keine Luft mehr bekam. Aber nichts hatte sich jemals besser angefühlt, als diese Umarmung, die ihr das Gefühl gab, ein ganz besonderer Mensch zu sein.

"Ich liebe dich", flüsterte sie.

"Ich liebe dich und ich schwöre dir, ich werde jeden Tag darum kämpfen, dass du mir glaubst."

Schon jetzt wurde es von Minute zu Minute leichter.

SLADE

Es fiel ihm unglaublich schwer, Lilly am nächsten Tag nach diesem Gespräch wieder loszulassen. Aber sie beide mussten arbeiten, da führte kein Weg dran vorbei. So ungern er sie auch gehen lassen wollte, er verstand, dass sie gehen musste.

Widerwillig drehte er sich auf den Rücken und ließ sie los. Zumindest körperlich, denn seine Blicke verfolgten jede einzelne ihrer Bewegungen.

Als sie sich aufsetzte, fiel ihm der blaue Fleck an ihrem Oberarm auf. Er griff nach ihrem Handgelenk und hinderte sie daran aufzustehen.

"Ich werde ihn umbringen", murmelte er und streichelte langsam über den blauen, an den Rändern bereits leicht grünlichen Fleck.

"Es ist halb so wild."

Slade drückte seine Lippen darauf, dann schwang er seine Beine aus dem Bett und ging ins Badezimmer. Irgendwo musste er noch eine Salbe gegen Hämatome haben.

Er würde diesem Arschloch jeden Finger einzeln brechen, dafür, dass er Lilly das angetan hatte. Vor sich hin fluchend holte er die Salbe aus dem Spiegelschrank über dem Waschbecken.

Als er zurück ins Schlafzimmer kam, hatte Lilly sich gerade das übergroße Shirt, das er ihr am Abend zuvor geliehen hatte, über den Kopf gezogen. Ihre Hüfte war bis zur Hälfte ihres Oberschenkels blau und auch die Außenseite ihres Knies war dunkel verfärbt. Wie zum Teufel hatte er das am Abend zuvor übersehen können?

"Jesus, Lilly! Was verdammt nochmal ist passiert?", rief er und eilte zu ihr.

Sie zuckte erschrocken zusammen und hielt sich das Shirt vor die Brust.

"Was?"

"Was ist passiert?", wiederholte er und zog das Shirt so zur Seite, dass er ihre Hüfte inspizieren konnte.

"Ach das …", sie unterbrach sich, als hätte sie beinahe etwas Falsches gesagt.

Da erinnerte sich Slade an Lillys Humpeln, als sie Drakes Restaurant verlassen hatten.

"Das war er! Ich bringe ihn um!", knurrte Slade und legte vorsichtig seine Hand auf den riesigen Bluterguss an Lillys Hüfte.

"Nein … Slade … dafür kann er wirklich nichts. Ich …"

"Hör auf, ihn zu verteidigen, Lilly. Ich weiß genau, wie er dich festgehalten hat, als ich …" Slade verstummte schlagartig, als ihm bewusst wurde, dass Lilly wegen ihm gegen das Sideboard getaumelt war. Er hatte sich wie ein wild gewordener Stier auf Christopher geworfen, obwohl dieser Lilly noch fest umklammert hatte.

"Mein Gott! Es tut mir so leid, Babe", flüsterte er und seine Finger zitterten, als er abermals federleicht über die Stellen strich.

"Es ist nicht deine Schuld, Slade. Es war einfach ein blöder Zufall."

Er schüttelte den Kopf. "Ich hätte besser aufpassen müssen. Es tut mir leid. Warst du beim Arzt? Das sieht furchtbar aus. Es tut mir wirklich …"

"Hör sofort auf!", schnauzte sie so laut, dass er innehielt und zu ihr aufsah. "Es ist wirklich halb so schlimm, okay? Alles noch heil, nur ein paar blaue Flecken."

Slade ließ den Kopf nach vorne kippen, bis seine Stirn an ihrem Bauch lag. Dann drückte er die Lippen vorsichtig auf ihre Hüfte. Er würde es wieder gutmachen. Alles, was dieser Verrückte ihr angetan hatte, und auch das, was er selbst verbockt hatte.

Lilly legte ihre Hände auf seinen Kopf und streichelte sanft darüber. Die Berührung fühlte sich unglaublich tröstlich an.

Einen Moment gönnte er sich ihre Zuwendung noch, dann legte er den Kopf in den Nacken, um zu ihr aufsehen zu können.

"Geh duschen, Babe, danach kümmere ich mich um die Stellen, ehe du zur Arbeit gehst, okay?"

Sie nickte zögerlich. Gut so, etwas anderes hätte er auch nicht zugelassen. So würde er sie auf jeden Fall nicht gehen lassen.

Mit nachdenklichem Blick löste sie sich von ihm und ging ins Badezimmer. Einen Moment lang sah er ihr noch hinterher, dann ging er in den Küchenbereich, um ihr ein Frühstück vorzubereiten.

Während der Kaffee durch die Maschine lief, durchforstete er den Kühlschrank nach Essbarem. Außer Unmengen von Nahrungsergänzungsmitteln und Proteinshakes gab es nicht allzu viel. Das müsste er ändern, wenn Lilly öfter hier wäre.

Und das würde sie sein. Er würde alles dafür tun, sie für immer bei sich zu haben.

Als er hörte, wie die Dusche abgestellt wurde, schenkte er eine Tasse Kaffee ein. Er drehte sich genau in dem Moment um, in dem Lilly durch die Tür kam.

Sie war perfekt und sie gehörte ihm.

17 Was nun?

LILLY

Den ganzen Tag verbrachte sie wie in Trance. Zu wissen, dass Slade ihr gehörte und dass er zusammen mit ihr kämpfen wollte, gab ihr ein verdammt gutes Gefühl.

Er würde für sie da sein, falls alles den Bach runterging, da war sie sich nun endlich sicher.

Faiths und auch Dr. Linkens guter Zuspruch hatten ihr nicht halb so viel Vertrauen gegeben wie das Wissen, dass sie Slade alles gestanden hatte und er sie noch immer liebte. Allein der Gedanke ließ sie lächeln.

Gut gelaunt betrat sie das Parkhaus des Unternehmens und wühlte in ihrer Tasche nach dem Autoschlüssel.

"So gute Laune?", fragte eine ihr nur allzu bekannte Stimme.

Sofort erstarrte sie. Was wollte Christopher schon wieder? Warum konnte er sie nicht einfach in Ruhe lassen?

Lilly atmete tief ein und fasste all ihren Mut zusammen. Sie sah auf und entdeckte ihn an eine der Betonsäulen gelehnt stehen.

"Was willst du, Christopher?"

Er seufzte theatralisch. Wahrscheinlich hätte sie daraufhin normalerweise einen Rückzieher gemacht, aber nicht dieses Mal. Nicht jetzt. Sie dachte an Slade, dachte daran, wie wütend er sein würde, wenn er an ihrer Stelle wäre.

"Ich denke, das weißt du ziemlich genau. Ich habe lange genug gewartet, Lillian." Christophers Arm schnellte nach vorn und seine Hand packte sie grob am Oberarm. Genau an der Stelle, die vom letzten Mal noch blau war.

Er drückte sie gegen den Betonpfeiler und sich selbst der Länge nach an sie.

"Ich habe dir all diesen Quatsch durchgehen lassen, aber genug ist genug. Du wirst so nicht weitermachen."

Ihr Herz raste vor Angst und ihre Kehle war wie zugeschnürt. Sie hätte nicht gedacht, dass Christopher sie wirklich körperlich angreifen würde, aber so, wie er sie im Moment eingekeilt hatte, traute sie ihm alles zu.

"Lass mich los", wisperte sie und verfluchte sich dafür, wie weinerlich ihre Stimme klang.

"Du wirst diesen Job kündigen und zurückkommen, hast du mich verstanden?", sagte er leise, aber mit sehr viel Nachdruck. Er griff unter ihr Kinn und zwang ihren Kopf zurück, bis sie ihm in die Augen sehen musste. "Du machst das bis übermorgen, oder ich sorge dafür, dass du diesen Job verlierst, und zwar so, dass du nie wieder einen Fuß in dieser Branche fassen wirst!"

Lilly stockte der Atem, dann nickte sie ganz langsam. Sie hatte Angst, ihm zu widersprechen. Als er den Kopf senkte und seine Lippen die ihren streiften, stieg ihr die Galle in die Kehle.

"Zwei Tage! Und du wirst sofort diesen widerlichen Typen los, bevor ich mich um den auch noch kümmere."

Hektisch nickte sie, konnte sich auf ihren zitternden Knien kaum noch halten. Nur der Gedanke an Slade machte es ihr möglich, ansatzweise ruhig zu bleiben. Sie musste nur Christopher irgendwie loswerden.

Wieder fuhr er beinahe ekelerregend sanft mit seinen Lippen über ihre. Dann löste er sich von ihr und strich ihre Kleidung glatt.

"Ich bin nicht dumm, Lillian. Unterschätz mich nicht. Aber ich vertraue darauf, dass du eigentlich genau weißt, was gut für dich ist." Er lächelte und legte sich dann ihre Hand in seine Ellenbeuge. Dann führte er sie in Richtung ihres Wagens. "Ich hatte eigentlich gedacht, dass du in unserer gemeinsamen Zeit schon erkannt hast, dass du mit mir besser zurechtkommst."

Sie versteifte sich völlig automatisch, wollte ihm so gern widersprechen, aber sie traute sich nicht. Sie musste nur bis zu ihrem Auto kommen, dann konnte sie zu Slade fahren und sie würden eine Lösung finden.

Christopher hielt an, als hätte er die Veränderung gespürt. "Bist du etwa noch immer wütend wegen meinem kleinen Seitensprung?"

Sie war wirklich wütend, aber mehr, weil sich seine Frage nach einem Vorwurf anhörte. Christopher selbst war ihr egal. Er konnte vögeln, wen auch immer er wollte.

"Ich bitte dich, Lillian. Es war nicht meine Schuld. Würdest du ein bisschen mehr auf mich hören, auf deine Ernährung achten und Sport machen, hättest du die gleiche Figur wie sie."

Lilly biss die Zähne zusammen, musste sich zwingen, nichts zu sagen, sondern einfach nur zu nicken.

Er tätschelte ihre Hand und zog sie dann weiter in Richtung Auto. "Keine Sorge. Auch das bekommen wir wieder hin. Ich habe auch schon mit Charles Bloming gesprochen. Du bekommst deinen Job wieder und wir werden wieder ein Team."

Mechanisch nickte sie. Ein Team ... am liebsten hätte sie laut gelacht. Sie würde die Arbeit machen und er würde sich vor den Kunden und ihrem Chef als das Superhirn darstellen.

Wahrscheinlich war das auch der einzige Grund, warum er sie zurückhaben wollte, warum er überhaupt hier aufgetaucht war. Er brauchte sie, damit niemandem auffiel, wie unfähig er eigentlich in seinem Job war.

Anders konnte es kaum sein. Sonst hatte er doch an ihr nie ein gutes Haar gelassen, hatte immer versucht, alles an ihr zu ändern.

Wut stieg in ihr auf, als sie endgültig begriff, wie berechnend Christopher war. Wie sie sich von ihm hatte ausbeuten lassen, ohne wirklich darüber nachzudenken. Sie hatte alles geschluckt und alles für ihn getan, aber es war niemals genug gewesen.

Sie lächelte über ihre eigene Dummheit, als sie an ihrem Wagen ankamen.

Christopher schien kurz irritiert und erwiderte ihr Lächeln dann, als wäre sie ein dummes Kind, das überhaupt nichts verstand.

Natürlich dachte er das von ihr, dachte, dass er sie wieder unter Kontrolle hatte. Schließlich hatte genau diese Masche doch immer funktioniert.

Je mehr Distanz sie emotional zu ihm hatte, desto klarer wurde ihr, wie unglaublich dumm sie gewesen war.

"Lillian ..." Ungeduldig hielt er ihr die Hand entgegen, bis sie verstand und ihm den Wagenschlüssel reichte. Ein Gentleman war er schon immer gewesen und ließ sich wohl auch in so einer Situation nicht aus der Rolle bringen.

Er öffnete die Wagentür und half ihr beim Einsteigen. Seine Augen verengten sich ein wenig, als er sie musterte. Vielleicht roch er den Braten und ahnte, dass etwas nicht stimmte.

Schließlich schüttelte er aber den Kopf und sagte: "Schnall dich an und melde dich, wenn du soweit bist."

Lilly nickte erneut und konnte ein erleichtertes Seufzen gerade noch unterdrücken, das sie mit Sicherheit verraten hätte.

Mit zitternden Händen lenkte sie den Wagen aus der Tiefgarage und konnte es kaum erwarten, dass sich die Bluetooth-Verbindung herstellte.

Als endlich das Symbol im Cockpit des Autos aufleuchtete, atmete sie erleichtert auf. Alles würde gut werden. Sie musste nur mit Slade reden, dann würde sie einen Weg finden.

Slade war ihr Fels in der Brandung, er würde sie erden, damit sie sich beruhigen konnte und Kraft zum Nachdenken hatte.

SLADE

"Sie ist nicht gut für dich", jammerte Deacon zum gefühlt einhundertsten Mal, seit Hazel Slades Büro verlassen hatte.

Slade hob eine Hand, um ihn zum Schweigen zu bringen, als sein Handy klingelte. Schon am Klingelton erkannte er, dass es Lilly war, die ihn erreichen wollte.

"Warte einen Moment", sagte er zu Deacon, der weiter auf ihn einredete. Aus irgendeinem Grund fand dieser Hazel total beschissen und wollte partout nicht, dass Slade sie behielt.

"Babe?", fragte er und runzelte die Stirn. Lilly rief ihn nie einfach so an, kurz bevor sie Feierabend hatte und bei ihm sein würde.

Eigentlich war sie diejenige, die immer wieder sagte, wie unnötig es sei zu telefonieren, wenn sie sich doch sowieso treffen würden.

"Hey, bist du im Club?" Sie klang ein wenig gehetzt, was seinen Verdacht nur bestärkte.

"Ja, was ist los?"

Es klang, als würde sie schniefen, was ihn nur noch mehr verrückt machte. "Christopher … er war da …"

Sein Herz setzte einen Schlag aus. Er würde diesem Typen ein für allemal klar machen müssen, dass er sich von Lilly fernhalten sollte. Und er würde es nicht gerade freundlich tun. "Wo da, Babe? Soll ich dich abholen?"

"Er hat mich in der Tiefgarage beim Arbeiten abgepasst. Nein, ich bin schon unterwegs."

Unter Deacons kritischem Blick lief er auf und ab. "Hast du es gleich gemeldet? Wir müssen etwas gegen ihn unternehmen … ich werde ihn umbringen, wenn ich ihn in die Finger bekomme!"

"Nein … hör auf, Slade. Ich hätte dich nicht anrufen sollen", sagte sie. Es rauschte ein wenig in der Leitung, also musste sie schon in der Unterführung bei dem Supermarkt in der Nähe von Adam sein.

"Es war genau die richtige Entscheidung", beschied er und runzelte die Stirn. Er musste nachdenken, brauchte eine dauerhafte Lösung für das Problem. "Komm zu mir, Babe." Er rieb sich über die Augen.

Es würde alles gut werden. Solange Lilly bei ihm war, würde alles wieder in Ordnung kommen.

"Ich bin gleich da", sagte sie leise, dann ertönte das Freizeichen.

"Was ist los?", fragte Deacon und klang sehr besorgt.

Slade gab ihm eine Kurzfassung und beobachtete mit gerunzelter Stirn, wie Deacon zu seinem Computer ging.

"Was tust du?", fragte Slade, als Deacon zu tippen begann.

"Wie heißt die Firma, in der Lilly arbeitet?"

Slade trat um den Schreibtisch herum. "Smith and Millers Marketing oder so. Was machst du da? Ich hatte den Computer doch gesperrt!"

Deacon sah ihn mit diesem Meinst-du-wirklich-das-wäre-ein-Problem-für-mich-Blick an. Dann tippte er einige Zeit irgendwelche für Slade absolut nicht verständlichen Buchstaben und Zahlenkombinationen auf blaue und schwarze Hintergründe.

Er wollte schon fragen, was Deacon mit diesem Scheiß bezweckte, als plötzlich eine schwarz-weiße Videoaufnahme in schlechter Qualität auf dem Bildschirm erschien.

Fassungslos beobachtete Slade, wie Lilly in die Garage kam und von ihrem Ex grob abgefangen wurde. Sein gesamter Körper spannte sich an, als dieses Arschloch sie gegen die Säule drückte und bedrängte.

Dann drückte dieser Drecksack seine Lippen auf Lillys. Mit voller Wucht ließ er seine Faust auf den Schreibtisch krachen.

Das Blut rauschte laut in Slades Ohren. Er spürte den Schmerz in seiner Hand noch nicht einmal, während er fassungslos beobachtete, wie dieser Typ seine Lilly zum Auto brachte.

Die Tür seines Büros öffnete sich und Lilly trat herein. Sie sah so blass und zerbrechlich aus, dass sich Slades Magen zusammenschnürte.

In wenigen Schritten war er bei ihr und riss sie in seine Arme. Ihr vertrauter Pfirsichduft hüllte ihn ein. Zusammen mit der Wärme ihrer Umarmung machte das alles irgendwie ein klein bisschen besser, ein klein bisschen erträglicher.

"Es ist alles okay, Slade", flüsterte sie und erst jetzt bemerkte er, dass er vor Anspannung zitterte.

"Nichts ist okay", knurrte er. Es war erst okay, wenn dieses Arschloch aus der Stadt verschwunden war. "Wir haben das Video angesehen. Ich weiß, wie der dich bedrängt hat", fügte er dann leise hinzu.

Lilly verspannte sich für einen Moment, dann schmiegte sie sich wieder fester in seine Arme. "Der Gedanke an dich hat mir geholfen", flüsterte sie und streichelte über seinen Nacken.

Ihre Berührung und ihre Worte waren Balsam auf seiner Seele.

"Ich hab mir immer nur gedacht, dass ich gleich zu dir fahren kann, dass alles gut werden würde, sobald ich in deinen Armen liege. Und ich hatte recht. Alles ist in Ordnung, solange ich bei dir bin."

Slade presste seine Lippen auf ihre Schläfe, dann schob er ihren Kopf zurück und küsste ihren Mund. Er wollte jede Erinnerung an dieses Arschloch auslöschen, wollte Lillys Lippen wieder zu den seinen machen.

Sie klammerte sich an ihn und erwiderte den Kuss, als hätte sie genau dasselbe im Sinn. Ihr Mund war heiß und gierig, ihre Haut unter seinen Händen so unendlich weich.

Als Deacon sich räusperte, beendete er den Kuss, wenn auch nur widerwillig.

"Ich will ja nicht stören, aber ich glaube nicht, dass der Typ einfach so aufhören wird. Wir brauchen einen Plan."

Slade zog Lilly zurück an seine Brust, wollte nicht, dass sie sich mit diesem Scheiß auseinandersetzen musste. Sie hatte schon viel zu lange unter diesem Arschloch gelitten.

Sie drehte sich in seinen Armen, bis sie Deacon ansehen konnte und mit dem Rücken an Slade gelehnt da stand.

"Hallo Deacon", sagte er und Slade konnte sehen, dass sie ein wenig rot wurde.

"Hey Lilly. Ich hab das Video gespeichert, aber wir haben leider keine Tonspur von dieser Überwachungskamera."

Slade bemerkte, dass Deacon Lillys Blick auswich. Er war sich ziemlich sicher, dass Deacon das ihr zuliebe tat, um sie so wenig wie möglich unter Druck zu setzen.

Sie legte ihre Hände auf Slades, die noch immer auf ihrem Bauch ruhten. Dann räusperte sie sich und erzählte, was genau zwischen Christopher und ihr vorgefallen war.

"Also habe ich nur zwei Tage", schloss Lilly ihren Report und rieb sich über die Stirn.

"Du musst mit deinem Boss reden, Lilly. Und wir brauchen einen Anwalt, damit dieser ein Kontaktverbot erwirken kann", sagte Deacon und tippte bereits auf seinem Handy.

Slade fand, dass es wichtigere Dinge gab. Zum Beispiel musste jemand diesem arroganten Drecksack mal richtig die Fresse polieren.

Er schob Lilly zu dem kleinen Sofa in der Ecke und zwang sie, sich hinzusetzen.

"Ich muss Adam anrufen", sagte er und strich ihr eine Strähne hinters Ohr. Lilly sah bezaubernd aus, wie jede verdammte Minute des Tages. Selbst jetzt, da sie unsicher auf ihrer Unterlippe kaute, betete Slade sie an.

"Ich weiß nicht, ob das die richtige Idee ist, Slade … ich will Faith nicht verunsichern."

Slade schnaubte. "Es geht ihr gut und sie wird dir verdammt nochmal die Hölle heiß machen, wenn du sie einfach ausschließt."

Lilly nickte. Um sie von ihren trüben Gedanken abzulenken, zog er mit dem Daumen die Unterlippe zwischen ihren Zähnen hervor. Dann küsste er sie flüchtig.

"Hör auf, darauf rum zu beißen. Sie gehört mir und ich brauche sie noch unversehrt."

Daraufhin lächelte sie und Slade fühlte sich unbeschreiblich gut.

"Hallo Aiden, endlich erreiche ich dich!"

Schlagartig war es um Slades Lächeln geschehen. Er drehte sich auf dem Absatz um und funkelte Deacon finster an.

Dieser machte nur eine wegwerfende Handbewegung und schilderte Aiden das Problem.

Aiden war noch immer nicht bemerkenswert in Slades Ansehen gestiegen. Was auch ein bisschen damit zu tun haben könnte, dass er Lilly anhimmelte.

Lilly verflocht ihre Finger mit seinen und erinnerte ihn daran, dass er sie für sich gewonnen hatte und Aiden ihn einen Scheiß interessieren musste.

Das machte alles irgendwie ein klein wenig erträglicher.

Mit seiner freien Hand zog er sein Handy hervor und informierte Adam, während er mit halbem Ohr belauschte, wie Deacon einen Termin mit Aiden vereinbarte.

Egal was es war, zusammen mit Lilly und seinen Freunden würde er alles meistern.

LILLY

Slades Hände lagen schwer auf ihren Schultern, während sie Lucas, dem Anwalt, den Aiden kannte, alles schilderte, was in den letzten Wochen zwischen Christopher und ihr vorgefallen war.

Mittlerweile fiel es ihr beinahe leicht, darüber zu sprechen. Nachdem sie erst Faith und Adam, dann Liam und Nick alles berichten musste, war sie nun schon fast in Übung.

Slades Freunde waren gekommen, um ihn zu unterstützen und damit auch sie. Es fühlte sich gut an, dass da Menschen waren, die ihr helfen wollten.

"Okay, ich habe soweit alles zusammen. Du solltest mit deinem Boss sprechen, Lilly. Er sollte darauf vorbereitet sein. Am besten so bald wie möglich."

Sie nickte. Dann wandte sich Lucas an Slade und begann, leise mit ihm zu reden. Durch den Raum hindurch fing sie Aidens Blick auf.

Er wirkte irgendwie nachdenklich, also ging Lilly zu ihm hinüber.

"Hey", sagte sie lächelnd und lehnte sich neben ihn an die Wand.

"Selber hey", gab er ebenfalls lächelnd zurück. Aber irgendetwas stimmte nicht mit seinem Lächeln, es wirkte angestrengt.

"Alles okay?"

Aiden nickte. "Bin erst vor vier Tagen zurück in die Stadt gekommen … falls du dich gefragt haben solltest, wohin ich verschwunden bin."

Lilly konnte sich gerade noch beherrschen, nicht zusammenzuzucken. Tatsächlich war ihr überhaupt nicht aufgefallen, dass Aiden untergetaucht war.

Er stupste sie mit dem Ellenbogen an. "Du und Slade also?"

Unsicher nickte sie und biss sich auf die Unterlippe. Sie wollte Aiden nicht vor den Kopf stoßen, hatte ihn niemals verletzen wollen.

"Du weißt, dass ich dich nicht … benutzen wollte oder etwas in der Art …", murmelte sie.

Aiden nickte. "Natürlich. So falsch bist du nicht. Es hat eben einfach nicht gepasst." Sein Lächeln war irgendwie traurig und damit brach er Lilly das Herz. Sie nahm ihn in den Arm und drückte ihn an sich.

"Danke, für alles, Aiden", flüsterte sie und meinte damit mehr als nur den Kontakt zu Lucas.

"Selbstverständlich. Ich hoffe, du wirst glücklich", gab er ebenso leise zurück.

Lilly nickte an seiner Schulter. "Das hoffe ich für dich auch."

Sie spürte Slades Blick und löste sich mit einem entschuldigenden Lächeln von Aiden.

Dieser zuckte nur die Schultern. "Immerhin meint er es ernst, wenn er dich mir schon wegnehmen musste."

Lilly lachte und schmiegte sich dann an Slade, als dieser mit einer erhobenen Augenbraue zu ihnen kam. Gott sei Dank war sein Ego mehr als groß genug, um diese Szene zu verkraften.

Nachdem Lucas, Aiden, Nick und Liam gegangen waren, sagte Faith: "Du solltest jetzt gleich zu deinem Chef gehen."

Lilly schüttelte den Kopf. "Das macht keinen Sinn. Er wird gar nicht mehr im Büro sein. Ich gehe gleich morgen Früh zu ihm", versicherte sie Faith und lächelte ihre besorgt dreinblickende Freundin an. "Apropos zu spät, müsst ihr nicht langsam in den Club?", fragte sie, um Faith abzulenken.

Adam nickte. "Ich schon. Faith hat heute frei."

"Hast du etwa tatsächlich jemanden gefunden, der bei dir arbeiten möchte?", fragte Slade und schlug ihm leicht mit der Faust auf die Schulter.

"Klar. Bin ja nicht so unendlich anspruchsvoll wie du", gab Adam mit einer erhobenen Augenbraue zurück. "Außerdem hast du ihn schon kennengelernt", fügte Adam breit grinsend hinzu.

"So?"

Er nickte. "Erinnerst du dich an Milo?"

Lilly erinnerte sich nicht, aber Slade anscheinend sehr wohl, so wie dessen Augen aufblitzten. "Der Schönling."

Adam lachte. "Genau der. Er wird die Kundschaft verzaubern, genauso wie deine Frau."

Bis auf Slade lachten alle. Dann sagte Faith: "Ich könnte also noch ein bisschen hierbleiben. Ein Mädelsabend sozusagen."

Fragend sah Lilly zu Slade. Schließlich war es seine Wohnung und es gab eigentlich keinen Platz, wohin er sich zurückziehen konnte.

"Ich muss sowieso nochmal los, also macht euch ruhig einen schönen Abend", sagte Slade lächelnd.

Irgendetwas an diesem Lächeln gefiel Lilly nicht, aber im nächsten Moment lag sie auch schon in Faiths Armen, die aufgeregt schnatterte.

"Aber lass deine Haare in Ruhe, Faith", sagte Adam und sah ein wenig gequält drein.

Faith verdrehte die Augen und scheuchte die beiden davon.

Als die Tür hinter ihnen ins Schloss fiel, sagte sie: "Vielleicht sollte ich sie braun färben, damit er endlich wieder normal wird."

Lilly grinste. Es war schön zu sehen, dass sogar das perfekteste Pärchen nicht immer einer Meinung war.

Sie durchstöberten die wirklich sehr spärlichen Süßigkeitenvorräte von Slade, dann machten sie es sich zusammen auf dem Sofa gemütlich.

Ein Abend mit ihrer besten Freundin war genau das Richtige.

18 Hilfe

SLADE

"Und, wo gehst du wirklich hin?", fragte Adam und begleitete Slade auf den Parkplatz. Mit der Fernbedienung öffnete Slade die Garage der Viper.

"Ich will nochmal mit Drake sprechen." Irgendwie hatte Slade das Gefühl, dass Drake ihnen helfen konnte.

"Meinst du, das ist eine gute Idee?", fragte Adam und runzelte zweifelnd die Stirn.

Slade schüttelte den Kopf. "Nein, aber hast du eine bessere?"

"Nein. Kannst du mich am Club absetzen? Dann hat Faith für später das Auto da."

Slade nickte, dann stiegen sie beide in die Viper.

Der Typ vom Parkservice hätte nicht dümmer schauen können, als er sah, dass Slade in Jogginghose und Muscel-Shirt aus der Viper stieg, um ins Shoreless zu gehen.

Tony sah ihm grinsend entgegen und schüttelte den Kopf. "Du kannst dir viel erlauben, Slade, aber so kann ich dich echt nicht ins Restaurant lassen."

Slade grinste ebenfalls. "Du weißt genau, dass ich mir diesen Sternefraß spare, wann immer es geht. Ich will nur zum Boss. Wenn du ihm Bescheid sagst, geh ich gleich durch."

Tony griff nach seinem Handy. "Da verpasst du aber was. Heute gibt es irgend so einen Fisch, den ich nicht aussprechen kann, auf Grünzeug, das aussieht, als wäre es schon mal gegessen worden." Dann hob er einen Finger, um Slade zu bedeuten, dass dieser still sein sollte. "Boss? Der Boxer ist hier … mhm … mach ich." Tony nickte lächelnd nach drin. "Du sollst niemanden provozieren und dich beeilen, er ist im Stress." Dankend klopfte Slade Tony auf die Schulter und ging dann so unauffällig es einem Typ mit seinem extravaganten Aussehen eben möglich war, durch das Sternerestaurant.

Er schämte sich nie für seine Tattoos oder Piercings, aber in Kombination mit dem Shoreless waren sie unumstritten unpassend.

Ohne anzuklopfen, ging er in Andrews Büro. Dieser saß hinter seinem Schreibtisch und sah ihm mit einer angehobenen Augenbraue entgegen.

"Das Detail mit deinem Outfit hat Tony wohl geflissentlich unterschlagen", sagte er schließlich.

"Eifersüchtig?", fragte Slade und ließ die Brustmuskeln auf und ab hüpfen, obwohl ihm durchaus klar war, dass unter Andrews allgegenwärtigem Anzug ebenfalls ein trainierter Körper steckte.

"Auf deine Frau, ja", antwortete Andrew mit einem diabolischen Grinsen.

Zwar wusste Slade, dass Andrew ihn nur auf die Palme bringen wollte, dennoch war es schwer, auf diese Anspielung nicht einzugehen.

"Womit wir auch schon beim Thema wären." Slade warf die Tür zu und setzte sich Andrew gegenüber auf einen Stuhl.

"Du weißt, dass ich privates und geschäftliches strikt trenne." Zum ersten Mal schien Andrew nicht mehr ganz so gut gelaunt zu sein.

Slade zog einen USB-Stick hervor, den Deacon ihm gegeben hatte, bevor dieser am Abend den Club verlassen hatte.

Das silberne Gehäuse des kleinen Dings, das so viele Informationen enthielt, schimmerte unschuldig im Licht.

"Christopher versucht, Lilly dazu zu zwingen, zu ihm zurückzukommen."

Drake beobachtete ihn aus zu Schlitzen verengten Augen. "Welcher Mann würde eine Frau wie Lilly nicht zurückhaben wollen?"

Wieder eine Spitze, die nur dazu gedacht war, Slade aus der Fassung zu bringen. Er biss die Zähne zusammen und atmete dann lange aus. "Ja, von den offensichtlichen Gründen einmal abgesehen, gibt es aber noch andere. Auf diesem Stick sind die Beweise dafür, dass alle Projekte, mit denen Christopher wirklich Erfolg hatte, aus Lillys genialem Köpfchen stammen. Aller Schriftverkehr, den Christopher so geschickt hat verschwinden lassen, ist hier drauf."

Diesmal schien Andrew wirklich überrascht zu sein. Dann lehnte er sich zurück und verschränkte die Finger vor seinem Mund.

"Von Deacon nehme ich an?"

Slade nickte.

"Da hast du mich vor einer ziemlichen Fehlentscheidung bewahrt. Was willst du dafür?" Wie immer kam Drake gleich zur Sache. Auch die Tatsache, dass er die Dateien nicht einmal sehen wollte, wunderte Slade nicht.

Andrew wusste ziemlich genau, wann er wem wirklich vertrauen konnte. Irgendwie schien der Kerl einen Riecher dafür zu haben, wenn jemand ihn verarschen wollte.

"Wenn du diese Information zur richtigen Zeit weitergibst, würde mir das schon reichen."

Daraufhin grinste Andrew. "Du bist auf Rache aus."

Slade rieb sich über die Augen und gab Andrew eine Kurzfassung von dem, was zwischen Lilly und Christopher vorgefallen war.

"Und deshalb: Ja, ich möchte diesen Drecksack ein für allemal loswerden!"

Andrew nickte ernst. "Verständlich. Du kannst dich auf mich verlassen." Er streckte Slade die Hand entgegen. Die beiden schlugen ein.

"Danke."

Andrew grinste. "Kein Problem. Ich freue mich schon, in nicht allzu ferner Zukunft näher mit Lilly zusammenzuarbeiten."

Slade drückte Andrews Hand fast schon automatisch fester. "Ich mochte dich bislang nicht ganz ungern, Drake."

Kopfschüttelnd löste Andrew seinen Griff. "Keine Angst. Ich glaube auch nicht, dass ich sie überhaupt rum bekommen würde. Lilly ist eine Frau mit Klasse, zu der man dir nur gratulieren kann."

Fast schon überrascht über Andrews Rückzug nickte Slade.

"Danke. Sie ist wirklich perfekt."

"Heiraten könnt ihr dann hier", sagte Andrew zwinkernd, dann deutete er auf seinen Bildschirm. "Wenn du mich entschuldigst, ich habe ein Imperium aufzubauen."

Slade lachte, um das Chaos in seinem Inneren zu überspielen. Lilly zu heiraten, hörte sich nicht halb so abwegig an, wie es eigentlich sollte. Er liebte sie, also war es nur der natürliche nächste oder übernächste Schritt. Und dennoch … er war Slade, der ewige Einzelgänger, der noch nicht einmal seine Wohnung fertig ausgebaut hatte … und würde Lilly überhaupt Ja sagen?

Er schüttelte den Gedanken ab. Bevor er übers Heiraten nachdenken konnte, musste er das Problem mit ihrem Ex in den Griff bekommen.

"Bis bald, Boss", sagte Slade aus Gewohnheit.

"Bis bald, Boxer. Und sag dem Nerd, wenn ich ihn jemals dabei erwische, dass er auf meinen Computern unterwegs ist, reiß ich ihm seinen verdammten Arsch auf!"

Slade grinste, weil er sich ziemlich sicher war, dass es keinen Computer gab, auf dem Deacon sich nicht schon umgesehen hatte. Nur zum Spaß, wie dieser immer wieder versicherte.

Zuhause angekommen öffnete Slade die Tür und erwartete eigentlich Faith und Lilly zusammen zu sehen, aber Faith war schon weg. Lilly lag zusammengerollt auf seinem Bett und öffnete genau in dem Moment blinzelnd die Augen.

"Hey Baby", sagte er leise und ging zu ihr.

"Hey … wo warst du?", fragte sie und strich sich die Strähnen aus dem Gesicht.

Slade grinste. "Eifersüchtig?", fragte er und streifte sich die Schuhe von den Füßen.

"Quatsch", antwortete sie, aber die leichte Röte auf ihren Wangen verriet sie.

Er griff in seinen Nacken und zog sich das Shirt über den Kopf, während er zu ihr ging. Vor dem Bett angekommen schob er sich die Hose samt Shorts von den Hüften und legte sich dann zu ihr ins Bett. Ehe sie damit fertig war, ihn anzustarren, presste er seine Lippen kurz, aber leidenschaftlich auf ihre.

"Ich mag das, Babe. Eifersucht ist schließlich auch nur ein ziemlich deutliches Liebesgeständnis", sagte er zwinkernd und genoss es, wie ihre Verlegenheit sich in Luft auflöste.

"Ich kenne keinen Menschen, der so sehr von sich selbst überzeugt ist wie du!"

Grinsend rollte er sich auf sie. "Ich gebe dir ein bisschen was davon ab, wenn …"

Sie hob eine Augenbraue. "Wenn?"

"Nun ja … du müsstest dich erkenntlich zeigen", raunte er und biss sie zärtlich in die Unterlippe.

Plötzlich änderte sich ihr Gesichtsausdruck. Erst konnte er es nicht zuordnen, doch dann legte sie ihre Hände an seine Wangen und küsste ihn unendlich zärtlich auf die Lippen.

"Ich danke dir", flüsterte sie.

Diesen plötzlichen Stimmungsumschwung konnte er nicht wirklich deuten, deshalb versuchte er, es einfach mit einem frechen Lächeln zu überspielen. "Für was? Den unglaublichen Sex, oder diesen Körper, oder …"

Die Tränen, die auf einmal in ihren Augen schwammen, brachten ihn so durcheinander, dass er mitten im Satz abbrach.

"Was ist los, Babe?", fragte er beunruhigt.

"Genau dafür", flüsterte sie. "Dass du für mich da bist, dass du mich zum Lächeln bringst. Dass du riesiger, unverschämt gutaussehender, arroganter, liebenswerter Kerl jemanden wie mich lieben kannst."

Sein Herz schnürte sich zusammen. Er wollte nicht, dass sie noch eine Sekunde länger so schlecht über sich dachte. "Was redest du da?" Er nahm ihr Gesicht in beide Hände. "Hör auf damit, Lilly. Du bist alles, was ich will, weil du verdammt nochmal perfekt bist!"

Erneut presste sie ihre Lippen auf seine, doch er wich zurück. "Lenk mich nicht ab!"

Ihr Grinsen ließ ihn ebenfalls lächeln. Dann streichelte er mit beiden Daumen über ihre Wangenknochen, wischte die Tränen beiseite.

"Ich würde alles dafür geben, wenn du dich nur einen Tag lang mit meinen Augen sehen könntest. Wenn du mir glauben könntest, wie unglaublich perfekt du bist." Er hörte selbst, wie rau seine Stimme klang. "Ich werde es dir beweisen, Honey. Ich werde dir jeden verdammten Tag zeigen, was du mir wirklich bedeutest … wie sehr ich dich liebe."

Seine Brust schnürte sich zusammen, als ihre Tränen immer schneller über ihre Wangen liefen. Er fühlte ihre heiße Haut unter seinen Händen und die kühle Nässe, die darüber lief.

Sie schlang ihre Beine um seine Mitte und presste ihn an sich. Er spürte ihre Hitze, und obwohl er es nicht wollte, reagierte sein Schwanz darauf. Es fühlte sich einfach zu verdammt gut an.

"Babe … so war das nicht geplant …", flüsterte er und suchte ihren Blick, aus den tränennassen Augen.

"Du machst mich besser, Slade. Du machst mich vollständig", flüsterte sie und die Hände strichen federleicht über seinen Rücken."Du lässt mich sein, mit dir bin ich frei. Du hast mir mich selbst zurückgegeben."

Sie kippte ihr Becken so, dass die Spitze seines Schwanzes direkt vor ihrer Öffnung lag, dann zog sie ihn mit ihren Beinen langsam näher.

Durch ihre Nässe glitt er beinahe mühelos in ihre Enge. Es fühlte sich so unbeschreiblich gut an, dass er stöhnend die Augen schloss.

Lilly klammerte sich an ihn und auch er versuchte, ihr so nah wie nur möglich zu sein. Er wollte jeden verdammten Millimeter ihres göttlichen Körpers spüren, auch wenn ihm dadurch der Anblick verwehrt blieb.

Sie bewegten sich wie eins, als wären sie seit Jahrzehnten, nicht erst seit Wochen zusammen. Und genauso fühlte es sich immer mit ihr an. Perfekt, als könnte nichts dieses Gleichgewicht zwischen ihnen ins Wanken bringen.

Ihr heißer Atem an seinem Ohr, das Keuchen und die geflüsterten Liebkosungen machten ihn verrückt. Immer schneller und tiefer drang er in sie ein, spürte die Kontraktionen in ihrem Inneren.

"Babe …", keuchte er, als er spürte, wie es tief in ihm zu brennen begann, und das Ziehen in seinem Hoden von dem nahenden Höhepunkt sprach.

"Ich liebe dich", flüsterte sie und presste ihn dann so tief in sich, dass er den Orgasmus nicht mehr zurückhalten konnte. Er hielt sie fest an sich gepresst und ergoss sich schier endlos in ihr.

Nur am Rande bekam er mit, wie Lilly ebenfalls kam und dabei seinen Namen flüsterte, als wäre er etwas Besonderes.

Dabei war sie es doch, die ihn immer wieder überraschte, die ihm gezeigt hatte, dass die Liebe es wert war, auch das Leid zu ertragen.

Sie war es, die alles für ihn war, die für den Rest seines Lebens an erster Stelle kommen würde.

"Ich liebe dich", raunte er, als er seine Atmung wieder annähernd unter Kontrolle hatte.

Ihr zufriedenes Seufzen war Musik in seinen Ohren.

19 Beweise

LILLY

"Und ich weiß auch, dass er behaupten wird, dass er mich all die Jahre nur mitgezogen hat, dass ich nichts zu den Projekten beigetragen habe, aber das stimmt nicht." Flehentlich sah sie ihren Vorgesetzten an.

Genau genommen hatte sie nicht erwartet, dass er ihr glauben würde. Warum auch? Nicht einmal ihr alter Boss Charles Bloming, für den sie fast fünf Jahre gearbeitet hatte, wollte ihr Glauben schenken.

Warum sollte also dieser ihr eigentlich fremde Mann es tun?

In diesem Moment schwor sie sich, dass sie Deacon küssen würde, wenn sie ihn das nächste Mal sah. Sie zog den USB-Stick mit den Videoaufnahmen aus dem Parkhaus und dem Schriftverkehr, den Deacon von Christopher stehlen konnte, hervor.

"Hier sind alle Aufnahmen und Emails, die meine Aussage beweisen können. Alles, was ich mir wünsche, ist eine faire Chance, neu anzufangen, ohne dass er es mir kaputt machen kann", sagte sie ehrlich.

Mr. Button schob den Stick zurück über den Tisch und Lillys Herz blieb stehen. Hatte Christopher ihn etwa schon so weit eingewickelt, dass er sich nicht einmal mehr von Beweisen überzeugen lassen wollte?

Sie schluckte schwer und nahm den USB-Stick wieder in die Hand.

"Schlussendlich ist es doch so, Lilly. Für uns hat sich nichts geändert. Wenn Sie das Projekt von Mr. Drake umsetzen, haben Sie den Job. Wenn nicht, werden wir getrennte Wege gehen. Aber wenn es wirklich so ist, wie Sie sagen, dann sollten Sie ja keine Probleme haben, Ihren Konkurrenten auszustechen." Er räusperte sich. Der nächste Teil schien ihm deutlich mehr Unbehagen zu bereiten. "Für Ihre privaten Probleme haben wir natürlich Verständnis. Bis Sie die Anklage soweit haben, können wir Ihnen anbieten, dass Sie von Zuhause aus arbeiten", sagte er.

Erleichtert sackte sie in sich zusammen. Nicht nur, weil sie tatsächlich eine Chance bekam. Der Gedanke, dass Christopher sie wieder abfangen könnte, hatte ihr schon die ganze Zeit über schwer im Magen gelegen. Genau aus diesem Grund hatte Slade sie heute zur Arbeit gefahren, und würde sie anschließend auch wieder am Haupteingang abholen.

"Danke … Vielen Dank!", sagte sie und musste blinzeln, um die Tränen zu vertreiben.

"Nichts zu danken. Und nun sehen wir uns einmal an, was Sie bislang für Mr. Drake ausgearbeitet haben. Abgabe für die erste Präsentation ist morgen, oder?"

Lilly nickte und zog die passenden Unterlagen hervor. Sie würde das schaffen! Fachlich war sie Christopher haushoch überlegen, sie musste es nur ein für allemal beweisen.

Körperlich hatte sie ihm nichts entgegenzusetzen, aber sie hatte Slade, der ihr den Rücken freihielt. Zusammen mit ihm, Aiden und Lucas würde sie sich ein neues Leben erkämpfen. Nie wieder wollte sie sich so von Christopher in die Enge treiben lassen. Nie wieder wollte sie aufgeben.

Sie war stark genug!

Lächelnd öffnete sie die Powerpoint Präsentation und stellte ihre Pläne fürs Shoreless vor. Dass es das Richtige für Drake war, da war sie sich sicher!

SLADE

"Hey Baby", sagte er, als Lilly aus der Tür des Bürogebäudes trat.

Ihr Lächeln verriet ihm, dass sie gute Nachrichten mitbringen würde.

Er lehnte mit dem Rücken an der Beifahrertür der Viper und breitete die Arme aus, um Lilly aufzufangen, als sie sich an seinen Hals warf. "Hi", hauchte sie.

"Es scheint, als sei dein Gespräch gut gelaufen?", fragte er und küsste ihren Hals.

"Mehr als das!" Lächelnd lehnte sie sich zurück. Ihre Augen leuchteten förmlich, so glücklich war sie. "Sie sind von meinem Ansatz begeistert. Die Unterlagen sind schon heute Mittag an Drake gegangen."

Sie schlang ihre Arme um seinen Hals und küsste ihn hart auf den Mund, noch ehe er zu einer Antwort ansetzen konnte. Ihre Lippen waren genauso weich und perfekt wie am Morgen, als er sie an genau dieser Stelle abgesetzt hatte.

Seine Hände wanderten auf ihren Hintern, kniffen fest hinein und zogen sie an sich, damit sie spürte, was sie alles in ihm auslöste. Er war sich sehr sicher, dass er niemals genug von ihr bekommen würde.

Erst Minuten später löste sie ihre Lippen von seinen. Ihre Augen waren trüb vor Verlangen. Er wusste genau, was sie empfand.

Dann wurde ihr Lächeln sanfter. "Es wird wirklich alles gut, weißt du? Alles wird richtig gut und ich kann endlich neu anfangen."

Er hob eine Hand und streichelte ihr sanft über die Wange. "Mit mir, hoffe ich", flüsterte er, weil er immer noch manchmal Angst hatte, dass sie wieder gehen könnte. Er hatte Angst, dass er allein zurückbleiben würde, mit der Erinnerung an eine Frau, die von keiner anderen ersetzt werden konnte.

Sanft fuhr sie mit ihren Lippen über seine, schmiegte sich ganz nah an ihn. "Mit niemandem sonst. Nie mehr."

Sein Magen verkrampfte sich bei dem Gedanken an die Erkenntnis, die ihn bei Andrew ereilt hatte. Er liebte Lilly. Er liebte sie so sehr, dass er sie für immer bei sich haben wollte.

Aber er war sich ziemlich sicher, dass es zu früh war, um ihre Hand anzuhalten. Mit einem Korb würde er definitiv nicht umgehen können.

Außerdem war im Moment so viel Chaos um Lilly herum, dass sie überhaupt keinen Kopf für seine verliebten Spielereien haben konnte.

Aber es gab ja noch eine Alternative. Eine Vorstufe quasi.

"Ist das nicht wunderbar?", fragte sie in diesem Moment und Slade fiel auf, dass er ihr überhaupt nicht zugehört hatte.

Natürlich hatte er gesehen, dass sich diese wunderbaren, unglaublich weichen Lippen bewegten, aber er war wieder einmal von seinen eigenen Gefühlen überwältigt worden.

Fieberhaft suchte er nach einer Ausrede, die nicht so klang, als sei er das weichste, gefühlsdusligste Weichei auf Gottes schöner Erde.

"Du hast mir überhaupt nicht zugehört, oder?"

Sein Blick schnellte nach oben und fand ihren. "Tut mir leid, Baby … diese Lippen …"

Lilly schlug ihn auf die Brust. "Ich erzähle dir, dass ich die kommenden Wochen von Zuhause arbeiten darf und du denkst an einen Blowjob?"

Vielen Dank für die Ausrede!

Er lächelte entschuldigend. "Weißt du … so ein richtiges Zuhause hast du eigentlich nicht … wie willst du denn arbeiten, wenn die ganze Nacht Party im Club ist?"

Sie biss sich auf die Unterlippe. "Solange ich den Job nicht fix habe, kann ich mir keine eigene Wohnung leisten."

Slade zog sie noch näher an sich. "Du könntest bei mir einziehen … ich hab ein leer stehendes Büro und ein großes Bett …"

Lilly sagte nichts und Slade war sich nicht ganz so sicher, ob das gut oder schlecht war. Schließlich vergrub sie den Kopf an seinem Hals. Ihre Nase war bitterkalt und erst da fiel Slade auf, dass sie immer noch im Freien standen.

"Überleg es dir einfach. Ich hätte dich gern bei mir … für immer", schob er etwas unsicher hinterher.

Sie hob den Kopf und sah ihn forschend an. "Hast du dir das gut überlegt?"

Er lächelte überheblich. "Babe, ich weiß immer, was ich will. Ich will dich, bei mir."

Ihre Mundwinkel zuckten leicht. "Wir können es ja mal … auf Probe versuchen", sagte sie und er konnte ein triumphierendes Lächeln nicht verbergen.

"Danach wirst du mir sowieso nicht mehr widerstehen können", sagte er großspurig und schob sie zur Seite, um ihr die Wagentür zu öffnen.

Ihr Lächeln veränderte sich in eine Richtung, die Slade nicht allzu gern mochte. "Aber du überlegst es dir vielleicht anders …", sagte sie beim Einsteigen.

Als sie im Auto saß, beugte er sich noch einmal zu ihr und küsste sie zärtlich auf die Lippen. "Ich überlege es mir nicht anders, weil du perfekt bist und ich alles dafür tun werde, dich zu behalten." Dann legte er ihr den Sicherheitsgurt um. "Und ich werde dir das solange beweisen, bis du mir endlich glaubst, dass ich dich liebe."

Ehe sie antworten konnte, drückte er seine Lippen auf ihre, richtete sich wieder auf und warf die Tür zu.

Ende der Diskussion.

LILLY

Ein wenig verdutzt saß sie neben Slade, während dieser die Viper zum Boxclub fuhr. Konnte er das wirklich ernst meinen? Hatte er sich überhaupt überlegt, was es hieß, wenn sie bei ihm einzog?

Das Klingeln ihres Handy riss sie aus ihren Überlegungen. Ohne hinzusehen, hob sie es an ihr Ohr.

"Ja, hallo?"

"Lillian. Wie ich sehe, hast du den Kerl noch immer nicht in die Wüste geschickt. Muss ich mich erst um deinen Job kümmern?"

"Christopher … ich … nein!"

Plötzlich riss Slade ihr das Telefon aus der Hand und unterbrach die Verbindung.

"Sprich nicht mit ihm!"

Schockiert blinzelte sie. Was war denn auf einmal los mit ihm?

Dann schüttelte er den Kopf und wendete den Wagen. Er griff nach Lillys Hand und zog sie an seine Lippen. "Es tut mir leid, Babe. Was ich sagen wollte: Du sollst nicht mit ihm sprechen, bis Deacon dieses

Aufnahmeding programmiert hat, von dem er mir heute Vormittag erzählt hat. Wir haben schon damit gerechnet, dass Christopher sich wieder bei dir melden wird, sobald er merkt, dass nicht alles nach seinem Plan läuft."

Slade atmete tief durch und Lilly nutzte die Chance, um zu Wort zu kommen. "Ihr wollt was tun?"

Slade grinste. "Die Anrufe aufzeichnen, damit wir etwas mehr gegen ihn in der Hand haben. Deacon ist schon dran. Das wollte ich dir eigentlich gleich erzählen, aber dann hast du mich abgelenkt."

Lilly zog die Augenbrauen nach oben und Slade lachte. "Hey! Da waren deine Lippen und du hast Dinge von einem Blowjob erzählt und dann, dass du bei mir einziehst. Was erwartest du? Da kann sich doch kein normaler Mann mehr konzentrieren."

Lachend lehnte Lilly sich in ihrem Sitz zurück. Slade machte es ihr so verdammt leicht, all die Probleme zu vergessen und auf eine unbeschwerte Zukunft zu hoffen.

"Du bist ein unmöglicher Mann, Slade! Unmöglich, aber ich liebe dich trotzdem", sagte sie und spürte gleich darauf, wie er ihre Hand erneut an seine Lippen zog, um die Knöchel zu küssen.

"Solange du das nicht vergisst, ist alles in Ordnung, Baby. Alles andere habe ich für dich im Griff. Versprochen."

Auch wenn sie die ausgelassene Stimmung nur ungern wieder verlieren wollte, musste sie doch aussprechen, was ihr auf der Seele lag.

"Also ... was habt ihr vor?", fragte sie vorsichtig.

Slades Miene verfinsterte sich sofort. "Wenn es nach mir geht, suche ich den Kerl und poliere ihm so lange die Fresse, bis er nie wiederkommt."

Lilly lächelte unsicher. Irgendwie war sie sich ziemlich sicher, dass Slade genau das tun könnte, wenn er Christopher in die Finger bekam.

"Okay ... und der offizielle Plan?"

Sein Lächeln wurde durchtrieben. "Wir sammeln Beweise, um das Kontaktverbot zu erwirken, und gleichzeitig machen wir ihm mit allem, was wir bereits haben, das Leben von jeder nur erdenklichen Seite zur Hölle."

Lilly lächelte unsicher. Es klang so einfach, dass es fast zu schön war, um wahr zu sein. Konnte sie ihn wirklich einfach so loswerden?

Slade schien sich sicher zu sein und auch seine Freunde schienen davon überzeugt, dass alles gut werden würde.

Vielleicht sollte sie ihnen einfach vertrauen. Vielleicht musste sie loslassen und darauf hoffen, dass alles gut werden würde.

Dr. Linken hatte ihr ebenfalls gut zugesprochen und ihr weiter Mut gemacht.

Sie hatte versprochen, dass sie bei einem Verfahren gegen Christopher aussagen würde und auch die medizinischen Unterlagen für den Prozess bereitstellen würde, die den emotionalen Missbrauch, der über so viele Monate begangen wurde, genau beweisen konnten.

Wenn alle Fakten und so viele Menschen hinter ihr standen, musste es einfach gut gehen.

Sie würde Vertrauen haben. Zusammen mit Slade konnte sie alles schaffen.

20 Vernichtet

LILLY

Es hatte schier endlose vier Wochen gedauert, in denen Lilly Christophers Anrufe und seine ständige Anwesenheit ertragen musste.

Selbst wenn sie zusammen mit Slade unterwegs gewesen war, hatte sie ihn immer wieder zwischen all den Menschen gesehen.

Manchmal hatte sie daran gezweifelt, dass sie Christopher wirklich jemals loswerden würde, ohne die Stadt und damit alle Menschen, die sie liebte, zu verlassen.

Lucas hatte ihr versichert, dass sie genügend Aussagen und Beweise hätten, um das Kontaktverbot zu erwirken, aber erst jetzt, da der Richter es erlassen hatte, konnte sie wieder atmen.

Es fühlte sich an, als hätte ihr jemand einen großen Stein von der Brust genommen und der Druck, der seit Monaten auf ihr lastete, wäre endlich verschwunden.

Sie durfte das Gebäude verlassen, während Christopher noch bleiben musste, bis sie außer Reichweite waren. Sie spürte seinen Blick beim Hinausgehen, sah ihn aber nicht an. Ab diesem Tag war er endgültig Vergangenheit und sie wollte ihn nie wieder sehen oder hören.

Als hätte Slade ihre Unruhe gespürt, legte er ihr einen Arm um die Schultern und küsste sie auf die Schläfe.

"Es ist vorbei, Baby. Du hast es geschafft", flüsterte er.

Sie legte ihm einen Arm um die Taille und lehnte ihren Kopf an seine Schulter.

"Ja, dank euch … dank dir." Und genauso meinte sie es. Ohne Slade hätte sie einfach aufgegeben, wäre weggelaufen und hätte damit auf so viele ihr lieb gewordenen Menschen in ihrem Leben verzichten müssen. "Ich liebe dich, Slade."

"Ich liebe dich auch, Baby."

SLADE

"Herzlichen Glückwunsch!" Zu sehen, wie Faith Lilly um den Hals fiel, machte Slade endgültig klar, dass sie es geschafft hatten.

Mit den Videoaufnahmen aus dem Parkhaus, einigen aufgezeichneten Drohanrufen der letzten Wochen und diversen Nachrichten von Christopher hatte Lucas ein Kontaktverbot für Lilly erwirkt.

Es waren schwierige Wochen gewesen. Jedes Mal, wenn dieser Idiot ihr eine Nachricht geschickt hatte oder ihr irgendwo aufgelauert war, hatte Lilly sich in sich zurückgezogen.

Mehr als einmal war Slade kurz davor gewesen, diesen Idioten zu suchen und ihm so lange die Fresse zu polieren, bis er sich nicht mehr auf einhundert Meter an Lilly heran traute.

Alles, was ihn davon abgehalten hatte, war die Aussicht, dass er Lillys Prozess gegen diesen Wichser empfindlich stören könnte.

Deshalb war es umso schöner, Lilly dabei zu beobachten, wie entspannt sie war und wie zuversichtlich sie in die Zukunft blickte.

Lucas stellte sich neben Slade. "Du weißt, dass das nicht zwangsläufig heißt, dass er sich auch wirklich daran halten wird."

Slade nickte. Manchmal machte ihm das ebenfalls Sorgen, aber Adam hatte ihn immer wieder beruhigt.

"Ja, theoretisch gebe ich dir recht. Aber jetzt, wo Lilly ihm gezeigt hat, dass sie nicht mehr nach seiner Pfeife tanzt und sich nicht mehr von ihm herum schubsen lässt, wird er das Interesse an ihr verlieren. Dieses Arschloch sucht doch jemanden, den er nach allen Regeln der Kunst unterdrücken kann."

Lucas nickte. "Da bin ich absolut deiner Meinung. Dennoch könnte es sein, dass er sich rächen möchte."

Auch darüber hatte Slade schon nachgedacht. "Stimmt. Aber ich denke, in der nächsten Zeit wird er erstmal mit sich selbst beschäftig sein … habe ich so im Gefühl."

Lucas grinste ihn an. "Hat Deacon den ein oder anderen Schriftverkehr an strategisch günstigen Stellen hinterlegt?"

Ebenfalls grinsend nickte Slade. "Ja, das hat er. Ein verflucht gerissener Hund. Den möchte ich nicht zum Feind haben."

Sie lachten beide, bis Lilly zu ihnen stieß und sich ausgiebig bei Lucas bedankte. Fast schon zu ausgiebig, wie Slade fand. Deshalb war er umso glücklicher, dass Faith sie unterbrach, ehe Slade es machen musste.

"Hey, wir wollen ins Central gehen und ein bisschen feiern. Was meint ihr?", fragte sie.

Faith lächelte so offen, wie Slade es selten bei ihr gesehen hatte.

Er schob einen Arm um Lillys Mitte und zog sie mit dem Rücken an seine Brust. Dass sie dadurch auch von Lucas weggezogen wurde, war natürlich reiner Zufall.

"Ich wäre dafür, was meinst du, Babe?", fragte er und presste seine Lippen knapp unter ihr Ohr. An dieser Stelle roch sie immer besonders gut nach Pfirsich und die Haut dort war immer so weich, dass er den ganzen Tag mit seinen Lippen darüberfahren wollte.

"Sehr gern", antwortete sie und schmiegte sich fester in seine Arme.

Für einen Moment schloss er die Lider und genoss einfach nur den Augenblick. Noch hatten sie nicht alle Hürden genommen. Vielleicht sogar nur einen kleinen Teil davon, dennoch fühlte es sich gut an, einfach mal durchatmen zu können.

Lilly drehte den Kopf und Slade öffnete widerwillig die Augen. "Alles in Ordnung?", fragte sie besorgt.

"Ich bin einfach froh, dass wir dieses Arschloch los sind."

Ein sanftes Lächeln erschien auf Lillys Zügen. "Zeit zum Feiern, meinst du nicht?"

Slade nickte.

Gemeinsam gingen sie hinüber zur Viper. Er küsste sie noch einmal, bevor er ihr in den Wagen half.

Über das Autodach hinweg fing er Adams Blick auf. Dieser lächelte ihm aufmunternd zu. Wenn Slade aus der Beziehung von Adam und Faith eins gelernt hatte, dann dass wahre Liebe alles schaffen kann. Und dass er Lilly aufrichtig liebte, stand völlig außer Frage.

Er erinnerte sich daran, dass er es einmal fast bereut hatte, so viel um Lilly gekämpft zu haben, dass er gedacht hatte, dass die Liebe diesen Kampf nicht wert sei. Er hatte sich getäuscht. Noel hatte immer recht gehabt. Egal wie kurz man die wahre Liebe haben konnte, sie war jeden verdammten Schmerz wert, den man dafür aufgebrummt bekam.

Er ließ seinen Blick nach oben wandern, sah in den Himmel und überlegte sich, ob Noel ihn wohl sehen könnte.

Wenn ja, wäre sein Dad verdammt stolz auf ihn. Dieser Gedanke ließ ihn lächeln.

Ein wenig leichter ums Herz ging er um die Schnauze der Viper herum und ließ sich auf den Fahrersitz fallen.

Lilly sah ihn fragend an. "Alles in Ordnung."

"Du bist bei mir", antwortete er schlicht. Solange sie bei ihm bleiben würde, wäre mit ihm immer alles in Ordnung.

Sie lächelte warm. "Ich werde immer da sein."

Kurz beugte er sich zu ihr und küsste sie auf die Lippen.

"Dann lass uns unser gemeinsames Leben feiern", sagte er grinsend und startete den dröhnenden Motor.

Lilly schüttelte lachend den Kopf. "Du bist verrückt, weißt du das?"

Slade beugte sich zu ihr und küsste sie noch einmal flüchtig auf den Mund. "Ja, aber genau das liebst du an mir, Babe."

21 Immer besser

LILLY

Der schon vertraute Duft nach Zedernholz und Meer war das erste, das sie wahrnahm, als sie am Morgen erwachte.

Sie hatte nicht geglaubt, dass sie so sehr lieben könnte, bis sie Slade getroffen hatte. Manchmal machte es ihr Angst. Sie machte sich Sorgen darüber, dass sie sich erneut in ihm verlieren könnte.

Gebranntes Kind scheut das Feuer, oder wie war das? Und gebrannt war sie auf alle Fälle, nach allem, was mit Christopher passiert war.

Dennoch hatte Slade es irgendwie geschafft, sich in ihr Herz zu schleichen, und dafür war sie ihm unglaublich dankbar.

Sechs lange Wochen wohnte sie jetzt bereits bei Slade. Es war komisch und perfekt zugleich.

Mit ihm zusammen zu sein, war irgendwie zu einfach, zu problemlos. Alles fügte sich genau Hand in Hand und sie kamen sich nie in die Quere.

Es war fast schon unheimlich und wenn Lilly ehrlich war, wartete sie immer noch darauf, dass Slade sein wahres Gesicht zeigte.

"Ich bin immer noch nicht grün", murmelte Slade in diesem Moment in ihre Haare, als hätte er ihre Gedanken gelesen.

"Aber du weißt, was ich denke, und das ist genauso unheimlich", sagte sie lächelnd und drückte einen Kuss auf seine Brust.

Sie hatte ihm einmal gestanden, dass sie darauf wartete, dass diese ganze perfekte Seifenblase platzte. Daraufhin hatte er sie angesehen, als hätte sie nicht mehr alle Tassen im Schrank. Slade eben. Immer total direkt.

"Weiß ich nicht, aber das Herz, das du gerade mit deinem Fingernagel in meine Brust ritzt, verrät dich", sagte er und gähnte dann herzhaft.

Wenn sie ganz penibel wäre, könnte sie Gähnen, ohne die Hand vor den Mund zu nehmen, als schlechte Angewohnheit auslegen, die er erst nach ihrem Zusammenziehen gezeigt hatte.

"Ich kennzeichne dich, damit dich mir niemand wegnimmt", antwortete sie und drehte sich dann zur Seite, um nach ihrem Handy zu fischen.

Sie wartete stündlich auf Andrew Drakes Antwort bezüglich ihres gemeinsamen Projekts. Sie hatte so verdammt viele Stunden darin investiert und wollte endlich wissen, ob alles klappen würde, ob ihr Debüt-Projekt für Smith and Millers endgültig in trockenen Tüchern war oder nicht.

Slade war nicht allzu glücklich über die enge Zusammenarbeit gewesen. Lilly hatte ihm immer und immer wieder versichert, dass er nicht eifersüchtig zu sein brauche, dass Drake so ziemlich der letzte Mann auf Erden sei, der für sie infrage käme, aber er hatte sich nicht von seiner Meinung abbringen lassen.

Sie spürte, wie auch er sich bewegte, aber anders als sonst packte er sie nicht und zog sie nicht an sich, sondern drehte sich auf die andere Seite.

Besorgt schaute Lilly sich über die Schulter um und sah, dass er telefonierte.

"Hey … ja, ist noch früh, ist auch nicht meine Schuld … deine wenn dann, du Arsch!"

Lilly zog ihre Augenbrauen zusammen und stupste ihn leicht an der Schulter an, doch Slade reagierte überhaupt nicht auf sie.

"Ja … ja … sehr gut. Lange wäre das auch nicht mehr gut gegangen … Fick dich." Mit diesem mehr als seltsamen Kommentar beendete er das Gespräch.

Als sie ihn erneut gegen die Schulter stupste, sah er endlich zu ihr.

"Also, Drake ist zufrieden. Dein Projekt ist hiermit beendet. Party im Shoreless folgt."

Sie fühlte sich ein bisschen wie eine dieser Comicfiguren, bei denen nur die Augen klappernd auf und zu gingen. Der Rest ihres Körpers war in eine Art Starre verfallen. Es war unmöglich, sich zu bewegen.

Slade bewegte seine Hand ganz langsam vor ihren Augen, als wäre er sich nicht sicher, ob sie anwesend war.

"Alles okay?"

"Du hast ihn angerufen?", fragte sie ungläubig. Niemals, und zwar wirklich niemals, sollte man einen Kunden in einer so entscheidenden Phase bedrängen.

"Ja?"

"Bist du verrückt geworden?", zischte sie.

Slade rollte die Augen. "Dank dir, ja! Es ist unerträglich, wenn *meine* Freundin den ganzen Tag auf ihr Handy schaut und auf die Antwort eines anderen Mannes wartet!"

Ruckartig setzte sie sich auf. "Das ist Arbeit!"

"Und ich habe es abgekürzt!" Er selbst hatte sich ebenfalls aufgesetzt.

"Du hast fick dich zu meinem Kunden gesagt!", beschwerte sie sich, als ihr dieser Part des Telefonats wieder einfiel.

"Nein, zu meinem Freund, der gesagt hat, dass er bestimmt noch mehr Projekte für dich findet, wenn es mich so schön verrückt macht."

Lilly verdrehte die Augen, legte ihre Hände auf seine Schultern und drückte ihn zurück ins Kissen.

"Uff", machte er, lächelte aber, als sie sich rittlings auf ihn setzte.

"Du bist ein Idiot, Slade! Ich liege in deinem Bett", sagte sie tadelnd.

Slade zog eine Schnute. "Viel zu selten, wenn ich das hier mal anmerken kann."

Lilly lachte und ließ sich mit Absicht auf seinen Schwanz sinken. Die Hände auf seine Brust gestützt sah sie zu ihm herab.

"Aber ich gebe dir recht. Wir zwei sollten dringend mehr Zeit in deinem Bett verbringen."

Slade griff in ihren Nacken und zog sie zu sich, bis er ihre Lippen küssen konnte.

Plötzlich schlug er ihr auf den Arsch. Augenblicklich machte sie sich von ihm los.

"Au! Wofür war das denn?", beschwerte sie sich.

"In unserem Bett, merk dir das endlich!" Dann biss er in ihre Unterlippe. "Außerdem kann ich mit meinem Körper machen, was ich will!"

Das warme Gefühl in ihrer Brust, das bei seinen Worten aufgekommen war, ignorierte sie. Stattdessen lachte sie lieber. "Das war aber mein Arsch!"

Slade zuckte mit den Schultern. "Dein Arsch ist mein erweiterter Körper." Er knetete ihn, als müsste er seinen Besitzanspruch nochmal geltend machen.

"Und jetzt komm endlich. Ich habe gehört, meine Freundin hat einen mega Clou gelandet und wir haben ordentlich was zu feiern."

Lilly lächelte und küsste ihn auf die Lippen. "Ich habe so eine Ahnung, wie du gern feiern würdest."

Er schlang seine Arme um ihre Mitte und drehte sie ruckartig auf den Rücken. Dann kam er auf ihr zum Liegen. "Ich habe so eine Ahnung, wie wir feiern werden", murmelte er und drang dann langsam und genüsslich in sie ein.

Stöhnend bog sie sich ihm entgegen. Sie liebte das Gefühl, so völlig von ihm ausgefüllt zu sein, liebte seine gleichmäßigen Bewegungen und die Art, mit der sich seine Hände in ihren Hüften verkrallten.

"So gut", keuchte er nah an ihrem Ohr. Sein unregelmäßiger Atem strich über die empfindliche Haut unter ihrem Ohr und verschaffte ihr eine Gänsehaut am ganzen Körper.

"Mein Gott ... Lilly ..." Er endete in einem Stöhnen, stieß immer heftiger in sie. Mit jedem Stoß rieb er über ihre Klit.

Wie Blitze zuckten die Berührungen durch ihren Körper, ließen ihren Unterleib unkontrolliert zusammenkrampfen. Immer wieder riss er sie fast schon grob an sich, stieß unkontrolliert in sie und trieb sie damit immer weiter auf ihren Orgasmus zu.

Seine Finger vergruben sich beinahe schmerzhaft in ihrer Hüfte, hielten sie fest, ließen sie keinen Zentimeter ausweichen. Sie genoss jeden einzelnen Stoß, jedes Keuchen und seine heiße Haut, die leicht verschwitzt mühelos über ihre glitt.

"Fuck … Baby", knurrte er und beschleunigte noch einmal seine Bewegungen. Ihre Gedanken verdichteten sich zu einem Strudel, der sich in bunten Lichtblitzen in ihrem Orgasmus entlud.

Seinen Namen stöhnend bog sie sich ihm entgegen, genoss das Gefühl seines zuckenden Schwanzes in sich, während er sich fest an sie klammerte.

Nur ganz langsam entspannten sie sich wieder und Slade ließ sich neben sie sinken. Dann zog er sie nah an sich, bis ihr Gesicht direkt vor seinem auf dem Kissen lag.

Er küsste sie ganz zärtlich, fast schon träge auf die Lippen. Immer wieder, während er zwischen den Küssen darüber leckte.

Als ihr Atem sich endlich wieder erholt hatte, hob sie ihre Hand, um ihn zu streicheln.

Seine Haut unter ihren Fingern zu spüren, machte es irgendwie realer. Als wäre das der Beweis, dass er wirklich ihr gehörte.

Sanft fuhr sie mit den Fingerspitzen die Konturen seines Gesichts nach. Er war rau und schön zugleich. Sie liebte alles an ihm, seine Augen, die nicht ganz gerade Nase, seine weichen Lippen. Sogar der kratzige Bartschatten am Morgen gefiel ihr.

Als sie seine Augenbrauen nachzeichnete, fiel ihr nicht zum ersten Mal die kleine Narbe darin auf. Gedankenverloren strich sie darüber.

"Was ist hier passiert?", fragte sie und suchte seinen Blick.

Aber Slade hatte genießerisch die Augen geschlossen und lächelte nur schelmisch.

"Willst du die offizielle Variante oder die Wahrheit?", fragte er.

Lilly lachte. "Beides, falls mich mal einer nach der offiziellen fragt, sollte ich die Antwort kennen."

Slade öffnete seine Augen einen Spaltbreit. "Du bist ein verdammt schlaues Mädchen."

Wie immer, wenn er solche Dinge sagte, wurde ihr ganz warm in der Brust. Sie streckte sich ein klein wenig und küsste ihn federleicht auf die Lippen.

"Raus mit der Sprache, du Charmeur!"

Er schlang einen Arm um ihre Mitte und zog sie ganz nah zu sich.

"Okay", sagte er grinsend. "Also offiziell habe ich sie von einem knallharten Boxkampf, aus dem ich natürlich als Sieger hervorgegangen bin."

Lilly nickte ernst. "Natürlich!"

Grinsend presste er seine Lippen auf ihre Stirn. "Und inoffiziell hat Adam mich abgefüllt, als er seinen Club noch sehr neu hatte. Ich bin sturzbetrunken durch seine Wohnung getorkelt und mit dem Kopf gegen einen Schrank geknallt."

Lilly lachte laut auf. Das passte so perfekt zu Slade und Adam, dass sie keine Sekunde an der Wahrheit zweifelte.

"Ihr beide seid so verrückt", presste sie schließlich lachend hervor.

Slade zuckte mit den Schultern. "Solange du mich trotzdem liebst, habe ich nichts dagegen einzuwenden."

Sie legte eine Hand an seine Wange und küsste ihn dann lange und innig. "Ich liebe dich mehr, als ich es jemals für möglich gehalten hätte, Slade", flüsterte sie.

"Dann habe ich mehr, als ich jemals zu träumen gewagt hätte. Ich liebe dich, Lilly." Sämtliche Albernheit war aus seiner Stimme gewichen. Er meinte jedes Wort genau so.

Tränen der Rührung und des Glücks traten in ihre Augen.

"Womit habe ich dich verdient?", flüsterte sie.

Er umfasste ihr Gesicht und presste seine Lippen auf ihre, zeigte ihr mit diesem Kuss mehr, als er mit Worten jemals hätte ausdrücken können. Dann zog er sie auf seine Brust und hielt ihren Kopf fest über seinem Herzen.

"Eines Tages wirst du mir glauben, Lilly. Ich werde dafür sorgen", schwor er und sie glaubte ihm schon jetzt jedes Wort.

22 Missverständnisse

SLADE

Seit beinahe drei Wochen tüftelte er nun schon an seinem perfekten Plan. Ein Plan, der Lilly definitiv den Boden unter den Füßen wegziehen würde.

In Hazel hatte er die perfekte Partnerin gefunden, auch wenn Adam ihm nicht so ganz zu glauben schien. "Doch Adam. Ich treffe mich morgen um zehn mit Hazel im Club, dann ist Lilly auf jeden Fall schon weg."

"Slade … Alter … ich glaube wirklich nicht, dass das eine gute Idee ist."

Slade schnaubte. Er wusste ganz genau, was er wollte und wie er es bekam. "Du wirst Hazel kennenlernen und ich schwöre, du wirst sie lieben. Sie ist perfekt!"

"Woher willst du das wissen? Du kennst sie doch kaum und Deacon findet sie furchtbar."

Slade verdrehte die Augen. "Na und? Du musst sie dir ansehen. Irgendwie so Hannah Montana … ich kann das schlecht beschreiben. Ihr werdet sie lieben! Wirklich! Keine Ahnung, was Deacons Problem ist."

"Also gut. Dann bis morgen, auch wenn ich nicht glaube, dass das wirklich gut gehen kann."

Slade verabschiedete sich von Adam und legte dann auf. Breit grinsend legte er sich ins Bett und verschränkte die Arme hinter dem Kopf.

Er konnte es kaum erwarten, dass es morgen wurde.

LILLY

Kurz vor dem Heulen presste Lilly sich die Hand vor den Mund. Konnte das wirklich war sein? Slade betrog sie?

"Ich treffe mich morgen um zehn mit Hazel im Club, dann ist Lilly auf jeden Fall schon weg."

Hazel. Der Name fühlte sich an wie Säure in ihrem Mund.

Lilly stellte sich eine kleine, zierliche Frau vor, die perfekt zu Slade passen würde, und musste ein Würgen unterdrücken.

Wie zum Teufel konnte er ihr das antun? Nach allem, was sie miteinander geteilt hatten? War sie ihm schlussendlich doch zu viel geworden?

Dass sogar Adam davon wusste, trieb das Ganze nur auf die Spitze. Wie konnte Slade seinen Freund nur in so eine Situation bringen? Adam musste das vor Faith verheimlichen, denn Faith würde ihr das niemals antun.

Ihre Augen brannten. Lilly fühlte sich unglaublich verraten und so verzweifelt, dass sie sich am liebsten an Ort und Stelle zusammenrollen würde.

"Babe? Warum trödelst du denn so?", rief Slade, als hätte er nicht gerade seinem besten Freund davon erzählt, wie er sie betrog.

Langsam zog sie sich von der Tür zurück, die vom Bad ins Schlafzimmer führte.

"Ich brauch noch einen Moment", sagte sie und drehte den Wasserhahn auf. Das kalte Wasser ließ sie sich zuerst über die Handgelenke laufen, dann spritzte sie es sich ins Gesicht.

Sie musste sich beruhigen, erst einmal einen klaren Kopf bekommen, bevor sie völlig durchdrehte und irgendetwas Unüberlegtes tat, das sie später bereuen würde.

"Alles in Ordnung?" Slades Stimme unvermittelt hinter sich zu hören, erschreckte sie so sehr, dass sie zusammenzuckte und zu ihm herumfuhr.

"Hey, hey ...", beschwichtigte er sie sofort und zog sie an seine Brust. "Was ist denn los?"

Er klang ehrlich besorgt, was ihr die Tränen in die Augen trieb. War er so ein verdammt guter Schauspieler oder meinte er es ernst? Vielleicht liebte er sie, brauchte aber diese Hazel als Ausgleich für all ihre Macken?

Augenblicklich wurde ihr übel und die Tränen drohten überzuquellen.

Als er sie ein Stück von sich schob und besorgt musterte, zwang sie sich zu sagen: "Ich habe Kopfschmerzen. Mir geht es gar nicht gut."

Sie musste sich beruhigen, dann konnte sie ihn vielleicht einfach zur Rede stellen und klären, was auch immer schief lief ... oder schlimmeres.

Er strich ihr eine Haarsträhne aus dem Gesicht und klemmte sie ihr hinters Ohr.

"Dann schnell ins Bett", sagte er leise und küsste sie unerträglich sanft auf die Stirn.

Einen Arm um ihre Schultern gelegt, führte er sie zum Bett und schlug die Decke für sie zurück.

Nachdem sie sich hingelegt hatte, ging er zum Lichtschalter. Die schwarze Jogginghose hing viel zu tief auf seinen Hüften.

An jedem anderen Tag hätte sie den Anblick seines Sixpacks genossen und sich ausgemalt, wie es wäre, dieses verführerische V mit der Zunge nachzufahren. Doch an diesem Abend konnte sie nur daran denken, wie diese Hazel seinen Körper berührte.

Sie war froh, als er das Licht löschte und sie diesen perfekten Mann nicht länger ansehen musste.

Die Matratze senkte sich unter seinem Gewicht, als er sich zu ihr ins Bett legte. Dann schmiegte er sich eng an ihren Rücken.

"Schlaf gut, Babe", flüsterte er. Sie spürte seinen Atem auf ihrem Nacken und konnte nicht verhindern, dass ihr die Tränen kamen.

Wahrscheinlich würde das ihre letzte gemeinsame Nacht sein.

SLADE

Lilly war schon weg, als er wieder aufwachte. Er hasste es. Meistens wachte er auf, wenn sie ihm einen Abschiedskuss gab, bevor sie zur Arbeit ging.

An diesem Morgen hatte er das anscheinend verschlafen. Verdammt!

Wahrscheinlich war er so müde gewesen, weil er die halbe Nacht wach gelegen hatte und sich Sorgen um Lilly gemacht hatte. Sie hatte wirklich schlecht ausgesehen am Abend zuvor.

Da sie an diesem Morgen aber zur Arbeit gegangen war, musste es ihr wieder besser gehen. Er würde sie in ihrer Mittagspause anrufen. Wenn es ihr gut ging, würde er ihr sagen, was er davon hielt, dass sie sich einfach so davonschlich.

Das Einzige, das ihn aufmunterte, war, dass Hazel an diesem Vormittag vorbeikommen würde, und wenn alles gut ging, war er danach der beinahe glücklichste Mann der Welt.

Adam hatte einfach keine Ahnung. Er hatte Hazel noch nicht gesehen. Sie hatte dieses besondere Etwas, das jeden Mann dazu brachte, ihr aus der Hand zu fressen. Genau das Richtige für ihn.

Gut gelaunt duschte er sich und ging dann nach unten, um auf Hazel zu warten. Jeden Moment würde es soweit sein.

LILLY

Seit über zwei Stunden saß sie in ihrem Auto und wartete darauf, dass es endlich zehn Uhr wurde.

Die halbe Nacht hatte sie wach gelegen und hatte darüber nachgedacht, wie sie Slade auf diese Hazel ansprechen sollte, und war zu keinen Ergebnis gekommen.

Nun ja … eigentlich schon zu einem. Sie würde es nicht schaffen.

Also blieb die einfache Alternative, ihn auf frischer Tat zu ertappen. Auch wenn ihr allein bei dem Gedanken speiübel wurde.

Vor knapp einer halben Stunden war Adam in den Club gekommen und vor etwa zehn Minuten eine ihr fremde Frau, die auf Slades Beschreibung von Hazel passte.

Lilly wusste sehr wohl, dass sie eigentlich noch länger warten musste, damit sie wirklich im Gange waren, aber sie konnte einfach nicht. Die Vorstellung, zu sehen, wie Slade mit ihr schlief, machte sie verrückt.

Sie stieg aus dem Wagen und überquerte die Straße, die zum Club führte. Ihre Atmung war viel zu hektisch, als wäre sie den ganzen Weg vom Büro hierher gerannt. Auch ihr Herz schlug viel zu schnell.

Sie klammerte sich an ihrer Handtasche fest, als wäre sie ihre letzte Verbindung zu ihrem alten Leben.

Einer der jüngeren Mitglieder kam ihr entgegen, als sie gerade nach drinnen ging.

"Hey Lilly, Slade ist gerade ins Büro", sagte er und lächelte ihr freundlich entgegen.

"Danke", murmelte sie.

Hatte er nicht gesehen, dass Slade eine Frau bei sich hatte?

Oder ging das mit Hazel schon so lange, dass es für alle im Club schon völlig normal war?

Dieser Gedanke war ihr bislang noch gar nicht gekommen. Wer wusste sonst noch alles Bescheid? Wie konnte Slade sie nur so bloßstellen?

Diese Demütigung brachte das Fass endgültig zum Überlaufen. Wütend riss sie die Tür zum Büro auf. Genau im richtigen Moment wie es schien, denn Slade hatte seine Mini-Hazel tatsächlich bereits im Arm.

"Wie kannst du nur?", schrie sie und schlug ihm die Handtasche mit voller Wucht auf den Rücken.

SLADE

Der Schmerz, der seinen Rücken hinauffuhr, ließ ihn beinahe in die Knie gehen. Alles, was ihn davon abhielt, diesem Verlangen nachzugeben, war die Sicherheit, dass er Hazel unter sich begraben würde.

Fluchend schob er sich von ihr weg, als ihn, was auch immer, ein zweites Mal in die Nieren traf.

Er hörte ein Schreien und durcheinander redende Stimmen, doch er konnte sich kaum auf sie konzentrieren.

Langsam drehte er sich um und lehnte sich an den Schreibtisch.

"Lilly?", fragte er verwundert und registrierte gleich darauf, dass Adam ihren Arm festhielt. "Lass sie los, zum Teufel!", fluchte er und wollte zu ihr gehen.

Ein stechender Schmerz in seinem Rücken ließ ihn aber in die Knie gehen.

"Slade!" Auf einmal war Lilly neben ihm und sah ihn aus großen, besorgt wirkenden Augen an.

Er lächelte sie beruhigend an. "Alles okay. Mir ist nur was in den Rücken geschossen", sagte er und spürte dann Adams Hand an seinem Arm.

"Lillys Tasche ist dir in den Rücken geschossen." Dann wandte Adam sich an Lilly, die ziemlich blass geworden war. "Bist du verdammt nochmal verrückt geworden?"

Slade stieß Adam grob von sich, zuckte aber daraufhin gleich zusammen. "Rede nicht so mit ihr!", knurrte er und wandte sich dann wieder Lilly zu, die ihn noch immer mit diesem Reh im Scheinwerferlicht-Blick ansah.

Sanft streichelte er über ihre Wange. "Alles okay, Babe", flüsterte er, schob seine Hand in ihren Nacken und zog sie für einen Kuss zu sich.

Er konnte ihren Lippen einfach nicht so nah sein, ohne sie zu küssen.

"Sie schlägt dich mit ihrer Tasche nieder und du küsst sie. Was zum Teufel stimmt mit euch nicht?", fragte Adam und erinnerte Slade daran, dass er nicht ohne Grund am Boden kniete.

Er beendete den Kuss widerwillig und lächelte seine Lilly an.

"Adam hat recht. Womit habe ich den verdient?", fragte er und stellte bestürzt fest, dass Lillys Augen sich mit Tränen füllten.

"Du hast eine Affäre", flüsterte sie und klang dabei so anklagend, dass er es ihr geglaubt hätte, wenn er es nicht besser wüsste.

"Habe ich nicht", sagte er und musterte sie mit gerunzelter Stirn. "Wie kommst du denn auf die Idee?"

"Ich habe alles gehört, was ihr gestern besprochen habt!" Sie machte sich von ihm los und stand auf.

Das gefiel ihm noch weniger als ihre wirren Worte. "Mit wem was besprochen?", fragte er und rappelte sich mit Adams Hilfe mühsam auf. Der stechende Schmerz in seiner Nierengegend verhieß absolut nichts Gutes.

"Ich weiß, dass du eine Affäre mit deiner perfekten Hazel hast! Du musst es nicht leugnen, Slade!"

Erst jetzt, da Lilly auf Hazel zeigte, erinnerte sich Slade daran, dass diese noch immer im Zimmer war. Sie stand in einer Ecke des Raumes und beobachtete stumm, was vor sich ging. Erst als ihr Name fiel, schien sie aus ihrer Starre zu erwachen.

"Ich habe mit niemandem ein Verhältnis", sagte sie und klang dabei so, als hätte man ihr etwas wirklich Widerliches vorgeworfen. Als wäre er als Mann absolut abartig und unvorstellbar.

"Vielen Dank", murmelte er leicht verschnupft, beschloss aber, dass sein lädiertes Ego erst einmal zweitrangig war. Er wandte sich an Lilly. "Ich habe keine Affäre. Wie kommst du nur auf diesen Blödsinn?", fragte er und löste vorsichtshalber die Handtasche aus ihrem Griff. "Und was zum Teufel ist da alles drin?", murmelte er und stellte das schwere Teil hinter sich auf den Tisch.

Glas klimperte, was ihm verriet, dass sie eine dieser Wasserflaschen aus Glas dabei hatte, die um so vieles gesünder seien sollten als die aus Plastik. Sein Rücken war nicht dieser Meinung.

Wenn ihn nicht alles täuschte, fühlte sich das verdammt nochmal so an wie seine letzte Nierenprellung.

"Du hast es doch zu Adam gesagt! Gestern, am Telefon!", rief Lilly.

Adam schüttelte verwirrt den Kopf und Slade versuchte, sich daran zu erinnern, was er zu Adam gesagt hatte.

"Wir haben über Hazel gesprochen", sagte Slade.

"Sag ich doch, du Mistkerl!"

Slade fing ihre Hand ab, ehe sie ihm eine scheuern konnte. Dann riss er sie ungeachtet des Schmerzes in seinem Rücken an seine Brust. "Hör jetzt sofort auf damit. Reicht es nicht, dass ich die nächsten Tage Blut pissen werde?"

Wahrscheinlich hatte er übertrieben, aber er war sich ziemlich sicher, dass Lilly ihm eine Nierenprellung verpasst hatte. Aber es war ihm egal, denn sie erstarrte augenblicklich und sah ihn mit angstgeweiteten Augen an.

"Hazel ist meine neue Mitarbeiterin. Nicht mehr und nicht weniger", sagte er, ihre Starre nutzend.

Lillys Augen füllten sich schon wieder mit Tränen, was ihm mehr zu schaffen machte als der Schmerz in seinem Rücken. "Wenn dem so wäre, warum solltest du das vor mir verheimlichen?"

"Erstens, es *ist* so, ich kann dir den Vertrag zeigen, den sie gerade unterschrieben hat." Slade sah zu Hazel und hoffte, dass er sie mit dieser Nummer nicht verscheucht hatte. Aber Hazel lächelte nur irgendwie unsicher, vielleicht sogar traurig. "Und zweitens sollte es eine Überraschung werden."

Lilly schien noch immer nicht sonderlich überzeugt zu sein.

"Was soll an einer Mitarbeiterin eine Überraschung sein?"

"Dank Hazel und Adam habe ich Zeit, zwei Wochen Urlaub zu machen, damit ich meine Frau in die Flitterwochen entführen kann."

Lilly sah ihn so ausdruckslos an, dass er sich nicht sicher war, ob sie überhaupt verstanden hatte, was er sagte.

"Sofern du mir die Ehre erweist, meine Frau zu werden, Lilly", flüsterte er, zog ihre Hand an seinen Mund und küsste ihre Knöchel.

"Ich?", krächzte sie.

Lächelnd fuhr er mit seinen Lippen von einem Knöchel zum nächsten.

"Willst du mich heiraten, Babe?", fragte er noch einmal leise.

Sie keuchte und schlang ihm dann die Arme um den Hals. "Ja, ja, ich will", flüsterte sie und presste ihn fest an sich.

Der Schmerz, den sie ihm dabei zufügte, war nichts im Vergleich zu dem Glück, das er in diesem Moment empfand.

Okay, es war bei weitem nicht so gelaufen, wie es sollte, aber seine Lilly würde ihn heiraten. Für ihn war der Moment perfekt.

23 Epilog

LILLY

Das Kennenlernen mit Hazel lief dann etwas steif ab, aber wenn Lilly ehrlich war, hätte sie selbst sich wahrscheinlich auch für eine durchgeknallte Psychopathin gehalten.

Hazel war eigentlich ganz nett. Auch wenn Lilly mit Slades Mitarbeiterwahl nicht ganz glücklich war. Klein-Hazel war einfach zu süß.

Slade meinte, dass genau das ihr im Club alles einfach machen würde. Keiner der Jungs, nicht einmal die jungen, wilden, würden einem Püppchen wie

Hazel Kontra geben. Und falls doch, wären da bestimmt genug, die ihr sofort zur Seite stehen würden.

Schlussendlich war es ihr egal. Slade hatte mehr als einmal bewiesen, dass er sie wirklich liebte und sie sich keine Sorgen zu machen brauchte.

Lächelnd sah sie auf ihren Verlobungsring hinab. Noch am gleichen Abend hatte Slade sie mit einem selbst-bestellten Abendessen überrascht und ihr einen richtigen Antrag gemacht.

Das volle Programm: italienische Pasta von ihrem Lieblingsitaliener, guter Wein, Kerzen und schöne Musik. Und einen wunderschönen Ring. Weißgold, mit einem Diamanten.

"Hör auf, den Ring anzustarren, du musst gleich auf die Bühne", flüsterte Faith.

Verwirrt sah Lilly auf. "Warum sollte ich?", fragte sie.

"Na, weil sie gerade die Beteiligten beim Projekt vorstellen." Faith sah sie an, als hätte sie nicht mehr alle Tassen im Schrank.

Aber selbiges könnte Lilly von Faith behaupten. Drakes Marketing Projekt war ja bei Gott nicht das erste, das sie gemacht hatte, und die Arbeiter wurden bei solchen Festen nie auf die Bühne geholt.

Drake und seine Leute hatten ein paar Worte gesagt und Lillys Chef hatte sich ebenfalls für die gelungene Zusammenarbeit bedankt.

Jetzt würde Drake noch ein paar letzte Worte sprechen und dann würde der erste Gang serviert werden. Alles wie immer.

Fast.

"Der Kopf hinter der ganzen Sache war die bezaubernde Lillian Lexington! Bitte kommen Sie zu uns", sagte Mr. Drake in diesem Moment und lächelte ihr auffordernd entgegen.

Slade und seine Freunde jubelten, was die Sache irgendwie nur noch schlimmer machte.

Lilly spürte, wie ihr sämtliche Farbe aus dem Gesicht wich und ihre Hände zu zittern begannen. "Los jetzt, Babe", sagte Slade und zog sie nach oben.

Ungeachtet ihrer völligen Erstarrung küsste er sie und zog sie zur Bühne. Doch anstatt sie zu begleiten, reichte der Verräter ihre Hand an Mr. Drake weiter, der sie mit gerunzelter Stirn musterte.

"Alles in Ordnung?", fragte er leise.

"Ich sterbe gleich, zählt das?"

Drake grinste so ausgelassen, wie sie ihn noch nie hatte grinsen sehen. "Sie müssen noch ein paar Worte sagen, dann entlasse ich Sie in den Tod." Damit drückte er ihr auch schon das Mikrophon in die Hand.

Lilly meinte, jeden einzelnen Blick auf sich spüren zu können, und konnte vor lauter Zittern das Mikro kaum halten. Dann konzentrierte sie sich einfach auf Slade.

Slade, der Mann, den sie liebte und der für sie alles war. Slade, der ihr Leben komplett machte und ihr gezeigt hatte, dass sie noch immer lieben konnte.

Slade, der sie immer so ansah, als wäre sie etwas ganz Besonderes, ganz egal, wie unperfekt sie in Wirklichkeit war.

Sie liebte ihn, mehr als alles andere, als jeden anderen. Sie liebte ihn mehr, als sie jemals für möglich gehalten hätte.

Ihre Blicke verhakten sich ineinander und für diesen kleinen Moment bekam sie genug Luft, um die geforderten Worte zu sagen.

"Vielen Dank ... ähm ... Danke", stotterte sie, drückte Drake das Mikro in die Hand und flüchtete von der Bühne direkt in Slades Arme.

"Sehr eloquent, Babe", flüsterte er, als er sie fest an sich drückte.

"Ich liebe dich", sagte sie ebenso leise und schwor sich, ihn nie wieder loszulassen.

"Ich liebe dich mehr."

--ENDE--

LESEPROBE

DIVIDED LIKE DESTINY

1 ONE FRIEND

DESTINY

"Komm schon, De. Wir könnten zusammen lernen", sagte Candy, während sie den Tresen in *Netti's Diner* abwischte.

Sie mochte Candy. Einer der wenigen Kommilitonen an der University of Applied Science in Boston, bei der es ihr so ging.

Seit Jahren war sie Einzelgängerin. Lebte für sich. Lernte für sich. Blieb für sich. Nach einem Zusammenstoß auf dem Schulflur, hatte sie sich nach und nach mit Candy angefreundet und war erstaunt, wie gut sie sich mit der blonden Schönheit verstand.

Die meisten Frauen mieden sie.

Oft war Neid der Grund dafür. Dass sie schön war, wusste sie. Nichts anderes hatte man ihr von klein auf eingebläut.

Mit 21 Jahren hatte sie sich natürlich weiter entwickelt, die Reaktionen der Menschen, vor allem Männer, waren aber die gleichen geblieben.

Mit knapp 1,65 m Körpergröße, war sie eigentlich zu klein, zumindest für den Geschmack ihrer Mutter, aber für alles was Destiny erreichen wollte, reichte die Größe auf jeden Fall.

Sie war sehr schlank, hatte an den richtigen Stellen dennoch Kurven. Diese Figur verdankte sie mitunter dem Training für ihren Job. Das Hobby zum Beruf zu machen, hörte sich schöner an als es war, aber für sie war es eine gute Gelegenheit ihr Studium zu finanzieren, also sollte es so sein.

Ihre langen blonden Locken hatte sie wie immer zu einem unordentlichen Knoten hochgebunden. Alles andere wäre einfach zu zeitintensiv. Es musste praktisch sein und schnell gehen wie alles in ihrem Leben.

Sie machte sich auch wenig daraus, was andere Leute über sie dachten. Im Gegenteil. Je weniger der Rest der Welt mit ihr zu tun haben wollte, desto besser für sie. Umso mehr Zeit blieb ihr, sich den Sachen zu widmen, die sie wirklich tun wollte. Studium und Uni zum Beispiel.

Streber? Definitiv! Nach ihrem Abschluss wollte sie in die Marketingbranche. Bevorzugt in ihrer eigenen kleinen Traumwelt, würde sie eine Trainee Stelle in der Marketing Abteilung bei JB-Industrials antreten. Der Konzern wäre für sie das Nonplusultra und das Karrieresprungbrett schlechthin.

"Könntest du deine Bambiaugen für zwei Minuten von deinem Blatt losreißen und mir antworten?", fragte Candy und sie hörte, wie belustigt diese klang.

Bambiaugen. Sie hasste diesen Ausdruck. Zu oft hatte sie ihn von den falschen Menschen gehört. Ihre Augen waren dunkelbraun, groß und ausdrucksstark. Dichte, lange, schwarze Wimpern umrahmten sie. Ihre Nase war zierlich und ihre Lippen voll.

Leider verschaffte ihr ein schönes Gesicht nicht immer Vorteile. Gerade bei Professoren wurde man leicht als schönes Dummchen abgestempelt. Das war auch der Grund, warum sie sich selten schminkte.

Diesen Effekt wollte sie nicht noch provozieren.

"Ich weiß nicht ..."

"Bitte. Ich könnte deine Hilfe wirklich brauchen. Bei mir hätten wir unsere Ruhe."

"Kommt dein Freund dich nicht abholen?", fragte sie, weil sie schon öfter beobachtete hatte, das Candy einen Nachhauseservice hatte.

"Doch, aber er bringt uns dann nur nach Hause. Mittwochs gehen die Jungs immer zusammen aus, damit sie ein bisschen Zeit für sich haben", lächelte Candy. Sie wirkte alles andere als unglücklich darüber, mal einen Tag ihre Ruhe zu haben.

"Okay", gab sie sich schließlich geschlagen und schob ihre Hände in die Ärmel des riesigen braunen Strickpullovers. Diese unförmigen Zelte waren die bequemsten Kleidungsstücke, die sie besaß. Dazu Leggins und Chucks – optimales Lernoutfit!

Kurz vor Candys Schichtende öffnete sich die Tür zum Diner und ihr Freund kam herein. Das Lächeln, das die beiden tauschten immer wenn er sie abholen kam, war sehr liebevoll. Für romantische Menschen sicherlich ein Grund zum Seufzen.

"Hey Baby, Destiny fährt mit zu uns. Wir lernen

noch", sagte Candy strahlend und zog bereits ihre Schürze aus.

"Wer ist Destiny?", fragte Justin und setzte sich auf den Hocker neben ihr.

"Meine Freundin. Neben dir, J", sagte sie lachend und lief dann nach hinten, um sich umzuziehen.

Justin drehte den Kopf in ihre Richtung und reichte ihr dann mit einem charmanten Lächeln die Hand. Kein Wunder, dass Candy und die halbe Uni ihm zu Füßen lagen. Dieses Lächeln war wirklich atemberaubend.

"Hey, kennen wir uns? Ich kann mich nicht erinnern, sorry. Ich bin Justin."

Am liebsten hätte sie ‚Ja' gesagt, weil er schließlich fast jeden Tag neben ihr im Diner saß, aber offiziell vorgestellt waren sie einander nicht worden.

"Nein, hi, ich bin Destiny."

"Wow, fast so abgedreht wie Candy", lachte er.

"Jup, hatten wahrscheinlich die gleiche seltsame Mom", gab sie zurück. Das Lächeln auf ihren Lippen strengte sie nicht mehr an. Egal was um sie herum passierte, die Fassade hatte sie immer im Griff.

"Wir können los!", sagte Candy und runzelte die Stirn, als sie zwischen ihnen beiden hin und her sah.

Sie mochte Candys feinfühlige, fast schon empathische Art. Wahrscheinlich war das auch der Grund dafür, dass sie sich überhaupt mit ihr angefreundet hatte. Ihre Gegenwart war einfach sehr angenehm und man musste ihr nie erklären, wenn man seine Ruhe brauchte.

"Er findet meinen Namen komisch", sagte sie und drehte das Lächeln noch eine Stufe höher. Kurz zogen sich Candys Augenbrauen zusammen, dann wandte sie sich aber augenrollend an Justin.

"Du wirst es nie lernen, oder? Wenn man schon einen beschissenen Namen hat, ist es total ungünstig, wenn man auch noch damit genervt wird!"

Justin gab ihr einen Klaps auf den Hintern und lachte: "Sei nicht so frech, Weib!"

Candys Quieken war für sie absolut untypisch mädchenhaft.

Die beiden kabbelten sich die ganze Fahrt bis zu dem Wohnblock. Sie stiegen aus und Justin begleitete sie noch bis zur Wohnungstür.

"Bis später, Babe", sagte er leise und küsste Candy sanft auf ihre Lippen. Als er sich lösen wollte, stellte sie sich auf die Zehenspitzen, um den Kontakt ihrer Lippen nicht abzubrechen.

Justin lächelte an ihrem Mund, küsste sie noch einmal und richtete sich dann auf.

"Bis später. Viel Spaß euch beiden!" Dann wandte er sich ab und joggte die Treppe hinunter.

"So, dass ist unser Reich", sagte Candy, schlüpfe aus ihren Schuhen und warf die Tasche auf die Couch.

"Setz dich, ich hol uns noch Wasser", sagte sie und verschwand durch eine Tür.

Okay. Jetzt wurde es ernst. Eine Freundin. Mal sehen, wie lange so etwas gut gehen konnte.

JULIEN

"Da bist du ja endlich!", rief er, als Justin durch die Tür des *Meets* trat.

"Hab Candy noch nach Hause gebracht."

Was auch sonst!

So gern er die beiden mittlerweile auch hatte. Sie waren gerade zu ekelhaft süß miteinander! Ja, er sah, wie sehr sein bester Freund dieses Mädchen liebte, aber oft einmal fühlte er sich einfach wie das fünfte Rad am Wagen.

Genau deshalb hatte er sich auch so sehr gewünscht, dass es mit Trish klappen würde. Aber so sehr er sich auch bemüht hatte, sie hatte nur Augen für Logan, den Freund seines Bruders.

"Wir müssen dringend wieder in den Chase Club. Ich brauche eine Frau."

"Warum?"

"Weil es mich ankotzt wenn ihr beiden die ganze Zeit am Turteln seid und ich alleine dasitze!"

"Du sitzt nicht allein da. Joey ist auch oft mit von der Partie!"

"Und was sollen wir dann machen? Synchronwichsen, während ihr uns einen Trockenporno bietet?"

Justin verzog angewidert das Gesicht.

"Okay, du hast recht!", sagte er ehe die Bedienung ihre Burger brachte.

"Und was stellst du dir vor?", fragte Justin, nachdem er seine ersten Bissen herunter geschluckt hatte.

"Trish!"

"Du weißt, dass sie vergeben ist. Du hast lediglich einen Narren an ihr gefressen, weil dir die Vorstellung von ihr gefällt. Ich glaube nicht, dass dieses Tussi-Kicher-Ding alles ist, was hinter ihr steckt."

"Sie ist perfekt!"

"Julien!"

"Doch! Ich würde meinen rechten Arm für sie geben!", rief er im Brustton seiner Überzeugung.

"Du bist Linkshänder", sagte Justin, ohne auch nur von seinem Burger aufzusehen.

Verdammt!

Plötzlich stockte er. Er hob seinen Blick und musterte Julien, wie er es immer tat kurz bevor irgendeine hirnverbrannte Idee aus seinem Mund kam.

"Ich hab die perfekte Frau für dich!", rief er dann aus und bestätigte Juliens schlimmste Befürchtungen.

"Trish?"

"Nein! Candys neue Freundin!"

"Candy hat eine Freundin?"

Auf Justins wütenden Blick hin hob er beschwichtigend die Hände.

"Ich mein ja nur. Wann soll sie denn eine Freundin kennenlernen, wenn du dauernd an ihrem Rockzipfel hängst!"

Okay … falsche Antwort. Sein Blick wurde eher noch finsterer.

"Willst du jetzt was von ihr erfahren oder nicht?"

"Klar, ein Versuch ist es wert", gab er lächelnd zurück.

Justins vage Beschreibung ihres Äußeren klang für ihn sehr ansprechend. Mehr hatte er über sie leider nicht zu sagen, da er sie heute zum ersten Mal gesehen hatte.

"Noch ein Bier, bitte", rief er der Kellnerin zu. "Willst du heute keins?", wandte er sich dann an Julien.

"Nein, danke, bin mit der Honda da." Justin nickte. Er wusste genau, dass Julien keinen Tropfen trank, wenn er sein Baby fuhr.

"Und wo kann ich sie treffen?"

Justins lächeln wurde breit. "Bei uns zu Hause! Sie lernen heute Abend zusammen!"

"Vorzeitiger Abbruch?", schlug er vor.

Die Aussicht auf eine solche Frau war besser, als einen ganzen Abend lang Justins Gejammer darüber anzuhören, was er jetzt alles mit Candy machen könnte. Noch schlimmer, die ständigen Spekulationen, was sie wohl gerade machte.

"Klar!"

In Rekordgeschwindigkeit trank er sein gerade erst bestelltes Bier. Dann machten sie sich auf den Weg zurück zu ihrer WG.

Vor der Wohnungstür angekommen, hielt Justin plötzlich inne und rieb sich nervös über den Nacken.

"Hey, hör mal, wenn du dir nicht zu hundert Prozent sicher bist, was du willst, lass es. Eigentlich will ich Candy das nicht versauen."

"Da kommst du aber früh drauf, Kumpel", sagte Julien lachend.

"Meine Gedanken sind bei: 'Wir fahren zu Candy', hängengeblieben." Justin zuckte entschuldigend mit den Schultern.

"Ich habe schon immer gesagt, dass dich diese Vernarrtheit noch einmal umbringt."

"Julien!"

"Ja, ja, du liebst sie wirklich. Ich weiß!"

Mann Gottes, dieser Text hing ihm langsam zum Hals heraus!

"Also dann, reiß dich zusammen!"

Mit Candy zu lernen war effektiver, als sie sich hätte vorstellen können. Eigentlich machte sie alles allein und kam damit auch bestens klar. Indem sie die Sachen erläuterte, prägte sie sich aber alles noch viel besser und schneller ein.

Und sie hatte Spaß. Wirklich. Nicht jene aufgesetzte Art, sondern von Herzen.

Sie konnte sich nicht daran erinnern, jemals einen angenehmeren Menschen kennen gelernt zu haben. Candy war unkompliziert, intelligent und hatte eine sehr schnelle Auffassungsgabe.

Die Zeit, die verging, bemerkte sie kaum.

Dann hörte sie, wie ein Schlüssel sich im Schloss drehte.

"Warum sind sie schon zurück?", murmelte Candy und sah auf ihre Uhr.

"Hey Babe!", rief Justin vom Flur aus, ehe er zu ihr kam und sie auf die Wange küsste.

Der Mann, der hinter ihm erschien, verschlug ihr die Sprache.

Dunkelblonde verstrubbelte Haare. Blaugrüne, hellwache Augen. Seine Lippen waren nicht allzu voll, sahen dafür aber umso weicher aus.

Das schwarze T-Shirt spannte verdammt eng um seinen sehr muskulösen Oberkörper.

Wenn man genau hinsah, konnte man sogar die einzelnen Päckchen seines Waschbrettbauches sehen. Seine Taille war schmal und wurde durch die tief sitzende Jeans betont.

Alles in allem eindeutig ein Prachtexemplar von einem Mann.

Lecker!

Dann bemerkte sie seinen Blick. Abschätzend. Musternd. Er versuchte herauszufinden, ob sich die Mühe lohnte, sie anzubaggern.

Sie hasste es! Nichts mehr als dieses Bewerten … doch. Noch schlimmer war es, wenn die Blicke lüstern wurden. Und immerhin das wurden sie nicht. Eher nachdenklich … oder was auch immer. Den Finger konnte sie nicht darauf legen.

"Hey Kleine", grüßte er Candy und gab ihr einen Kuss auf die Wange, ehe er zu ihr kam.

Er streckte ihr eine Hand entgegen und sagte: "Hallo, ich bin Julien."

"Destiny", sagte sie leise, ignorierte aber seine Hand. Auch wenn es unhöflich war, so ging ihr dieses gezwungene Berühren eindeutig auf die Nerven.

Auch wenn ihr Gegenüber noch so gepflegt aussah, wer garantierte ihr denn, dass er sich tatsächlich die Hände gewaschen hatte, nachdem er das letzte Mal auf der Toilette gewesen war?

Niemand!

Also sah sie auch keinen Grund dazu, seine Hand in ihre zu nehmen. Auch wenn sie noch so gern gewusst hätte, ob sie weich oder rau war.

Langsam zog er seine Hand zurück und ließ sich neben ihr auf das Sofa sinken.

Schweigend saßen sie nebeneinander. Nah genug um seine Körperwärme zu spüren. Candy und Justin waren völlig in ihrer eigenen Welt gefangen, also begann sie ihre Unterlagen zusammen zu sammeln.

"Jep, und deshalb bin ich so genervt von den beiden", murmelte Julien.

Sie wandte ihm ihren Blick zu und lächelte mitfühlend.

"Oh ja, das kann ich nur allzu gut verstehen."

Auch er lächelte und seine Augen funkelten dabei vergnügt.

"Gott sei Dank! Ich bin nicht der Einzige, dem dieser Scheiß auf die Nerven geht!"

"Nein", lachte sie und wandte sich wieder ihrer Tasche zu.

"Wie kommst du nach Hause?", fragte er dann.

"Laufen", gab sie zurück und stand auf.

"Du gehst schon?", fragte Candy, die ihre Aufmerksamkeit dann doch einmal für einem Moment von ihrem Freund lösen konnte.

"Ja, muss morgen früh raus. Uni. War nett. Danke!"

"Fährst du sie, Justin?"

"Ich mach das schon, er hat getrunken", sagte Julien und stand auf.

JULIEN

"Ich fahr sie", wiederholte er dann. Drei Augenpaare sahen ihn musternd an.

"De muss nicht laufen und ich muss euch beiden nicht zusehen oder zuhören", schob er als Erklärung hinterher, bevor die Köpfe der drei zu rauchen beginnen konnten.

Justins Blick war immer noch zweifelnd. Candys zufrieden.

Destiny sah drein, als wäre er ein Hündchen, das einen neuen Trick gelernt hatte.

Mit gerunzelter Stirn ging er zur Haustür. Diese Frau war der Inbegriff von seltsam. Ein Lächeln wie die Geier im Club oder in Talin und trotzdem unhöflich genug, seine ausgestreckte Hand zu ignorieren. Sie hatte ein wunderschönes Gesicht und schlanke Beine, mehr von ihrem Körper konnte er bei diesem Monstrum an Pullover leider nicht sehen.

Sie könnte wirklich viel aus sich machen, ließ sich aber total gehen. Wahrscheinlich rasierte sie sich noch nicht einmal die Beine.

Bei dem Gedanken an lange Haare, die diese wohlgeformten Beine zierten, schüttelte es ihn.

"Du musst mich nicht fahren, wenn es dir sowieso schon kalt ist", sagte sie und musterte skeptisch seine Honda, vor der sie in diesem Moment ankamen.

Kalt, grinste er ins sich hinein.

"Passt alles. Steig auf, aber verkratz den Lack nicht ... äh, Turnschuhe."

Klar, warum sollte Öko-De auch Highheels tragen? Bestimmt rochen ihre Haare nach Bier, weil sie keine gekauften Conditioner benutze.

Trishs Haare dufteten immer nach Blumen. Herrlich. Während seines inneren Monologs sah sie ihn unsicher an.

"Du wirst mich wohl oder übel anfassen müssen, wenn du mitfahren willst", sagte er und provozierte sie damit absichtlich.

Sie zog ihre perfekt gezupften Augenbrauen nach oben. Moment ... das passt nicht ins Bild. Vielleicht doch kein Berggorilla ... Ehe er weiter über ihre

Körperbehaarung sinnieren konnte, griff sie mit beiden Händen seine Schultern. Ihre Krallen bohrten sich dabei schmerzhaft in seine Muskulatur.

Uff ... klares Statement und stark ist sie auch noch für diese kleinen Händchen.

Unauffällig ließ er seinen Blick zu ihren Nägeln wandern. French.

"Wolltest du fahren oder soll ich dir einen Termin bei meiner Freundin ausmachen? Sie lernt Nageldesign und sucht immer willige Opfer."

Ausrede. Ausrede!

"Ich wollte nur sehen, ob du dich gut festhältst. Nicht dass ich dich noch verliere!"

Ihr Griff wurde so fest, dass er sich gerade noch beherrschen konnte, nicht zischend die Luft auszustoßen.

"Besser?", fragte sie und er hörte das Lächeln in ihrer Stimme.

Na warte, du Biest!

"Nein", sagte er trocken, nahm ihre Hände und zog sie auf seinen Bauch. "Besser!", sagte er dann grinsend und konnte sich ihre Miene genau vorstellen.

Bevor sie etwas anderes sagen konnte, ließ er den Motor an und fuhr los. Ihr Griff wurde fester und ihre manikürten Nägel bohrten sich ziemlich weit unten in seinen Bauch.

Sexy!

Warum konnte der Rest dieser schönen Frau nicht genauso hübsch hergerichtet sein wie ihre Hände?

"Nächste Kreuzung rechts", sagte sie, wegen des Fahrtwindes nah am seinem Ohr.

Er konnte ihren Atem spüren und ihre rauchige

Stimme sorgte für die passenden Bilder in seinem Kopf. Die Jeans die er trug war zu eng, um irgendein Anzeichen einer Latte verbergen zu können.

"Die nächste links", raunte sie wieder.

Denk an was anderes!! Berggorilla Berggorilla Berggorilla! Funktionierte. Puh. Öko-Destiny setzte ihn ganz schön unter Strom.

"Der vierte Wohnblock links."

BERGGORILLA!

Vor dem Gebäude angekommen sprang sie sofort von seiner Maschine.

Gut so!

Lächelnd wandte er sich ihr zu.

Wahh! Kräuterhexe!

Ihre Haare standen wild in alle Richtungen und passten noch besser als zuvor ins Gesamtbild.

"Ähm ... also danke fürs Fahren", stammelte sie und versuchte ihre Haare zu sortieren.

Chancenlos, Babe!, grinste er in sich hinein.

"Kein Ding. Bis die Tage!", sagte er lachend, weil sie so verdutzt drein sah. Was hatte sie denn erwartet? Das er mit zu ihr wollte?

Immer noch lachend, wendete er die Maschine und fuhr zurück in seine Wohnung.

Auf zur nächsten Horrorshow!

Lesen Sie weiter in:
Divided like Destiny

Rechtliches, oder was keiner lesen will und trotzdem drin stehen muss ...

Es handelt sich bei dem Buch um ein fiktives Werk. Ähnlichkeiten mit lebenden oder verstorbenen Personen, Orten oder Ereignissen sind rein zufällig. Markennamen, die genannt werden, sind Eigentum ihrer rechtmäßigen Eigentümer. Impressum: Herausgeberin Allie Kinsley, allie.kinsley@web.de. Ladungsfähige Adresse für Deutschland: Allie Kinsley, c/o Marant Business, Studio Delta, Haus B, Angerstr. 40-42, 04177 Leipzig.

17785177R00218

Printed in Poland
by Amazon Fulfillment
Poland Sp. z o.o., Wrocław